徳間文庫

濁流 下

企業社会・悪の連鎖

高杉 良

目次

第十二章　社員研修

1

首都高速4号線はいつもながらの渋滞が続いていた。余裕をとって出てきたが、のろのろ運転にはいらいらさせられる。

十月四日金曜日の午後二時過ぎ、田宮大二郎と杉野治子は瀬川副社長の専用車で成田空港に向かっていた。

運転手の玉置隆はカーラジオを聞きながらハンドルを操作しているが、バックミラーにちらちら眼を流すのは、リアシートの二人が気になるからだろう。

治子は左手を田宮の右腕に絡ませて、寄り添っている。

田宮は玉置の視線が気になって、治子の手をふりほどきたいのを我慢していた。

「電車で行くんだったねぇ。道路がこんなに混んでるとは思わなかった」

6

「そんなことはないわ。荷物が大変だし、あなたとドライブを楽しんでると思えばいいんだから」

「そうですよ。それを言っちゃあ、瀬川副社長に悪いんじゃないですか。自分はタクシーを使うと言って、お嬢さんに車を回してくれたんですから」

小声で話したつもりだが、玉置に聞こえたらしい。

「京葉道路に出れば、走れますよ」

「副社長はデイリーワークで外出しないから車を使ってくれとか言ってたけど」

「それは田宮さんに気を遣ってるんですよ」

「そうだったの。あとでお礼を言わなくちゃあね」

玉置に恩着せがましく言われて、田宮は内心おもしろくなかった。東京駅から成田まで快速電車で一時間足らず、これに限ると思っていたので、田宮にしてみれば、瀬川から専用車の使用を押しつけられたと言いたいくらいだ。

ＪＲの成田エクスプレスは全車指定なのでチケットが確保できる保証はないが、瀬川の好意を素直に受け容れる気になれないのは、なにか裏があるのではないか、と勘繰ってしまうせいだ。

治子は勤務先の米国化学会社日本支社（現地法人）からニューヨークの本社で研修を受けるよう命じられ、田宮よりひと足先に渡米することになった。服装はパステルピンクのロングカーディガンとスエードのキュロットパンツ。シューズもキュロットパンツと同色でキャメルのローヒール。ピクニックにでも出かけるような軽装である。荷物は大型のトランクとウエディングドレスを入れた衣装箱。それにショルダーバッグ。

　すぐ前を走るタクシーとの車間距離が二十メートルほどあいたとき、大型の貨物車が車体をこすらんばかりに割り込んできた。前方の景色が遮断され、それが三十分余も続いた。

「悪名高い清和急送だよ」

　田宮は、玉置にも聞こえるように声高につづけた。

「清和急送から何百億円ものカネが政治家に流れているらしいよ。永田町のタニマチなんて言われてるくらいだから、清和急送にむらがった大物政治家は元総理クラスを含めて相当な数にのぼるんじゃないかな」

「父は、清和急送の佐賀会長と近いの」

「そんなことはないと思うが、東京清和急送の山辺社長とはつきあってたんじゃないかな。東京産業経済クラブの会員だし」

　東京清和急送は年商八千億円の急送大手の清和グループの中核会社で、社長の山辺康一と財務経理担当常務の早川広は、七月下旬に開催された臨時株主総会と取締役会で解任された。広域暴力団への融資や債務保証を含めて、四千億円以上の巨額資金がコゲつきになる恐れがあるという。

「僕が入社するちょっと前に、ウチは清和急送とひと悶着あったらしい。先輩から聞いた話だが、暴力団に会社の周りをウロウロされて怖かったっていうから、ただごとじゃないよねぇ」

田宮は、治子の手を振りほどいて、運転席へ躰を寄せた。

「玉置さん憶えてませんか」

「わたしもまだ入社してなかったからねぇ。ただ、その話は聞いてますよ」

田宮がシートに背を凭せると、治子は両手で右腕をつかんで、身ぶるいした。

「こないだ池山勇という人の話が出たけど、父はどうしてそんな危ない人たちとつきあってるのかしら」

2

『帝都経済』が清和急送グループをターゲットにキャンペーンを張ったのは昭和六十一年（一九八六年）の四月から五月にかけてである。

三回にわたって清和急送グループを採り上げたのは、主幹の杉野良治が「叩け！」と指示したからだ。

〝疑惑の清和商法の核心に迫る〟〝脱税容疑が発覚〟〝不正蓄財の実態〟〝政界工作に巨額

の資金〟の大見出しは例によってどぎつい。

清和急送某ブロックの元幹部の話。

「同業他社のドライバーの二倍は働かされた。ドライバーの引き抜き、セールスマンまでやらされるんだから、四十万円の初任給は安いくらいだ。グループには全国に約九十社の清和急送が存在するが、独立採算制なのでわれわれは転勤のときは〝転籍〟と称していた。〝転籍〟の辞令が出たら直ちに当該地域の簡易宿泊施設に寝泊まりさせられる。十七時間働かされて、帰って寝るだけ。タコ部屋みたいなものだ。入社三カ月で九〇パーセントのドライバーが辞めていく。だからドライバーの引き抜きは重要な任務の一つだった」

某事情通の話。

「総帥の佐賀清の背後に大物の政治家が控えているんじゃないかな。清和急送グループは三年間で三十億円もの脱税をしたのだから、本来なら国税庁の告発を受けて重加算税が課せられて然るべきなのに追徴金だけですまされている。京都の清和本社に全国の清和急送から上納金が納められるマルチ商法が国会で追及されたことがないのも大きな力が働いているためとしか思えない。非上場だからなにをやってもいいと考えているとしたら問題だ。こんな経営を続けていたら、そのうち破綻し、社会問題になるんじゃないかと心配だ」

記事の内容はまともだし、清和急送グループの現在の惨状をみれば、先見性を誇っていい。〝核心に迫る〟はうぬぼれが過ぎるとしても、マスコミで清和急送グループを最初に採り上げたのは『帝都経済』だった。

〝追及第三弾〟を掲載した『帝都経済』が発売された当日、産業経済社が本社を置く平河町の雑居ビルの周辺をひと目でそれとわかるパンチパーマの暴力団組員数人がうろつき回り、中にはビルの中に入ってエレベーターの乗降を繰り返した組員も出始めた。

杉野良治はちぢみあがって宿泊先のホテルの特別室に閉じこもり、もっぱら電話で連絡を取っていた。

『帝都経済』は、暴力団がらみの記事は一行も書いていなかったから、暴力団から厭がらせをされるとは、杉野も考えなかったのである。

追及第一弾で、清和急送グループの総帥である佐賀清会長からなにか言ってくるとは予期していたが、そうしたアクションはなかった。

杉野は「叩き方が足りない。もっと叩け！」と『帝都経済』の編集部でわめいた。

出がらしのような記事を二弾、三弾と続けた結果、いきなり暴力団をぶつけてきたのだから、杉野ならずとも怖気をふるう。

署名入りで記事を書いた記者は一人では外出できず、駅のホームを歩くときは必ず真ん中を歩いた。

思いあまった杉野が自民党の派閥の領袖に助けを求めたところ、領袖は秘書に丸尾弘と連絡を取るよう指示した。

丸尾は昭和四十七年に衆議院議員選挙に出馬し、初当選したが、同五十一年には落選。同五十四年の総選挙でも立候補を準備したが、自民党の公認に漏れたため断念せざるを得なかった。

丸尾は、清和急送グループと政界をつなぐパイプ役として知られている。

丸尾が話をつけたのだろう。暴力団の厭がらせは三日で終わった。

山辺康一が東京産業経済クラブに入会したのはその直後である。清和急送グループは『帝都経済』の広告にもつきあうおまけまでついた。

清和急送の大型貨物車が左車線に移動したため、急に前方がひらけ、うっとうしさが薄れた。

「父が山辺康一っていう人を介して、広域暴力団の幹部とつきあってることはないの」

「ないと思うけど」

否定の仕方が弱いのは、杉野良治とイトセンの藤岡光夫、メトロポリタンの池山勇などいわくつきの人たちとの親交ぶりが頭をかすめたからだ。

「主幹は強運の持ち主だから、どんな難局に遭ってもきわどいところで難をまぬがれられるんじゃないかなあ。政財界やマスコミに未公開株がバラまかれたコスモス事件でも、主幹の名前は出なかったからねぇ。大方のジャーナリストや経済界、産業界の人たちは、杉野良治がもらってないはずはないと思ってたらしいけど、ほんとうに主幹は株をもらってなかった。それこそ信仰のお陰かもしれないよ」

「はぐらかさないで。莫迦莫迦(ばかばか)しい」

治子は手を放して、窓側に顔を向けた。

車は京葉道路に入って、ぐっとスピードを増した。

3

税関の出国手続きまで二時間近くもあったので、二人はティールームで時間を潰(つぶ)した。

窓際の席があいていた。

コーヒーをオーダーしたあとで治子が訊(き)いた。

「憶えてる」

「もちろん。一月十四日だろう。時間も席も同じだね」

「コーヒーもよ」

田宮にもなにがしかの感慨がある。九カ月前のあの日、治子との結婚を意識したが、まだ気持ちは揺れていた。

「あのときから、わたしはずっとあなたのことばっかり考えてたわ。あのときも幸せな気持ちでアメリカへ行けたけど、いまのほうが幸福感はずっと大きい」

「うん」

田宮は照れ臭くて横を向いた。

「母もよろこんでくれたわ。結婚式は二人だけで、と思ってたけど、どうしてもわたしのウエディングドレス姿をひと目見たいってきかないの。結婚式が終わったらすぐ帰るからって泣かれて困ったわ」

「娘の晴れ姿を見たいと思うのは当然だろう。親父には不義理したんだから、せめてお母さんに親孝行するのも悪くないよ」

「ごめんなさい。あなたに迷惑をかけて」

「迷惑なんてことはないさ。ちゃんとロスへお連れするから心配しなさんな」

「わたしのウエディングドレス姿なんてどうでもいいんだけど、母に〝ガラスの教会〟を見せてあげたい気はしてるわ」

「そんな素晴らしいところなの」

「そりゃあもう。筆舌に尽くし難いとはこのことよ」

「たのしみだな。実は友達を一人呼びたいんだけどいいかなあ」

「だあれ」

「竹中和彦のことは話してなかったっけ」

「いいえ」

「高校のときの友達で、いまロスにいるんだ。永住権を取って、日本人と結婚して娘が二人いる。すごーくいいやつだよ。日本の自動車会社の現地法人でコンピュータ関係のプロセスエンジニアをしている。親友中の親友だけど、永いこと会ってないから、この機会に旧交を温めたいと思って」

「もちろんOKよ。ほんとのこと言うと、わたしも友達に押しかけられそうな気配なの」

「二人だけっていうのもロマンチックなんだろうけど、ちょっと寂しいよな。それだったら、少し動員をかけようか」

「でもあんまり派手派手しくなるのはいやぁよ」

「披露パーティをやるわけじゃないから、派手になるわけがないよ。出席したがってるっていうか、出席してくださるという人を拒むいわれはないと思うけど」

「そうねぇ」

コーヒーが運ばれてきた。

治子はなにを思い出したのか、コーヒーをすすりながら涙ぐんでいる。見かけによらず涙腺が弱い。

「ホテルの予約もスケジュールも全部きみにまかせてしまったが、面倒みのいいやつだからロスにいる間は竹中がいろいろやってくれると思うよ」

治子がハンカチで涙を拭った。

「ロスの竹中さんに電話をかけたの」

「うん。きみの許可が取れたら、出席してもらうと言ったら、許可もくそもあるか、って怒ってた」

「いやだなあ。悪妻と思われちゃったわね」

「そんなことより、主幹に挨拶ぐらいしたんだろうねぇ」

治子はかぶりを振った。

「まずいなあ」

「だって、父のほうから親子の縁を切るって言ったんだもの、しょうがないでしょ」

「それは主幹の強がりだよ。もし、そうだとしたら僕をクビにするはずだろう」

田宮は、古村綾から聞いた話が口に出かかったが、ぐっとこらえた。綾の名前を出すと治子は感情的になる。

「父は母にもなんにも言ってないらしいわよ」

「〝お山〟で主幹に挨拶しとくよ。新婚旅行で休暇を取ることもまだ話してないんだ。もちろん、瀬川副社長から主幹に伝わってるはずだけど」

「〝お山〟って言えば吉田修平さんに悪いことしちゃったわねぇ」

「吉田には大きな借りをつくっちゃったねぇ。クリスチャンだって聞いて落ち込んだよ。去年の採用から〝お籠(こ)もり〟が条件になったんだ。僕や吉田が入社したときは、そんな条件はなかったからなぁ」

「憲法で保障されている信教の自由があの会社にはないわけよね。父の狂信ぶりはひどくなる一方なんだ」

治子は口へ運びかけたコーヒーカップを左手に乗せて、伏し眼がちに話をつづけた。

「ただ、〝聖真霊(せいしんれい)の教(きよう)〟へ入信することが条件だったら、あなたも吉田さんも入社してなかったと思うの。あなたと巡り合えなかったわけでしょう。そう考えると、なんだかとっても不思議な気がするわ」

「人の縁(えにし)とか出会いなんて不思議なものだよ。神のみぞ知るとしか言いようがない」

治子が時計に眼を落とした。つられて田宮も時計を見た。

四時四十分過ぎ。まだ時間はある。

「アメリカから帰って来てからが大変だな」

「仕事のこと」

「それもあるけど、まず引っ越しがあるだろう」

「あなたは本箱ぐらいじゃないの」

「莫迦にするなよ。所帯道具があるぜ」

「なるべく捨ててきてね」

田宮は苦笑した。下北沢駅に近い北沢の治子の賃貸マンションに住むことになったのはスペース上、仕方がない。広尾のマンションは狭すぎる。田宮が出たあと、杉野良治付秘書の斉藤洋が入居することになっていた。

4

「大二郎ちょっと……」

瀬川誠が近づいて来て、田宮を手招きした。近ごろ、瀬川は親分風を吹かして気安く「大二郎」と呼ぶことが多い。ミニスギリョー気取りなのだ。

秘書時代、機嫌のいいときの杉野良治がそうだった。田宮は杉野との直接対話がなくなっているので、ファーストネームで呼ぶのは瀬川だけだ。

十月八日の夕刻、瀬川は田宮を会議室に連れて行き、えらそうに言った。

「大二郎の新婚旅行、出張扱いにしてやるからな」

「けっこうです。遠慮しますよ。そんなことをしたら、それこそ社員に示しがつかないでしょ」

尊大な瀬川への反発も手伝って田宮は無表情で返した。瀬川には含むところもある。吉田修平を拝み倒して社員総会の〝お籠もり〟参加に「うん」と言わせたのは田宮なのに、瀬川が杉野に手柄顔で報告したことを古村綾から聞かされていた。

「主幹のOKも取ったから、心配するな」

「いや、お断りします。だいいち治子に叱られますよ」

治子は四日前に渡米し、いまニューヨークにいる。二年ほどの米国留学中は産業経済社から社員扱いで高給を取っていたが、そのことを恥じて、いまは立派に自立していた。もっとも下北沢の賃貸マンションの家賃は、母親の文子にヘルプしてもらっていると話していたが。

「治子さんも相当な意地っ張りだよなあ。〝お山〟の挙式を拒みきったんだから恐れ入るやらあきれるやら……」

「言われる前に言いますが、わたしが意気地なしなんです」

「いまさら愚痴っても始まらないけど、主幹が可哀相だったよなあ。主幹のお気持ちを考えると胸が疼(うず)くよ」

瀬川は大仰に顔をしかめたが、すぐに頬をゆるめ本題に戻った。

「あのなあ、ついでにひと仕事してきてもらいたいんだ。前にも話したと思うが『ファイナンシャル・ジャパン』が大変なことになってるんで、営業的にバックアップしてやらんとなあ」

「拡販してこいとは聞いてましたけど、それも勘弁してくださいよ。せめて新婚旅行ぐらい仕事のことは忘れたいですから」

瀬川はじろっと横眼で田宮をとらえた。

「〝伸びゆく会社〟シリーズで青山建設とスターハウスを落としたのは褒めてやるが、それだけで安心してもらっちゃ困るぞ」

田宮は顔色を変えた。

「どういう意味ですか」

瀬川の声がひるんだ。

「俺はきみのためを思って言ってるつもりだけどなあ。この際、得点を稼げるチャンスなんだから、ここは頑張りどころだろう。主幹はきみを取締役に戻すタイミングを考えてるんだ。『ファイナンシャル・ジャパン』の立て直しにきみがひと役買ってくれたら、それでもう決まりみたいなもんだ」

「わたしが仮りにアメリカで何十部か何百部か拡販したところで、どうなるっていうんですか。焼け石に水でしょう。数億円の累積赤字が消えるはずもないし……」

田宮は目元に苦笑をにじませて、つづけた。

「スケジュール的に不可能です。治子が十日間の日程を全部決めてますから、それを壊すのは無理ですよ」

「おまえはどこまで女房の尻に敷かれてれば気が済むんだ」

「尻に敷かれてるつもりはありません。彼女にまかせておけば、安心して旅行ができるのでそうしたまでです」

「ロスで一日、ニューヨークで一日、会社のためになんとか二日だけ割いてくれないか。このとおりだ、頼む」

瀬川は掌を合わせて、泣き落としに出た。

「副社長にいくら頭を下げられてもダメなものはダメです。『ファイナンシャル・ジャパン』は廃刊すべきですよ。〝支援する会〟なんて姑息な手段に訴えても抜本的な解決策にはなり得ないと思います。教祖様に〝廃刊すべし〟とお告げを出してもらうように、副社長なら仕向けられるんじゃないですか。創刊記念パーティのときは松下自民党幹事長でしたか、それから十五万部突破と称した謝恩記念パーティでは海野首相にスピーチしてもらいましたが、創刊以来、瞬間的にも黒字になったことは一度もないそうですねぇ。東京から月々五千万円もニューヨークに送金して、それほど回収できないとすれば、廃刊するしか手はないと思います」

十五万部突破はあり得ない。赤字の英字情報誌事業を軌道に乗せたい一心で、杉野が打ったこけおどしの大パーティに、時の総理まで動員した。海野首相は「良治さんとは三十年来の親友です。『ファイナンシャル・ジャパン』が日米構造問題の解決に力を貸してくださることを信じて疑いません」などと調子のいい祝辞を述べた。

歴代総理の中でもこれほど軽い総理も珍しい。大謝恩パーティもさしたる効果はなかった。

杉野は「アメリカの有力経済誌と互角に渡り合っている」とパーティで大法螺を吹いたが、内容が伴わないのだから部数増は期待できない。

「おまえ、やけに詳しいじゃないの」

瀬川は厭な眼をくれたが、田宮は動じなかった。

「累積赤字が数億円もあると副社長から聞いたので、担当者に聞いたんです。有料部数は二万、いやもっと低いんじゃないんですか」

「しかし、主幹はまだ旗を巻く気はないからな。ロンドン、ニューヨーク、ロサンゼルスなどに拠点を持って、グローバルに事業を展開できるのは『ファイナンシャル・ジャパン』を発行しているお陰でもある。いわばウチのステータス・シンボルなんだよ。そんなにあっさり撤退してたまるかっていうんだ」

5

瀬川はワイシャツの袖をたくし上げた。先日「俺が主幹だったらとっくに廃刊している」と話したことを忘れている。自分の意見を杉野に伝えられる度胸すらない男だ。逆に杉野からハッパをかけられたのだろう。

「ところで、大二郎は結婚祝いを全部辞退したそうじゃねえか。ええかっこしてるつもりなのか。おまえ、なにを考えてるんだ」

「企業に個人的な借りをつくりたくないというだけのことです。杉野良治の娘と結婚するだけでも、大変なプレッシャーなのに、その上、企業にたかっているだの、なんのって言われたくないですからねぇ」

瀬川はテーブルに肘を突いて、上体を乗り出してきた。

「主幹はそれもおもしろくないらしいぞ。主幹に対する当てつけと取ってるかもしれない」

「どうしてですか」

「盛大に披露宴やって、ご祝儀で稼がせてやろうっていう主幹の親心もわからないのか」

「そう言えばそんなことを主幹から聞いたことがありますけど、主幹とは人生観が違いますから」

「そこでだ。俺は考えたんだよ。シャイな大二郎を逆手に取って、そこへつけ込んでだなあ、『ファイナンシャル・ジャパン』でひと山当てさせてもらおうっていう寸法だ」

瀬川は中腰になってテーブルにのしかかるように、口臭がわかるほど躰を寄せてきた。

「部数の拡販なんてケチなことじゃないんだ。『ファイナンシャル・ジャパン』でアメリカ特集をやる。米国に進出してる日系企業の動向を特集して、二百社を対象に一社百万円、これで二億円だ」

「二百社も回ってこいとでも言うんですか。十日全部潰しても不可能ですよ」

ネクタイをゆるめながら田宮はうんざりした声で返した。〝別働隊隊長〟の瀬川が考えそうなことだ。

「カネのほうは大二郎の新婚旅行中に東京で俺がなんとでもする。大二郎の結婚をだしにさせてもらって悪いが、それもこれも会社のためだ。きみはニューヨークとロスの主要企業を二十社ほど回って、現地法人のトップに挨拶してくれればいい。取材は現地の記者にやらせるから心配はない」

「カネのためには手段を選ばずっていうわけですね」

瀬川の眼に険が出た。

「そこまで言うとカドが立つな」

「どうも」

見事にたぐり込まれてしまった。

〝取り屋〟の親分がスギリョーなら、さしずめ瀬川は大政、俺は小政と言ったところだろうか。

「これ仮払いで出しといたから、帰ってから精算してくれ」

瀬川がズボンのポケットから部厚い封筒を取り出してテーブルに置いた。

「とりあえず百万円入ってる。とても足りんだろうが、治子さんの分も含めて旅費、ホテル代、食事代、すべて会社で持つからな。フライトはビジネスクラスで勘弁してもらおうか」

田宮は結局、百万円のキャッシュを受け取った。成田空港でドルに替えてもいいし、円で持って行ってもいっこうにさしつかえない。

ロスで一日、ニューヨークで一日、ひねり出すのは難題だが、母親が娘の晴れ姿をひと眼見たい、と言い張り、治子が折れ、田宮に同行することになった。ロスの教会でウエディングドレスに包まれた娘を見るだけで、邪魔はしない、と言ったそうだが、ニューヨークにも同行させ、買い物をつきあわせるなり、治子の相手をしてもらえば、親孝行の真似ごとができる——。

田宮はそんなことを考えながら自席に戻った。

しかし、〝二百社、二億円〟は目標に過ぎない。半分も達成できればよしとしなければ……。こんなことなら結婚祝いに十万円、二十万円と包んで押し寄せそうな気配をみせた企業の広報室長や秘書室長に、「お気持ちだけいただきます」などとカッコつけることはなかった。企業にとって、そのほうがずっと負担は少なくて済んだのだ。だいたいスギリョーの子分がいまさらいい子ぶっても始まらない。

6

十月九日午後三時までに新幹線新富士駅に近いホテルに集合した産業経済社の関係者は二百十三名。この中に三十五名の来春採用内定者が含まれている。

従業員の変動が激しく中途採用者が多いので、田宮が知らない顔もけっこう多い。もっとも、新潟、金沢、広島などの支局を今年に入って相次いで開設したために、現地採用の従業員が新たに二十名近く加わった。

杉野良治は社員総会と称しているが、〝お籠もり〟が目的の研修会である。恒例の社員総会は一月中旬の〝産業経済大賞〟表彰パーティの前後に行なわれるが、このときは海外支局員も出席を強いられる。

今夜は社員懇親会だから、八時に中締めがあり、就眠で杉野が退席したあとは、カラオケ大会も用意されているはずだ。百七、八十名も宿泊できる施設は〝お山〟にはない。〝聖真霊の教〟本部に最近完成した講堂を開放すればそれも可能だが、それだけの寝具がないからやはり無理だ。だいいち神聖な講堂を雑魚寝で穢すわけにもいくまい。

あす十月十日の〝お籠もり〟研修会は、杉野の思いつきに端を発している。初めに結婚式ありきだった。

それが治子の反対で潰れ、〝お籠もり〟だけが残った。

古村綾と海外支局員を除く社員を一人残らずホテルに集めて、杉野はご機嫌だった。

初参加の吉田修平は、新幹線の中で誰とも口をきかず文庫本を読んでいた。田宮は少し離れたシートから吉田のほうを気にしていたが、吉田は一度もこっちを見なかった。

四時からホテルの大会議室で社員総会が始まった。

司会は取締役総務部長の小泉俊二。

主幹挨拶がすべての月曜日の朝礼と異なるところは、副社長の瀬川誠が平成三年度上期の業績を報告することと、支局長を含めた部門長が五分間のスピーチをさせられることだ。

主幹挨拶の中で、杉野は田宮と治子の結婚式についてはまったく触れなかった。都合の悪いことは忘れてしまうタイプでもあるが、それ以上に思い出すのも癪だったのだろう。

「あすの〝お籠もり〟が初めての社員もいるでしょう。それから来年、わが産業経済社に入社する三十五人の若人も、初体験ということになりますが、〝聖真霊の教〟はわが産業経済社の守護神であられます。教祖様に接することのできるきみたちはほんとうに幸せです。幸福感に浸って、凜々しい若者になっていただきたい」

「ところで、詳しい業績報告は瀬川副社長に譲りますが、一つ二つ気がついたことを申し上げると、去る七月二十七日に封切られ、主幹が初めてプロデューサーとして制作した映画〝福田倫一〟が本年随一の話題作となり、大ヒット作として多くの人々に深い感動を呼び起こしたことは主幹にとっても諸君にとっても生涯の誇りになると思います。もう一つは『産業経済クラブ』を分離して株式会社に改組し、一層の充実を期したことも特筆されると思います」

「産業経済クラブ」は七月二十三日の大安吉日に設立された。産業経済社の全額出資（資本金三千万円）で、社長はもちろん杉野良治である。

創立総会は瀬川を議長役に進められたが、肝心の杉野が欠席した上、出席者はわずか十八名。委任状によって総会成立必要数はなんとか確保できたが、決議事項は年会費の大幅値上げだけという粗雑なものだった。従来の十五万円が五十万円に値上げされたのだから、七億円の増収である。

仙台などの支局開設が「株式会社産業経済クラブ」の会員集めを最大の狙いとしていることは言うまでもない。

在来の支局も含めて、各支局が取材網、情報網として機能することはほとんどない。それを期待するほうが野暮というものだ。杉野も瀬川も集金システムと割り切っている。

「産業経済クラブの改組と並行して、当社は支局網の整備を急いでおります。今年開設した支局の中で、仙台支局の健闘をこの機会にとくに讃えておきたい。支局長の北尾君はまだ二十九歳の若さながら、地元の有力企業に食い込んで、多数の新会員を集め、気を吐いているが、ほかの支局長も北尾君を見習って大いに奮起してもらいたい」

地元仙台の企業で鼻つまみにあっている北尾を杉野が評価しているのは、集金能力をカウントしているからこそだ。

北尾健一は仙台支局開設記念パーティで商工会議所会頭など地元財界の著名人数人を発起人に仕立てあげたが、秘書に電話で依頼しただけのことだ。無断で名前を使った強引なやり方で、顰蹙を買った。ミニスギリョーは瀬川だけではない。

7

杉野良治は〝聖真霊の教〟の女教祖、山本はなの〝お告げ〟で主幹挨拶をしめくくった。

「最後に教祖様が平成四年度は百五十億円の売り上げを目指すように、と〝お告げ〟になったことをお知らせしてわたしの挨拶に代えさせていただきます。そのためにも支局網をいっそう強化し、来年中にあと二十ほど支局をふやしたいと考えております。皆さん、大いに頑張ってください」

杉野に続いて、瀬川誠が登壇した。瀬川は業績報告の中で田宮大二郎を褒め上げた。

「次に出版局事業部が大健闘していることをご報告申し上げます。とくに課長の田宮大二郎君が期待にたがわず同事業部の中心になって八面六臂(ろっぴ)の大活躍をしており、田宮君の存在がなければ同事業部はこれほどの実績を残せなかったと申し上げても過言ではないと思われます。下期十月以降さらに顕著な数字が出てきますが、上期の業績にも少なからず寄与しております……」

田宮は汗顔赤面もいいところだ。まさか自分の名前を出されるとは思わなかった。

そっと壇上の杉野に眼をやると、うれしそうな顔で瀬川の話を聞いているではないか。

瀬川は杉野と打ち合わせ済みなのだろうか、と田宮は怪しんだ。

要するに俺もミニスギリョーってことなのだ。仙台支局の北尾健一の強引なカネ集めを非難できる立場ではない。同列、いや、それ以上と考えるべきかもしれない。

古村綾に知恵をつけられて、恐喝まがいの手荒なことをしてスターハウスと青山建設を落とし、〝伸びゆく会社〟シリーズ入りを承諾させたのだ。

五十万円の商品券をポケットに入れなかったことだけがせめてもの救いである。

「なお、ついでながらこの機会に皆さんにお知らせさせていただきます。えー、田宮君はかねてより婚約中の主幹のご令嬢、杉野治子様とあす十日の大安吉日に〝お山〟で結婚式を挙げられることになっておりましたが、治子さんがお仕事の関係でニューヨークへの出張を余儀なくされましたために、まことに残念至極ですけれど〝お山〟での挙式を見送らざるを得なくなりました。田宮君はわが社の重大な使命を帯びて、明後日、成田を発ちアメリカへ向かいますが、旅先で、治子さんと挙式されることになっております。お二人のご幸運を祈らずにはいられません」

杉野から笑顔が消えた。しかし阿修羅(あしゅら)の形相ではない。これも打ち合わせ済みだろうか。

社員総会は五時に閉会、六時までは自由時間である。

田宮は大浴場で汗を流した。

湯煙の中で気づかなかったが、瀬川が浴槽の中で話しかけてきた。

「俺のスピーチ、よかったろう。治子さんのことを話すべきかどうか迷ったんだが、主幹はまんざらでもなかったらしいぞ」

「あらかじめ了解を取って話したんじゃないですか」

瀬川はむっとした顔で返した。

「ふざけるなよ。アドリブに決まってるじゃねえか。いちいち主幹にお伺いを立てられるかってんだ」

「〝重大な使命〟には参りましたねぇ。仮払いの百万円といい、相当なプレッシャーですよ」

「それが俺の狙いだからな」

「ロスとニューヨークでどうしても時間が取れなかったら、出張扱いを辞退すればいいわけでしょう」

「そうはいかん。もう主幹にも話してあるからな。これがなかったら、主幹があんなうれしそうな顔するわけねえだろう」

「副社長に、してやられたっていうか、いまいましい気持ちですよ」

「そう言うな。大二郎は俺の片腕なんだ。これだけ頼りにされたら、男冥利に尽きるだろうぜ」

瀬川は浴槽から出て行った。

洗い場で顔を当たりながら、田宮は古村綾の顔を眼に浮かべていた。

二週間ほど前、綾は「あなたとわたしが手を組んで頑張れば産業経済社はなにがあろうと安泰よ」と刺激的なセリフを吐いた。

瀬川は、兄貴分のつもりらしいが、綾のほうは俺をパートナーと考えているのだろうか。

六時から大広間で宴会が始まった。全員浴衣の上に丹前を羽織っている。

田宮はころあいを見て〝お流れ頂戴〟で杉野の前に正座した。

「勝手を致しまして申し訳ありませんでした」

「うん。今度はしようがないが、帰ったら、治子を〝お山〟に連れて来るようにしたらいいな」

「なんとかそうしたいと思ってます」

「一杯やろう」

「いただきます」

いまどき献酬なんてどうかと思うが、セレモニーだから仕方がない。

小さな猪口（ちょこ）なので簡単に飲み干せる。

役員や支局長がずらっと順番を待っていたので、田宮は返杯して引き下がった。

杉野は七時二十分に退席し、スーツに着替えて、秘書の斉藤を従えて〝お山〟へ向かった。〝聖真霊の教〟本部の特別室のほうが寝心地がいいからだろう。

8

吉田修平が田宮の隣に座り込んだのは、八時を過ぎて二部のカラオケ大会が始まってからだ。座が乱れ自分の席も他人の席もなくなり、二人ともコップ酒になっていた。

カラオケも四、五人まではみんな聴いているが、それから後は真面目にやっているのは唄っている当人とバンドだけになりがちだ。まして百七十人以上の大宴会である。収拾がつかない。

「あした〝お山〟に行かなければいけませんかねぇ」

吉田に絡まれるのはもとより覚悟の上である。田宮はにこやかに対応した。

「いまさらなに言ってんだ。吉田らしくないぞ」

「こんな恥辱はわが生涯で初めてですからねぇ」

「こないだ古村さんから皮肉たっぷりに言われたよ。二度の恥辱に耐えられたんだから立派だって。朝礼で辞職を宣言しておきながら撤回したこと、主幹に足蹴にされたことを指してるんだろう。おっしゃるとおり、としか言いようがない。俺に比べたら、吉田なんて恥辱でもなんでもないよ。ちょっぴり厭な思いをすれば済むことだからな」

「質が違うんですよ。クリスチャンとしての尊厳を傷つけられる身にもなってください」

「吉田の気持ちはわかるが、ここまできてそれを言うのはおかしいだろう。吉田に大きな借りをつくった。恩に着るよ。この借りは永久に返せないかもしれないなあ。とにかくあしたの〝お籠もり〟は堪えてくれ。たのむ」

田宮に頭を下げられて、吉田は口をつぐんだ。

北尾が吉田を押しのけるようにして、二人の間に割り込んできた。

「よう。スクープ記者。不景気な面してるじゃねえか。吉田が〝お籠もり〟に応じたとは驚いたぜ。あしたも雨だな」

「つまらないこと言うなよ」

田宮も顔をしかめた。

吉田は北尾とひとことも口をきかずに、腰をあげた。

「出版局事業部そんなに調子いいの」

「仙台支局ほどじゃないよ」

「開設パーティ、俺一人で五百人集めたからな。主幹はびっくりしたけど、軽いもんよ。主幹は俺を名古屋支局からピックアップして、大成功だったとよろこんでるわ」

がさつな男だ。口のきき方もわかっていない。

「仙台支局は女性の事務員が居つかないっていう話を聞いたが、支局長に問題はないのか。わずか数カ月で四人も辞めたそうじゃないの」

「あんた、どうしてそんなこと知ってるの」

「悪事千里を走るって言うだろう。きみの集金能力は買うけど、あんまりいい気になるなよ」

北尾は丹前の袂(たもと)から煙草を出して口に咥(くわ)えた。指先が小刻みにふるえている。

「主幹の前でも煙草吸えるか。煙草は有害だから禁煙を命じると主幹が言ったのがいつだったか忘れたが、少なくとも本社では禁煙が徹底している。きみは、表と裏がはっきりしすぎるんじゃないのか」

田宮は感情的になっている自分がわかっていた。北尾が吉田の気持ちを逆撫(さかな)でしたことと無関係ではない。

「主幹の娘婿になるからって大口叩(たた)くじゃん。治子さんと結婚するあんたの気が知れないっていう人もいるけど」

「酒が不味(まず)くなる。向こうへ行ってくれ」

田宮は犬でも追い払うように、手を振った。

これ以上話してたら確実につかみ合いになる——。

禁煙命令は行きすぎだと田宮は思っていたが、行きがかり上、北尾をなじらざるを得なかった。杉野の行きすぎ、やりすぎは〝お籠もり〟も含めて、かぞえあげたらきりがない。カラオケ大会での喫煙ぐらい目くじら立てるほうが大人げないが、北尾は態度がでかすぎる。

北尾は悪ぶってるのか、引っ込みがつかなくなったのか、煙草に火をつけ、すぱすぱやってから、吸い殻を吉田が置いていったコップの中に放り投げた。

9

十月十日も小雨が降った。

九時過ぎに四台の貸し切りバスでホテルから〝お山〟に移動したが、田宮は吉田の隣に座った。

「まだ俺を見張ってるんですか」

「別に見張ってるわけじゃないが、やっぱり気になるからなあ。儀式にちょっとつきあうだけのことで、クリスチャンの尊厳を傷つけるというのは考えすぎだろう」

「古村さんや治子さんがうらやましいですよ」

「治子も〝お山〟に一度来てるよ。主幹にアメリカから帰ったら連れて来いと言われたが、どうなることやら」

「言っておきますが、僕は一回限りですからね」

「きみも治子も頑固だなあ。僕はいい加減な信徒だけど、主幹に反抗するかしないかの問題だと割り切っている」

「集団憑依(ひょうい)現象っていう言葉があるそうですけど、わが社は正に〝聖真霊の教〟に取り憑(つ)かれちゃって、危険な状態にあるんじゃないですか」

「難しい言葉を知ってるなあ。〝ひょうい〟ってどう書くんだ」

吉田は左手に右手の人さし指で文字を書きながら説明した。

「〝ひょう〟は取り憑くの〝憑く〟、〝い〟は人偏(にんべん)に衣(ころも)、依存の依です。新聞で読んだんですけど、要するに集団ヒステリーっていうか、マス・ヒステリックとも言いますよねぇ」

「クー・クラックス・クランとかナチズムを想起しがちだが、わが〝聖真霊の教〟はそんな凄いのとはわけが違う。おとなしいっていうか、可愛いもんだよ。主幹がわが社の守護神だと思い込んでいるだけのことだ。吉田が主幹に対して、ちょっとやさしい気持ちを持つかどうかの問題だろう」

二人とも声をひそめているので、前後と右手のシートに座っている社員に聞かれる心配はないが、吉田がいっそう声をひそめた。

「田宮さんはやさしい人だとは思いますけど、〝鬼のスギリョー〟に対してやさしくなければいけないんですかねぇ」

「スギリョーは気が小さいっていうか、人の顔色を窺うようなところがあると思わないか。〝スギリョー毒素〟なんていう言い方もあるけど、守護神にすがらなければ、やすらかな気持ちになれないほど小心な人なんだよ」

吉田が話題を変えた。

「来年採用の三十五人がどうなるか見ものですね」

「どういう意味だ」

「きょうの〝お籠もり〟で気持ちを変えて、入社拒否組が出てこないはずはないでしょう。もっと減るでしょうね」

「歩留まり五割ってとこかな」

「二、三割じゃないですか」

「賭けようか」

「やめときましょう。不謹慎ですよ」

吉田は冗談ともつかずに返した。

三十分足らずでバスが〝お山〟に着いた。

田宮は一人だけ〝聖真霊の間〟に呼ばれ、女教祖の山本はなと対面させられた。

山本はなは硬い顔で田宮を迎えた。

「田宮大二郎君、杉野先生から聞きましたが、きょうはまことに残念でなりません。治子さんに憑いている悪霊を取り払わなければいけません。〝聖真霊の菩薩〟に祈願しておきましょう。これは杉野先生からとくにお願いを承ったのです」

一月十二日の絶叫調とは違っていた。あのときは山本はなが発狂したか、ひきつけでも起こしたのではないか、と心配になった。両手のこぶしで頭をきりきり揉み上げられたが、それもなく、山本はなは瞑目して呪文を唱えただけだった。

ずいぶん長く感じられたが、三十秒か、四十秒気色の悪い思いをしただけで済んだ。これで治子から悪霊が取り払われたとは思えないが、〝お山〟の挙式をすっぽかしたのだから、この程度は辛抱しなければ仕方がない。

しかし、〝お籠もり〟初体験の吉田修平にこんな思いはさせたくないと田宮は気を揉んだが、杞憂に終わった。

吉田が個人的に指名されて、女教祖の前に座らされることはなかったのである。三十五人の新人も含めて、全員がかわるがわる〝聖真霊の菩薩〟にお参りさせられたあと、講堂で山本はなの訓話を聞かされたにとどまった。

現世利益を求めてむらがる信者に対して、数々の奇跡をもたらした、という程度の他愛のない話だが、要は信じる者は救われるということなのだろう。

杉野良治も山本はなに続いてマイクの前に立った。

「産業経済社の守護神〝聖真霊の教〟のお陰で、主幹は重度の脳梗塞が完全に治癒し、このように立派な健康体を取り戻すことができました。そしてわが社は隆々と栄え、発展し続けております。きょう初めて〝お籠もり〟した若い人たちも信仰によって生まれ変わることができるのです。主幹は若い人たちの成長を期待してやみません」

田宮は、山本はなも杉野の話もうわの空で同じ後方列の椅子に座っている吉田を見つめていた。

吉田はうつむき加減に指を組み合わせ黙禱していた。イエス・キリストになにごとかを祈っているのか、聖書の言葉を思い浮かべていたのか、どっちかだろう。

第十三章　ガラスの教会で

1

成田空港のロビー内売店で買った夕刊の一面に〝鈍足台風また週末ぬらす〟〝十月上旬降雨量、東京で平年の三・五倍〟と四段見出しで異常な雨続きが報じられていた。

東京地方は六日続けて雨が降り、この日、十月十一日は台風の影響で土砂降りの大雨に見舞われた。

「よく降るなあ。こんな雨の中を吉田が見送りに来てくれるとは思わなかった」

「きのうの〝体育の日〟は特異日といわれてるんでしょう。北尾仙台支局長に僕が〝お籠もり〟したから雨が降るぞなんて言われましたけど、ほんとに雨が降って、ざまあみろって思いましたよ。やっぱり〝聖真霊の教〟はインチキなんですよ。現世利益を説く宗教はみんなインチキなんです」

田宮と吉田は、ＡＮＡのカウンター前で立ち話をしていた。田宮から数メートルほど離れて杉野文子がひっそり佇んでいる。

「思い込みっていうか、論理的じゃないねぇ。治子も現世利益を説く宗教はインチキだとか、鰯の頭でも拝んだほうがましだとか言ってたけど、二人とも感情的でありすぎるよ」

「治子さんがそんなことを言ったと聞いた記憶がありますけど、きわめて論理的で説得力がありますよ。要するに金権体質的カネ儲け主義宗教なんですよ。お告げで売り上げを増やせなんて、よく言いますよ。どういう神経なんですかねぇ。山本はなもスギリョーも頭が狂ってるとしか思えませんよ」

「少し声が大きいぞ」

田宮は、背後が気になった。人混みの中だから聞こえる心配はないだろうが、〝お籠もり〟初体験の吉田はまだ神経が高ぶっているとみえる。

「来年度は百五十億円の売上高を目指すってことは、今年度の下期を七十億円と見込めば二十億円伸ばせっていうことでしょう。一五パーセント増ですか。いくらスギリョーが強面で、毒素を振り撒いても、経済界に不況感が出てきている中で、そんなに取れるんですかねぇ」

吉田は声量を落としてつづけた。

「スギリョーは、組合問題のとき〝おまえら俺一人の腕にぶら下がってるくせにふざけるか」
な〟って大口叩いたんですから、ひとりでやれるものならやってもらおうじゃないです

「それこそ偏見ですよ。クリスチャンはものを言っちゃいけないなんて法はないでしょう。聖書を読んで勉強してください」
「クリスチャンらしからぬ過激なことを言うなあ」

吉田はむっとした顔で言い返した。

田宮はにやにやしながら言った。

「でも、あの程度なら〝お籠もり〟も我慢できるだろう。月一度の社員研修続けてくれよな」

「冗談よしてください。金輪際ご免です」

「切ないねぇ。治子と吉田に突っ張られるのが、いちばんこたえるよ」

「そんなことより、社員研修会で副社長が、田宮さんは重大な使命を帯びてアメリカへ行くようなことを言ってましたけど、なんのことですか。気になってたんですけど〝お山〟では訊きそびれちゃって」

「〝取り屋〟稼業に協力しろってことさ。『ファイナンシャル・ジャパン』の赤字軽減にひと役買えってわけ」

田宮から詳しく話を聞いて、吉田はあきれ顔で言った。

「新婚旅行までカネにしろって言うんですか。頼むほうも頼むほうだけど、受けるほうもどうかしてますよ」

「耳が痛いよ。俺もバランス感覚がおかしくなってるのかねぇ。だんだん瀬川さんに似てきて、われながら困ったものだと思ってるんだ。出張扱いにすると言われて仮払いの百万円をポケットに入れちゃったんだから、さもしいっていうか、あざといっていうか。もちろん治子の旅費まで会社に請求する気はないけどね」

「ほんと、救い難いですねぇ」

吉田はほとんど汚い物でも見るような眼つきになっている。

田宮は自嘲的に薄く笑った。

「ただ、吉田と俺の立場は違うからねぇ。吉田は編集、俺は営業マンなんだ。さしずめ〝別働隊〟の隊長補佐っていうところかな。その点は区別して考えてもらわないと。『帝都経済』編集部員の吉田たちが営業やらされてるわけじゃないだろう」

「しかし、〝別働隊〟と分かち難く結びついてることはたしかでしょう。質の悪さ、程度の悪さは五十歩百歩ですよ。だいたい〝田宮編集長〟はどうなっちゃったんですか。もう融けて消えちゃったと思ったほうがいいのかなあ。だったら、早いところ会社に見切りをつけなくちゃ」

「そう早まるなって。田宮―吉田ラインで『帝都経済』を動かす時代が遠からず来るか

「当てにしないで待ってますって言いたいところですけど、僕の忍耐にも限度がありますからねぇ。スギリョーが死ななきゃ、絶対に産業経済社の体質は変わりませんよ」

「おい。俺がアメリカへ行ってる間に、変な気を起こしたらゆるさんからな」

田宮はわざとらしく、右のストレートパンチを繰り出す仕種(しぐさ)をして、にやっと笑った。

「そこまではやらないと思いますけど」

吉田の童顔がほころんだ。

時刻は午後四時五十分。そろそろ税関の出国手続きをしなければならない。

「その傘あずかりましょう」

吉田が田宮からこうもり傘を奪い取った。

「捨ててくれていいよ」

「いや、会社に置いときます」

吉田は、文子にも別れの挨拶(あいさつ)をして、手を振りながら立ち去った。

2

この日、田宮は正午に家を出た。広尾からタクシーで三田(みた)へ向かい、マンションで杉野文子をピックアップして、箱崎の東京シティエアターミナル（ＴＣＡＴ）で降車した。ひどい渋滞で箱崎まで二時間かかった。

前日、〝お山〟の帰りに東京駅でＪＲ空港特急の予約シートを買えると思っていたが、満席だったのである。

ＴＣＡＴで搭乗手続きを済ませて、しのつく雨の中をリムジンバスに乗り込んだ。

文子は、治子と違ってかしずくタイプでもの静かな女だ。むろん、田宮は文子と何度も会っていた。

治子が渡米する前日の夜、田宮は結婚の挨拶に三田のマンションを訪ねた。

全室南向きの五十坪近い高級マンションである。

文彦夫婦も在宅していた。

考えてみれば、田宮と治子は結納をとりかわしたこともなければ、治子の母と兄に婚約の報告もしていなかった。

文子と文彦夫人の早苗は家庭料理で田宮をもてなしてくれた。尾頭付の豪華な食卓は、田宮と治子の門出を祝う晩餐（ばんさん）会に相応（ふさわ）しいものであった。

手をかけた料理は、お世辞でなく料亭で会席料理を食べてるよりましなくらいだ。「こんな田舎くさい料理、お口に合うかしら」と文子は言ったが、謙遜（けんそん）もいいところだ。

「母も義姉（あね）も、料理自慢なの」

「わたしはお母さんにまだ教えていただいてるところなんです」

「大二郎さん、わたしはどう。きょうはお手伝いしてないけど」

「つねづね感心してますよ。見直しました」

治子はビールをひと口飲んで、コップをテーブルに戻した。

「母にはとてもかなわないけど、お魚を三枚におろせるようになったのは中学のときだから、わたしもけっこう年季が入ってるのよ。家族に美味(おい)しいものを食べさせたい一心で、クッキングスクールに通い詰めたのに、母を裏切った父がゆるせないわ」

「治子」

文子にたしなめられて、治子は肩をすくめたが、なおも言い募った。

「なにがよくてホテル住まいなんかしてるんだろう。〝お山〟の父の専用室も一度覗(のぞ)いたけど、あんなところのどこがいいのか、わたしには理解できないわ」

「主幹は仕事が生き甲斐(がい)なんですよ。とくに原稿を書いていることが多いので、ホテルが楽なんじゃないですか。誰にも邪魔されずに一人で原稿を書いてるときは集中できますからねぇ」

田宮はしらけた雰囲気をとりなすつもりで杉野を庇(かば)ったが、さして効果はなかった。

文子も文彦も寡黙である。

文彦は田宮より二つ三つ年下だが、こんなに口数が少なくてサラリーマン稼業が務まるのだろうか、と心配になってくる。

「浜田山にあんな立派なお屋敷があるんだから、みんなで住めばいいのに。そうすれば大二郎さんとわたしがこのマンションに住めるのになあ」

「おまえ、そんなことを考えてたのか。だったら、浜田山におまえと田宮さんが住めばいいじゃないの。あの家はなんだか暗くて、住む気になれないねぇ」

「わたしもあの家は嫌いよ。父が不正をして手に入れたっていう評判もあるし……。だいいち、わたしは父から勘当されている身だから、あの家に住む資格はないわ」

「二人ともいい加減になさい。田宮さんの前でなんですか」

田宮はリムジンバスの中で、三田のマンションでもてなされたときの光景を思い出していたが、窓側の文子はずっと外ばかり眺めていた。田宮はスポーツシャツの上に濃紺のブレザー、グレーのズボン、文子はグレーのスーツ。

思い出したように田宮が文子に話しかけた。

「お母さん、せっかくですからニューヨークまで足を延ばす気はありませんか」

文子はきょとんとした顔をこっちへ向けたきりで、返事をしなかった。

「ニューヨークでひと仕事しなければならないんです。治子さんにニューヨークの街を案内してもらったらどうですか」

「ご厚意ありがとうございます。でも、予定どおりロサンゼルスで四泊して帰ります。初めての海外旅行で緊張してて、食事も喉を通らないくらいなんですよ。治子の花嫁姿をどうしても見たいと思って、わがまま言いましたが、少し後悔してます」

「初めてなんですか。主幹は何度も出かけてますのに。一度ぐらいお連れすればいいのになあ」

「若いころ、一度だけ一緒にどうかと言われた憶えがありますけど、わたしが断ったんです。ずいぶん叱られました。それ以来二度と誘ってくれません。わたしもかえって気が楽ですが」

「一人で海外生活をした治子さんと、ずいぶん違いますねぇ」

「あの子は父親似なんでしょう。はねっかえりのあんな娘をもらっていただいて、ほんとうにありがとうございます」

文子は、躰をねじって田宮の肩にひたいをぶつけるように低く頭を下げた。

成田空港の国際線南ウイングでリムジンバスから降りて、ANAの荷物受付カウンターの前へトランクを運んでいるとき、田宮は背後から吉田に背中を叩かれたのである。

3

ボーイング747機は定刻より二十分遅れて離陸した。

田宮は、杉野文子を窓側に座らせるのに苦労した。

「わたしはトイレが近いから、こっちのほうがありがたいわ」

と文子は遠慮気味に言ったが、窓側のほうが上席なのだからそうもいかない。

「僕はビールやらワインやらをがぶがぶ飲みますから、トイレの近さでは負けません。お母さんがお持ちのチケットにもウインドウと指定されてます。とにかくどうぞお座りください」

「ほんとによろしいの」

文子は、杉野良治より二つ年下で還暦を迎えたばかりだが、紅も引かないほどかまわないのと瘦せぎすのせいか、年齢より三つ四つふけてみえる。

急上昇を続けていた747機は三十分ほどで水平飛行に移った。

スチュワーデスがディナーの予約に回り始める。

田宮は、文子が和食をオーダーしたのを聞いて洋食にした。文子は食が進まないだろう、と計算したのである。

事実、文子は三分の一も食べなかった。文子が残したすべてをたいらげたわけではないが、田宮は和食と洋食をたのしんだことになる。

「田宮さんも食事が速いのねぇ」

文子は、杉野とひき比べたに相違ない。

「芸のうちと言われる程度に速いほうなんですかねぇ。二年以上も主幹の秘書をして鍛えられてますから。でも、主幹のスピードにはかないませんよ」

「あの人は異常です。傍であんなふうにがつがつ食べられるとこっちが疲れてしまいます」

「どうも」

なんだか自分が非難されてるような気がした。

田宮はフォークを置いて、ワイングラスを口へ運んだ。白ワインのシャブリがこれで二杯目だ。

「治子さんはけっこういける口なのに、お母さんはぜんぜんダメですか」

「ええ」

「治子さんは父親の血筋ですね」

「そうなんでしょうねぇ。文彦はわたし似でお酒は飲めない体質(たち)です」

「先日お邪魔したとき、文彦さんも飲んでたような気がしましたけど」

「ビールをちょっと。あとはウーロン茶を飲んでましたよ」

「気がつかなかったなあ。ひとりで盛り上がっちゃって」

「治子もけっこう飲んでましたよ」

話が途切れた。

なにか話題を探さなければ、と田宮が考えているとき、文子のほうから話しかけてきた。

「田宮さんは〃お籠もり〃をよく辛抱してますねぇ」

「そんなに苦痛じゃないですよ。仏壇だか神棚だかを軽い気持ちで拝んでるのと一緒です。治子さんはちょっと依怙地になってるような気がします。〃お籠もり〃そんなにお厭ですか」

文子は横顔を田宮に見せて、くぐもった声で返した。

「ええ。ただ、わたしは杉野から〃お山〃へ行けと言われたことは一度もありません。娘や息子に対する思いとは違うんでしょう。名ばかりの夫婦で赤の他人ってことなんでしょうか」

田宮は生唾を呑み込んだ。

杉野は、古村綾にも〃お籠もり〃を強要していない。いかなる心理状態なのだろう。杉野の胸の奥、心の底へ分け入ることは不可能だが、信仰問題で本妻、愛人双方を同列に扱っているとは知らなかった。

〃お籠もり〃を誘われない文子の胸中もさぞや複雑なことだろう。

二人の子まで生した夫婦なのだから義理にも誘うべきではないか、と田宮は思う。

治子も言っていたが、ホテル生活も不可解だ。これも文子と綾を同列に扱うための杉野なりの配慮なのだろうか。

4

機内食を片づけて一時間ほどの間に、眠りに落ちた。日付変更線のアナウンスも憶えていない。熟睡していたのだろう。

いま、朝食のアナウンスで眼が覚めた。ロサンゼルスまで残りは約二時間。成田空港を発って七時間半ほど経過したことになる。

アイマスクをつけてまだ眠っている杉野文子に眼を遣って、田宮は含み笑いを洩らした。

「とても眠れそうもないわ」

昨夜、文子に訴えられたとき、精神安定剤を一錠与えたのだ。

「精神科医の友達からもらった睡眠薬をあげましょう。半分でも充分効くと思いますけど、一錠呑んでもいいですよ」

「副作用は大丈夫かしら」

文子が眉をひそめたので、田宮は笑いながら返した。

「心配なら半分にしといたらどうですか。副作用なんてありませんけど」

文子は毒でも飲むようにこわごわ錠剤を一粒呑み込んだ。

暗示のかけ方も精神科医仕込みだから、効き目もあったと思える。

「ブロイラーやフォアグラじゃあるまいし、ちょっと食わせすぎですよねぇ」

そんなことを言いながらも、田宮は文子の分まで胃袋に収めたが、文子の食の細さは気になった。

田宮がリクライニングシートを元へ戻したとき、文子が目覚めた。

「クスリが効いたんでしょうねぇ。よく寝てましたよ」

「そうですか。少し頭が重いのはクスリのせいでしょうか。それに耳鳴りがして」

「クスリには関係ありませんよ。超高速で何時間も飛んでれば誰だって躰に多少は変調を来たすでしょう。耳鳴りは僕もしてます」

「田宮さんもおクスリ呑んだの」

「いいえ。僕は酒さえ飲めばどこでも寝られます。寝付きのいいのが取り柄なんです」

文子の朝食はグレープフルーツジュースとホットミルクだけだったが、それでも最低限のカロリーは補給したことになる。

5

ロサンゼルス空港に到着したのは十月十一日金曜日の正午近く。東京との時差はサマータイムなので十六時間だ。

入国手続きに要した時間はなんと一時間二十分。旅行者が多すぎることと無関係ではないが、税関職員の人手が不足しているのだろうか。

「サイシーン（観光）」「フォーデイズ」

入国の目的と滞在日数を訊かれたとき、文子はちゃんと答えられた。治子から事前にコーチを受けたに違いない。

トラベラーズバッグとトランクを乗せたカートを押しながら空港ロビーを出ると、竹中和彦が目敏く二人を見つけて小走りに近づいてきた。

百八十センチの長身で、顔の輪郭は角張ってごついが、二重瞼の眼がやさしい。竹中は半袖のスポーツシャツにジーンズのラフな服装だ。

この日ロスは青空がひろがり、からっとした好天だった。

「おおうっ！　竹中！」

「田宮、よく来てくれたなあ」

「ああ、おまえに会いたくて、わざわざロスの教会で結婚式を挙げることにしたんだ」

田宮は調子のいいことを言ったが、竹中はうっすらと眼に涙をにじませた。シャイなうえに無類の友達思いときている。高校時代もクラスメートの信頼は絶大だった。

「治子のお母さんです」

「竹中です。よろしくお願いします」

「治子の母でございます。このたびはご厄介をおかけして申し訳ございません」

「そんな、ぜんぜんそんなことありません。どうせひまをもてあましてたんです」

竹中はもうはにかんでいる。有給休暇を二日取って、ロス滞在中の四日間フルアテンドしてくれることになっている。ひまなわけがない。

「花嫁はどこにいるの」

「昨夜、ニューヨークからロスへ来て、ホテルニューオータニで待ってるはずだから、われわれもチェックインして、シャワーぐらい浴びさせてもらうかな」

「OK。クルマを取ってくるから、ここで待っててくれ。ここから動かないでね」

竹中の自家用車は堅牢（けんろう）そうな大型ワゴン。十人は楽に乗れそうだ。

空港からリトル東京のホテルまで約三十分。

田宮は助手席、文子は後方に座った。

「きょうの予定はどうなってるの」

「治子にまかせてるけど、どうなってるのかねぇ」

「僕にまかせてくれないかなあ」

「いいよ。飛行機の中でしっかり寝てきたから、どこへでもつきあうぜ」

ちらっとこっちへ流した竹中の細い眼がひとすじの糸になっている。

「花嫁さんに叱られないかなあ」

「甘くみるなよ。いまから尻に敷かれてたまるかってんだ」

「『祖国へ、熱き心を』読んでくれた」

「なんだ、それ」

「手紙に書いたでしょう。フレッド・イサム・ワタダさんという人の伝記小説が去年の四月に日本で出版されたから、買って読んでくださいって」

「ああ、思い出した。本屋を探したんだけどなかったんだ。忙しくて、そのうち忘れちゃった」

「読んでないんじゃ話にならないなあ」

竹中は心外そうに表情を曇らせた。というよりひどく落胆した様子である。

「手紙にはそのワタダさんのことは、書いてなかったよねぇ」

「必ず読んでもらえると思ってたから」

「竹中はその本どこで手に入れたんだい」

「ロスの書店で取り寄せてもらった。ロスの友達にはずいぶん配ったが、みんな感動してくれたよ」

「そんなに有名な人なのか」

「日本人にとって、あるいは日本にとって大変な恩人だからねぇ」

「日本名でどう書くの」

「平和の和に片仮名のタが二つの多、それにたんぼの田がにごる。イサムは勇気の勇だ。名前ぐらい知ってるでしょう」

「和多田勇さんねぇ。やっぱり聞いたことないなあ」

「僕に言わせれば、今日の日本があるのは和多田さんのお陰だぜ」

竹中の眼に怒りが宿っている。

「そう言われても、なんにも知らないんだからどうしようもないよ。つまり和多田さんってどんな人なの」

「和多田さんのことを話しだしたら何時間あっても足りないよ」

「じゃあ、ホテルで昼食を食べながら話を聞くか」

「そうだな」

竹中は機嫌を直した。

6

ホテルのフロントでメッセージを渡された。

むろん治子からで、白い封筒の上書きに〝田宮大二郎様　治子〟とある。メモも横書きで楷書(かいしょ)調のきれいな字だ。

「お疲れさま。私は11×9号室におります。到着次第フロントから電話をかけてください。母のベッドルームは11×7号室です」

電話をかけてチェックインして、文子がキイを受け取ったとき、治子があらわれた。ヘアスタイルがソバージュからショートカットに変わっている。悪くない、と田宮は思った。竹中と会うことを意識してラベンダー色のスーツを着ている。

竹中を治子に紹介し、竹中にはラウンジで待ってもらうことになった。エレベーターの前まで送って来た竹中が思いきり、田宮に躰(からだ)を寄せて囁(ささや)いた。

「別嬪(べっぴん)だなあ」

「まあな」

「時間は気にしなくていいからね。僕はコーヒーでも飲んでるから」

「シャワーを浴びて、下着とシャツを替えるだけだから十五分で降りてくるよ」

エレベーターのドアが閉まった。黒人のボーイを含めて四人だけだったので、田宮は竹中の褒め言葉を治子に伝えた。

「うれしいわ。竹中さんって感じのいい人ねぇ」

「ついでに言うと、そのヘアスタイル気に入ったよ」

「ニューヨークのビューティサロンでカットしてもらったの」

文子は聞いていないふりをしてランプを見上げている。

リトル東京のホテルだけあって、宿泊客の大半は日本人だ。アメリカへ来た気がしないが、館内のどこでも日本語が通じるので、びくびくしないで済む。

「母が安心するから、ニューオータニを取ったわ」と治子は話していたが、田宮もひどいブロークンだから助かった。

ホテルの三階にある和食レストラン〝千羽鶴〟の和室でビールを飲みながらの話になった。

「きみ、フレッド・イサム・ワタダさんという日系二世の名前を聞いたことあるか」

「ええ、アメリカの日系人社会では大変な名士で知られてる人よ。とくにロスで和多田さんを知らない日系人はいないと思うわ」

治子はいとも簡単に答えた。

竹中のうれしそうな顔といったらない。

「『祖国へ、熱き心を』だったっけか……」

田宮は竹中がうなずくのを眼の端でとらえてから、ふたたび治子のほうへ首をねじった。

田宮と竹中が向き合い、田宮の右隣に治子が座り、文子は竹中と並んでいた。

「和多田さんの伝記小説、きみ、読んだのか」

「それは読んでませんけど、和多田さんのことは知ってるわ。ロスにジャパニーズ・リタイアメント・ホーム、つまり日系人引退者ホームがあるのよ。もっとわかりやすく言うと老人ホーム。和多田さんは老人ホーム生みの親、育ての親として有名だし、八四年のロス・オリンピックのとき組織委員会で東洋系人種でただ一人、委員に選ばれたんじゃなかったかしら」

竹中の頬がいっそうゆるんだ。

「よくご存じですねぇ」

「ロスに大学時代のお友達がいるんです。何度かロスに来てますから……」

「治子はニューヨークに二年ほど留学してたんだ」

「英語学校に通学したというだけのことです」

竹中はグラスを乾(ほ)して、上体を乗り出した。

「アメリカに専用の老人ホームを持っているのは世界中でも日系社会とユダヤだけなんだ。英語が話せない一世二世の日系人はたくさんいる。みんなどんなに苦労したかしれやしない。かれらにとってジャパニーズ・リタイアメント・ホームは天国みたいなところなんだよ」

大皿に盛った鮨(すし)が運ばれてきた。

「東京ほど美味(おい)しいかどうかわかりませんけど、けっこういけますよ。どんどんめしあがってください」

「竹中にご馳走になるわけにはいかんよ」

「水臭いこと言うなって。治子さんにお目にかかって気分は最高にいいしねぇ。ロスにいる間ぐらい、僕にまかせてよ。わが家は共稼ぎで、カミさんが僕より稼いでるから心配ないんだ」

「共稼ぎはわれわれも同じだけど」

中トロを食べて、「美味しいわ」と治子が言った。

田宮が話題を戻した。

「それだけで日本人もしくは日本にとって、和多田さんが大恩人だって言うのは説得力が不足してるように思えるけど」

「フジヤマのトビウオって知ってるか」

文子が眼を輝かせた。

「よーく憶えてますよ。わたしはまだ高校生でしたが、日本中が興奮しました。昭和二十四年の夏でしたねぇ」

「そうです。僕たちが生まれる前ですが、ロスの全米水泳選手権で日本水泳チームが世界記録をぼんぼん出したのは、和多田さんのお陰でもあるんです。和多田さんは九人の日本チーム全員まとめて面倒みたんです。自宅を選手たちに提供して、何日間も食事の世話からなにからすべてですよ。和多田さんのお陰で緊張しきっていた選手たちがどれほどリラックスできたか想像に難くないですよねぇ」

文子も治子もしきりにうなずいている。

竹中は鮨を忘れて夢中でしゃべりつづけた。

「昭和二十四年当時、日本は貧しくて外貨もなかったが、水泳チームの渡航費は和多田さんたち日系人の寄付でまかなわれたんです。それ以来、日本のスポーツ界は和多田さんを頼って、ずいぶんいろんな選手が面倒をかけたのですが、きわめつけは昭和三十九年の東京オリンピックですよ」

「東京オリンピックと和多田さんとどう関係あるんだ」

「その五年前、すなわち昭和三十四年、一九五九年にミュンヘンで開催されたＩＯＣ（国際オリンピック委員会）で、東京が開催国に決定したのは和多田さんが頑張ったからでもあるんです。日本政府からオリンピック準備委員会の委員を委嘱された和多田さんご夫妻が中南米諸国を一カ月以上も行脚して、ブラジルやメキシコのＩＯＣ委員に直接アピールしたからこそ、東京はデトロイト、ウィーン、ブリュッセルの候補地を破って、開催国に選ばれたわけです。中南米の十三票がすべて東京に投じられたことは間違いない。その和多田ご夫妻の血のにじむような必死の努力をラテンアメリカのＩＯＣ委員は多としてくれたんでしょうねぇ。しかも、日本政府はおんぶにだっこみたいに、和多田さんに甘えて、和多田さんは自費で中南米を行脚したんです。イフの話をしてもしようがないけれど、もし東京オリンピックが開催されてなかったら、日本は経済大国と言われるほど繁栄してたでしょうか。新幹線、高速道路などのインフラストラクチュア、社会基盤の整備は東京オリンピックを機に急速に進んだわけですからねぇ。自動車産業をはじめとして日本が大きくジャンプしたのは東京オリンピックのお陰でしょう」

竹中はビールをひと口飲んで、なおもしゃべりまくった。

「和多田さんはスーパーマーケットを十数店も経営する事業家でもあったのですが、ロサンゼルスの港湾委員として、日米貿易の発展にも功績を残したんです。文化と経済の両面で日米両国に虹の橋を懸けた偉大な人ですよ」

和多田が日本の恩人であることはわかったが、なぜ竹中はかくまで和多田にのめり込むのか、田宮は不思議な気がした。

「竹中は和多田さんと面識があるの」

「もちろんですよ。ポンユーです」

「八十四歳って言えば、きみは孫みたいなもんだぜ」

「ちょっとえらそうに言っちゃいましたけど、ポーカー仲間なんですよ。負けた分をプールして、月に一度みんなでディナーをたのしむなんて可愛い賭け金ですけど、週に一度は遊んでます。せっかくロスへ来たんですから、田宮と治子さん、それからお母さんも和多田さんに紹介したいと思ってるんです」

竹中は、興奮して頬を赤く染めていた。

7

「善は急げって言いますから、さっそく和多田さんに会っていただきましょうか。ちょっと電話してきます」

竹中は鮨の二つ三つつまんだだけで部屋から出て行った。

「竹中のやつやたら興奮してたけど、和多田さんだって忙しいだろう。そんなに簡単に会えるんだろうか」

「そうねぇ。きょうのきょうなんてご迷惑かもしれないわ」

文子も首をかしげたが、治子は眼を輝かせた。

「和多田さんにお目にかかれたらうれしいなあ。きょうはともかくロスに四日もいるんですから、一日ぐらい都合をつけてくれるんじゃないかしら」

田宮はこの機会に、仕事のことを治子に話しておこうと思った。

「ロスの日程はどうなってるの」

「一応スケジュールをつくってみたけど、和多田さん次第で、臨機応変でいきましょう。もっとも日曜日午後二時からの〝ガラスの教会〟だけは動かせないけど」

「月曜日は僕はフリータイムってことにしてくれないかな」

「フリータイムってどういうこと」

「会社の仕事を頼まれてるんだ。一日潰さなければならない」

「母と私をほったらかしにするってわけね」

治子は頬をふくらませた。

「竹中にアテンドさせるから心配するなよ。僕は日本からロスに進出している企業を回らなければならんのだ。十二、三社顔を出す予定だから大変だよ」

「そんな話聞いてなかったわ」

「きみがニューヨークへ発ったあとで、瀬川さんから頼まれたんだ。ニューヨークでも一日そういうことになってる。宮仕えの辛いところだよ」

「新婚旅行先に仕事を持ち込んで二日も潰すなんて、どういう神経なんだろう。頼むほうも頼むほうだけど、頼まれて引き受けた人の気が知れないわ」

治子が厭みたっぷりに言ったとき、竹中が戻って来た。

「和多田さんＯＫです。午前中、理事会かなにかの会があったらしく、リタイアメント・ホームにいました。これからホームへご案内します」

「よろしいんですか。うれしいわ」

治子はけろっとした顔で竹中に返した。ひと前を取りつくろう程度のマナーは心得ている。というより気分転換は早いほうなのだろう。

8

リトル東京内のホテルニューオータニからボイルハイツの老人ホームまで車で十分もかからなかった。

フレッド・和多田勇は、ホームの玄関前で田宮たちを出迎えてくれた。グレーのスーツ姿だ。

スリムで、背筋がしゃんと伸びている。とても八十四歳には見えない。

柔和な顔を一層ほころばせて、竹中の紹介で一人一人と握手した。

「和多田勇です。ようおいでてくださった」

「田宮大二郎と申します。お忙しいところをご無理をお願いして申し訳ございません」

「なんも無理しとらんです。たまたまここにおったので、老人ホームを見ていただくのがええ思うたのです」

田宮は名刺を出すと、竹中が口を添えた。

「産業経済社が発行している『帝都経済』は、日本を代表する経済誌です。田宮のフィアンセの治子さんのお父さんが社長をしてるんですよ。田宮は遠からず『帝都経済』の編集長になりますが、和多田さん『帝都経済』読んだことありますでしょう」

　和多田は首を左右に振った。

「『ファイナンシャル・ジャパン』という英字情報誌をニューヨークで発行してますが、ご存じないですか」

　田宮は勢い込んだが、和多田の返事は素っ気なかった。

「知らんねぇ」

「ロスでもけっこう読まれてるんですけど」

「僕はバンク・オブ・トウキョウの社外重役を何年もやっとるけど、『ファイナンシャル・ジャパン』は知らんです。今度読ませてもらいます」

　和多田が田宮の名刺をしまって、自分の名刺を出した。肩書は〝ジャパニーズ・リタイアメント・ホーム・チェアマン・オブ・ザ・ボード〟となっている。

「さあ、どうぞお入りください」

　和多田は先に立って玄関から中へ入った。

　竹中が田宮に躰(からだ)を寄せて囁(ささや)いた。

「和多田さんは田宮たちが当然『祖国へ、熱き心を』を読んでいると思ってるからそのつもりでな」

「うん。ボロが出なければいいけど」

「この五階建ての新館は二年半前の一九八九年三月に竣工したんだ。百二十四室で、収容人員は百五十四名だが、全室バス・トイレ付でキッチンを備えた部屋もあるよ」

「ロビーもずいぶん広いわねぇ。一流ホテル並みじゃないの」

「新館を建築するために、和多田さんは寄付金集めで、ずいぶん苦労したんだ。そのために日本にも何度も行っている」

和多田がロビーのソファに田宮たちを座らせ、煙草に火をつけて言った。

「僕は余生を老人ホームの建設と運営に捧げました。一世の人たちの苦労を考えたら、かれらをなんぼいたわってても、いつくしんでもええ思うてます。百歳を超えてる人もおるんですよ」

和多田は煙草を一本吸い終わってから、新館を案内してくれた。

和多田の顔を見ると、老人たちは必ず手を合わせた。かれらにとって和多田は拝みたくなるような存在とみえる。

和多田は「××さん、元気そうやな」と誰かれなしに声をかけ、肩を叩いたり、握手に応じている。

「最近は二世も高齢化しとるのでホームに入るようになってきました。ここの老人ホームには六百二十人ほどおるんやが、ウエーティング・リストに登録しとる人も多いので、もっと施設を大きゅうせなあいかんと思うてます。田宮さんも治子さんもご存じと思いますが、一般病院、看護病院、軽症患者用施設、病後回復のための看護施設などが完備しとりますから、ここにおる人たちは安心して暮らすことができるのや。この老人ホームは日系社会のシンボルいうか、われわれ日系人の誇りでもあるのです。施設で働く日系人は安い給料でボランティアみたいなものです」

娯楽室やら図書室やらも見せてもらい、広々とした食堂でコーヒーを馳走になった。和多田が従業員と立ち話しているときに、田宮が竹中に訊いた。

「和多田さんは日本語が達者だねぇ。関西弁の訛があるけど」

「四歳から九歳まで和歌山の御坊という村で暮らしたそうだよ。奥さんのご両親も和歌山の出身と聞いてるが、ご夫妻とも日本語も英語も完璧に話せる。和多田さんぐらいのお齢で、英語が話せる人は少ないいんじゃないかなあ」

「それだけ勉強も苦労もされたっていうことなんだろうねぇ」

和多田が立ち話を切りあげて、ライターで煙草に火をつけながら、田宮たちのテーブルに近づいてきた。

「治子さん、老人ホームどうですか。なかなかええところでしょう」

「老人ホームのことは聞いてましたが、こんな素晴らしい施設とは知りませんでした」

治子は上気した顔でつづけた。

「ほんとうに感動しました。和多田さんにお目にかかれるなんて夢にも思っていませんでしたので、大変うれしゅうございます」

「僕も、田宮さん、治子さん、それから治子さんのお母さんにおいでいただいて、光栄です」

和多田が竹中のほうへ首をめぐらした。

「ディナーはどうなっとるの」

「とくに決めてませんが」

「僕にご馳走させてもらおうかな。マサも呼んで中華料理でもどうやろう」

「わたしにやらせてください」

「いや、わたしが」

竹中と田宮がほとんど同時に言ったが、和多田は煙草を灰皿に捨てて、手を振った。

「ええがな。僕にまかせてもらう。そのかわりディナーのあとでポーカーつきおうてや」

9

リトル東京の中華料理店で夕食を食べてから、サウスバンネスの和多田邸へ向かったのは八時過ぎだが、和多田邸は四十二年も昔、フジヤマのトビウオたちが宿泊した当時のままのたたずまいをとどめていた。

和多田は食事中に、フィッシングのプロだと自慢したが、和多田が釣り上げたおびただしい数の大カジキやブラウン・トラウトの剝製が階段の踊り場や天井につるしてあるのを見て、田宮たちは納得した。

リビングで緑茶を飲んでいるときに、竹中が唐突に言った。

「そうだ。あれを田宮たちに見せてあげましょうよ。ほら、例のビデオですよ」

「竹中さん、そんな恥ずかしいですよ。よけいなこと言わないでください」

マサ夫人は竹中がなにを言わんとしているのかわかっているとみえる。夫人は和多田より六歳下で七十八歳だが、驚くほど若く見える。

和歌山弁のイントネーションもなく、正確な標準語だ。

「ええやないか」

和多田はにこっと笑って、奥の書斎へ立って行った。

「去年、つまり一九九〇年四月に、和多田さんが日本に行かれたときに〝和多田さんを囲む会〟が開催されたんだけど、そのときの和多田さんのスピーチが実にいいんだ。財界のお偉がたや、往年のフジヤマのトビウオたちもスピーチしてるけど、和多田さんのスピーチは圧巻だった。それと東邦食品の小林社長のスピーチもよかった。この二つだけは聞く価値があるよ」

「和多田さんは小林社長と親しいの」

「うん。小林社長が和多田さんのような偉大な人を多くの日本人に知らしめたいと考えたことが『祖国へ、熱き心を』の出版に結びついたんだよ」

「僕も小林社長は存じ上げている。東邦食品の創業者で立志伝中の人だけど、決して偉ぶらず、誰に対してもやさしい人だねぇ」

田宮は、杉野良治から一億円で出版話を持ちかけられた小林靖夫が毅然とした態度で断ってきたことを思い出していた。あのとき杉野は原稿ができていると嘘をついて一千万円を要求し、結局七百五十万円をせしめたが、片棒担いだ田宮としては思い出すだに顔が赤らむ。

旧友の竹中から、アメリカで小林の話が出るとは思いもよらなかった。

和多田がビデオテープを持ってリビングに戻ってきた。

「パパ、そんなものおよしなさい。皆さんに失礼ですよ」

「奥さん、そんなことありません。いい土産話になりますよ」

竹中は、和多田からテープを受け取り、ビデオデッキにセットした。

「わたしは恥ずかしくて見ていられません」

マサ夫人は、リビングから退出した。

竹中はリモコンを操って、早送りし、和多田のスピーチの場面を映し出した。

「僕は八人兄弟の長男で、家が貧乏だったので、日本では小学校二年生までしか行っておらんのです。九歳のときアメリカに戻ってミルクボーイして働きながら学校へ通いました。人間の人生とはまことに不思議なものです。菜っ葉、大根売りのおやっさんに過ぎなかった僕が、日本からロサンゼルスに来た水泳選手の宿舎に家を提供したりしてお世話させてもろうたことによって、僕の人生が変わってしまったのです。

僕は運の強い男や思うてますが、その第一はいい女房に恵まれたことです。アメリカンスタイルでカカアを自慢するなんて阿呆なやつと言われるかもしれませんが、水泳選手のチームを自宅に泊めてあげたらどうですかと言うたのも女房のマサなんです。

正直、無私、純潔、愛の四つを信条とするMRAという団体に入会するために僕はメキシコの女と一度だけ浮気したことを女房に白状しました。告白しないと入会できないと思ったからです。女房はいまだに四つの信条を実行してくれています。

東京でオリンピックを開催するために、何十日間もかけて中南米を旅行したときも女房は同行してくれました。東京オリンピックの開会式に僕と女房はロイヤルボックスの天皇陛下のすぐ近くに座らされましたが、各国の選手団が天皇陛下にハットを取って敬礼して行進していくのを見て、ジャパンは戦争に負けて四等国になったけれどこれで一等国に戻れたと思って、うれしくてうれしくて涙が止まりませんでした。ほんとうにいつ死んでもいいと思いました。

最後に僕を囲む会を開いてくださった東邦食品の小林社長に衷心より御礼申し上げます。

小林社長は僕のことを日本の人々に知らせないかんと考えて、僕を書く人を見つけてくれた上に、僕のことを書いたブックを日本中の図書館に寄贈してくださいました。僕はこんなにまでしてもろうていつ死んでもいいという心境です。

なんとお礼を申し上げたらいいかわかりません。

皆さん、本日はほんとうにありがとうございました」

竹中は左手の甲で涙を拭(ぬぐ)いながら、リモコンを操作して、小林靖夫を見つけ出した。

「過分なお言葉をいただいて恐縮しております。お嬢さんの美弥子さんが和多田さんのお隣にいらっしゃいますが、美弥子さんが和多田さんに似ないで奥さん似でよかったと思います。

和多田さんはやんちゃで負けん気も人一倍強い人ですが、その和多田さんを小魚の如くあやつって和多田さんに見事な人生を歩ませた奥さんは、ほんとうにご立派です。奥さんあっての和多田さんだと思います。

われわれは家の中では女房を褒めますが、外へ出ると女房の悪口ばかり言いがちです。その点、堂々と女房自慢をされた和多田さんは、さすが見上げたものだと思います。

いつ死んでもいいという人に限って長生きするものです。それに和多田さんにはまだまだ社会のためになさっていただくことがたくさんあります。和多田さん、どうかこれからもお元気で長生きなさってください」

ビデオが消された。

「どうです。よかったでしょう。何度見ても胸が熱くなります」

竹中に話しかけられて、文子と治子はうなずきながら、ハンカチを眼にあてた。田宮も胸がじんとなった。

「いいパーティでしたねぇ。場所はどこですか」

「内幸町（うちさいわいちょう）の日本記者クラブです。狭い会場にたくさんのかたがたがおいでてくださった」

マサ夫人がリビングに戻ってきて、きまり悪そうにソファに座った。

「ポーカーはどうしますか」

「やるがな。あすは土曜日やないか。ゆっくり寝坊すればええのや」

「パパは勝手なことばかり言って。皆さんの都合もあるでしょう」

和多田邸の二階にポーカー部屋がある。

八人座れるように正八角形のポーカー用のテーブルがでんと据えてあり、照明も明るい。

「7並べとババ抜きしかしたことがありませんから、わたしはちょっと」

文子は遠慮したが、和多田に「ポーカーなんて簡単や。すぐ覚えられるがな」とすすめられて、テーブルに着いた。初めてポーカーに参加した文子が一番勝ち、和多田が大敗を喫した。

「死に馬に蹴られてしもうた」

和多田が悔しそうに言って、みんなを笑わせた。

10

和多田邸からホテルに向かうワゴンの運転席から、竹中和彦が助手席の田宮大二郎に話しかけた。

「和多田さんご夫妻、僕が言ったとおりの人だろう」

「ほんと、凄い人だ。小林社長のスピーチにもあったけど、やんちゃな面はあるにしても、だからこそ和多田さんの人間的魅力は大きいとも言える。自分を飾らない、ぶったところがないっていうか、あれほど自分に正直な人も珍しいねぇ。奥さんがまた素晴らしい。和多田ご夫妻と友達づきあいをしている竹中がうらやましいよ」

「僕もしみじみそう思ってるよ」

「ただ、ひとつだけ参ったことがある」

「わかった。煙草だろう」

「うん。僕は吸わないから、よけい気になった。ヘビースモーカーなんていう程度じゃないな。家中、ヤニと煙で大変だし、絨毯が煙草の灰で穴だらけだった」

「チェーンスモーカーって言うらしいよ。奥さんも和多田さんの煙草にはお手上げで、すっかりサジを投げてる。スーツを新調したら、その日のうちに煙草の灰で焦がしてしまったなんていう話は、山ほどあるからねぇ。クリーニング屋のおっさんが、亭主の顔が見たい、ぜひ一度連れてこい、ぶんなぐってやりたいくらいだって、奥さんに何度も言ったらしい。当節、愛煙家は肩身が狭いが、和多田さんじゃあしようがないって、みんな大目にみてるわけよ」

午前零時に近い深夜なので、あっという間にホテルに着いた。所要時間は十分そこそこだ。

「竹中、ちょっと寄っていかないか」

「遅いから、失礼するよ」

「あしたはゆっくりでいいんだから。十一時半にブランチをつきあってもらえるだろう」

「それはいいけど」

「相談したいこともあるんだ。五分でいいから」

竹中は気がすすまない様子だったが、ワゴンを駐車場に置きに行った。

治子が田宮をなじった。

「こんな時間にお引き止めして竹中さんに悪いわ」

「いいじゃないか。久しぶりに会ったんだもの。ほんとに相談したいこともあるんだ」

「相談ってなあに」

「あとで話すよ」

文子は初めてのポーカーに興奮さめやらず、ポーッとした顔で二人のやりとりにうわの空だった。

ツインルームのドアをあけると、むせかえるような花の薫りが部屋の中にただよっていた。竹中が、調子っ外れの声を発した。

「すげえなあ。さすが一流経済誌の編集長候補は違うねぇ」

田宮は竹中に躰（からだ）を寄せて小声で返した。

「僕より治子のほうだよ。オーナーの娘だからな」

足の踏み場もないほど部屋中が花束で埋まっていた。贈り主のほとんどはロスにオフィスを置く日本企業である。

治子がニューヨークから一時帰国したとき、帝京ホテルで同じような経験をしたが、花束の量はきょうのほうがずっと多かった。

「なるべく竹中に持ってってもらうのがいいんじゃないか。あした和多田さんのお宅にも届けてくれないかなあ」

「ありがとう。和多田さんだけじゃなくポーカー仲間におすそ分けさせてもらいます」

文子と治子が手分けして花束を文子のベッドルームに片づけて、ソファの周りのスペースを確保した。

治子が淹れたミルクティーをすすりながら、竹中が田宮に訊いた。

「相談があるようなことを言ってたけど」

「うん。治子の意見を先に聞くのが順序だけど、和多田さんご夫妻に結婚式に出席していただくわけにはいかないかなって、ふと思ったんだ」

田宮は、竹中と治子にこもごも眼を遣った。

治子が眼をきらきらさせながら言った。

「大賛成よ。和多田さんが出席してくださったら、こんなうれしいことはないわ」

「気がつかなかったなあ。あしたさっそく和多田さんの都合を聞いてみます。和多田さんのことだから先約があってもやりくりして出てくれるんじゃないかしら」

「そうお願いできたらありがたいねぇ。治子の父親がロスに来てないから、和多田さんに父親代わりをお願いしたらどうかと思って」

「教会の結婚式に何度か出てるけど、たしかに花嫁に父親は付きものですよねぇ。さっそく電話かけてみましょう」

「遅いから、あしたでいいよ」

「まだ起きてるでしょう」

竹中は田宮の制止を振り切って受話器を取った。

「竹中です。おやすみになってましたか」

「まだ起きとる」

「日曜日の午後は和多田さん、どうなってます」

「老人ホームで人に会うことになってるが、なんでや」

「田宮の結婚式に出席していただけないかと思いまして。例の〝ガラスの教会〟で午後二時からです。和多田さんに花嫁の父を代行していただけたら、ありがたいんですけどねぇ」

「治子さんのお父さん、ロスに来とらんの」

「ええ。いろいろ事情があるらしいんです」

「わかった。ええですよ。よろこんで出席させていただくと田宮さんに言うてください。キャンセルできん相手やないのや。マサは出んでもええの」

「もちろん、ご一緒に出ていただいたほうがいいですよ」

「マサにも話しておく」

電話を切って、竹中はソファに戻った。

「お聞きのとおりです。和多田さんはよろこんで出席してくださるそうです。予定は入っていたようでしたけど、キャンセルすると言ってました」

「ありがたいなあ。これでかっこがつくよ」

「初めは二人だけの結婚式を考えたんですけれど。和多田さんご夫妻に出席していただけるなんて、ほんとうに夢のような気がします。うれしくて、もう胸がドキドキしてます」

「治子、よかったねぇ。わたしも胸がいっぱいです」

文子は涙ぐんでいる。

11

ウェイフェラーズ・チャペルまでリトル東京から車で一時間ほどの距離だが、竹中の計らいで、当日の正午白いリムジンが出迎えに来てくれた。

モーニングも竹中が前日ブライダルショップで見つけてきた。

文子はリムジンに乗るのを遠慮し、竹中の家族とワゴンで教会へ向かった。

「リムジンなんて柄じゃないよ。俺たちも、竹中のワゴンに乗せてもらう」

「そう照れるなって。一生に一度のことじゃないか。治子さんの気持ちを考えてやれよ。いくらなんでも僕のワゴンじゃ治子さんが可哀相だ」

竹中とそんなやりとりをしたことは治子に話してなかったが、ウエディングドレスに包まれた治子に白いリムジンは相応（ふさわ）しいように思われ、リムジンに固執した竹中に田宮は感謝した。

小高い丘の上に聳立するウェイフェラーズ・チャペルから太平洋が一望の下に見渡せる。

この日は風が強く、荒波が吼えるように岸壁に砕け散っていた。

チャペルの庭園は、深い木立と草花につつまれていた。バラが咲き誇り、ガーデニア、マーガレットが息づいている。

総ガラス張りの礼拝堂に入るとアイビーが祭壇を彩っており、草花で埋まった温室さながらだ。

「〝ガラスの教会〟お気にめしましたか」

「きみが夢にまで見たというだけのことはあると思う。教会のおごそかさ、荘厳さを感じさせないところがいいねぇ。明るくて、清楚だし」

「お母さんの感想はどう」

「いいところですねぇ。ロスへ来てよかったわ。治子も見違えるほどきれいですよ」

和多田夫妻はひと足先にチャペルに着いていた。和多田自身が大型自家用車を運転してきたという。

「ご無理をお願いしまして申し訳ございません。和多田さんに治子の父親役をしていただくなんて畏れ多いことを……」

和多田が文子に笑顔で返した。

「なにが無理なものですか。僕のほうこそ光栄です。僕のような者に声かけてもろうて」

和多田はタキシードが似合う。マサ夫人は紫色のスーツに真珠のネックレス。

「きのう竹中さんにお花をどっさり届けていただきました。パパからもお花のお礼を申し上げて」

「そうやった。忘れとった。田宮さん、治子さん、ありがとう」

「どうも」

「恐れ入ります」

田宮と治子は気恥ずかしそうに顔を見合わせた。

定刻までの一時間ほどの間、和多田は用意してきた小型カメラを田宮たちに向けて何度もシャッターを切った。

結婚式の出席者は花婿、花嫁を含めて十四人。

竹中家が四人。和多田夫妻。ロスの邦銀支店に勤務している尾山光男夫妻。夫人の尾山みどりは、治子の大学時代のクラスメートだ。それにみどりが友達を三人連れてきた。

田宮たちは昨夜、尾山夫妻にディナーを招待されている。

オルガンが奏でる讃美歌に合わせて、治子と和多田が腕を組んで牧師の前に進み出た。

フラワーガールと、ウエディングドレスの長いベールを持つベールベアラー役は竹中の娘たちである。

マリッジ・コミットメント（結婚誓約）はあらかじめメモを渡されていたが、田宮はあがっていて、声がかすれ、三度もつっかえた。

「アイ　ダイジロウ　タミヤ　テイク　ユー　ツービー　マイワイフ　フローム　ディスタイム　オンワード　ツージョイン　ウィズ　ユー　アンド……」

（私、田宮大二郎は貴女・杉野治子を妻として迎え、今後、一生を共にすることをここに誓います。私たちの生涯起こり得るあらゆる出来事に対して、常に喜びと悲しみを分かちあい、たがいに助け、助けられ、意見を述べ、意見を聞き、希望を与え、期待に応じ、一生貴女に対して誠実を尽くすことを約束します）

田宮に比べて、治子はすらすらとよどみなく誓いの言葉を述べた。

プラチナのマリッジリングを治子の左の薬指に嵌めるときも、田宮はひざ頭と手のふるえが止まらなかったが、治子のほうは落ち着いていた。

所要時間は三十分足らず。費用はドーネーション（献金）の二百四十ドルだけだ。これほど質素で簡潔な結婚式はめったにお目にかかれるものではない。

ごてごてした派手な結婚式を見慣れているせいか、物足りなさは残ったが、幸福感がじわじわと田宮の胸にひろがった。その思いは治子も同じだったに相違ない。

まばゆいほど治子は美しく輝いていた。

礼拝堂から外へ出るなり、和多田が煙草を咥えた。

「煙草が吸えんのは辛かったが、美人の花嫁の父親役はわるうない。ええ気分や。ええ結婚式やった」

紫煙をくゆらしながら、和多田が満ち足りた顔でマサ夫人に語りかけているのを聞いて、田宮は胸に熱いものがこみあげてきた。

田宮は〝お山〟の挙式を断固拒否した治子に初めて感謝する気持ちになった。

12

翌朝八時半に、産業経済社ロサンゼルス支局長の根本勉が、ホテルに田宮を迎えに来た。田宮はきょう一日根本につきあって、日本企業の挨拶回りに潰すことになっている。

根本は三年前に中途入社した。年齢は三十歳。色白でのっぺりした顔だ。

ベッドルームが散らかっていたので、田宮と治子は廊下で根本に会った。

「ご結婚おめでとうございます。教会へ行こうとも思ったんですけど、瀬川副社長が二人だけの結婚式にこだわってるようだから邪魔しないほうがいいと言われたので、失礼しました」

「ほんと、そのほうがよかったんだ」

田宮は、なにか言いたげな治子を眼で牽制して、根本を促した。

「時間がないから、行こうか」

エレベーターの中で根本がにやつきながら言った。

「治子さん、ずいぶんきれいになりましたねぇ。妖婉っていうんですか、あでやかっていうんですか」

「ひやかすなよ」

「それにしても〝お山〟の結婚式よく断れましたねぇ。主幹に盾突くなんて凄いですよ」

「きみは〝お籠もり〟がなくて気が楽だよなあ」

「海外勤務のメリットはそれだけですよ」

二人は午前中だけで六社に顔を出した。

田宮はホテルに花束を届けてくれた企業には鄭重に謝辞を述べた。治子から企業名を書き留めたメモを手渡されていたのだ。

現地法人の社長が面会に応じて、小一時間も話し込んだところもあるが、文字どおり表敬訪問で、廊下の立ち話で退散させられた企業もあった。

「いつも『ファイナンシャル・ジャパン』をお引き立ていただいてありがとうございます。近く特集を組む予定ですので、その節はご協力のほどよろしくお願いします」

田宮はどこでも同じせりふを吐いて、頭を下げたが、中には具体的にカネの話を持ち出した企業もあった。

「本社から広告もこっちで持てなんて言ってきましたが、できない相談です。ご存じのとおりアメリカは不景気で、支店を閉鎖しようなんて話もあるくらいですから」

「杉野先生のお嬢さんのお婿さんがわざわざロスまで来てくださったのですから、ゼロ回答ってわけにもいきませんけど、しかし、相当奮発してもお話の半分ってとこですかねぇ」

話が違う、と田宮は言いたいくらいだ。「カネの話は俺にまかせろ。おまえは挨拶するだけでいい」と瀬川は胸を叩いたのに。

昼食でラーメンを食べながら、根本がぼやいた。

「ロスと東京でキャッチボールしてて、埒があかないのが多いんですよ。副社長も思いつきっていうのか、ドロナワ式っていうのか、急に二億円集めろなんて言い出されても困るんですよねぇ」

「カネ集めは本社でやるようなことを言ってたけどなあ」

「『ファイナンシャル・ジャパン』はカネ食い虫で、どうにもならん。自分の食いぶちぐらい稼いでこいって、大変なプレッシャーをかけられてますよ」

「さっき、銀行の人に言われたけど、それこそ店じまいを考えたほうがいいかなあ」

「そう思います。ニューヨークやロスに支局を置けるほどの力量は、わが社にはありませんよ」

「切ない話になってきたなあ」

田宮は、気持ちが滅入ってきた。

13

田宮と根本は気を取り直して午後は建設会社、通信機器メーカー、化学会社など十二社を訪問した。成果もあった。一日で十八社を挨拶回りしたことになるが、歩留まりは五割以上見込まれた。

リトル東京のホテルに向かうハイヤーの中で根本がうれしそうな顔で言った。

「午前中は悲観的でしたが、午後は予想以上に盛り返しましたねぇ。この分だと瀬川副社長の目論見(もくろみ)の半分ぐらいはいけるんじゃないですか」

「二億円の半分っていうと一億円だけど、そんなに甘くないんじゃないかなあ。ニューヨークでどういうことになるのか見当がつかないし」

「しかし、田宮さんの新婚旅行にまで目を付けた瀬川副社長は、さすがですよ。褒めていいんじゃないですか」

「なんせスギリョーの一の子分だからねぇ」

田宮と根本は昼食のとき『ファイナンシャル・ジャパン』廃刊論で意見が一致したことなど忘れて、すっかりいい気分になっていた。

治子と文子は竹中のアテンドで、一日ユニバーサルスタジオで過ごした。

治子は遊び疲れて、田宮がホテルへ帰ったときベッドに横たわっていた。

「竹中は」

「一時間ほど前に帰ったわ。あしたの朝六時に迎えに来てくださるって」

「タクシーでいいのに」

「わたしもそう思って辞退したんですけど、エアポートで母と食事をしてくれるって言うもんだから」

田宮と治子は、朝七時発のアメリカン航空機でバージニアの州都リッチモンドに向かうことになっていた。文子は十一時発のＪＡＬで日本へ帰る。

心やさしい竹中は、田宮たちをロス空港へ見送ったあと、文子の相手をしてくれるというわけだ。

「ロビーに根本が待ってるんだけど。一緒にめしを食おうと思って」

「すぐ支度をするわ。先に行ってて」

「うん。〝千羽鶴〟でいいかなあ」

「ええ」

「お母さんはどうなの」

「母はディナーは遠慮するそうよ。もう寝てると思うわ」

「お腹すかないかねぇ」

「チョコレートがあるから大丈夫よ」

翌朝、竹中は六時十分前に迎えに来てくれた。

この日もロスは空が明るく、田宮たちはロス滞在中の五日間好天に恵まれたことになる。

「荷物になって悪いんだけど、シーズのチョコレートを買ってきました。それから、和多田さんから写真をあずかってます」

竹中は治子に、紙袋と白い角封筒を手渡した。

「あら、もうできたんですか」

封筒を開けると和多田が〝ガラスの教会〟で撮ってくれたスナップ写真が十数枚入っていた。

「きのう、ここの帰りに和多田さんのお宅へ寄ったんです。家に電話をしたら、和多田さんから写真を取りに来るように連絡があったと聞いて」

「もう一度、和多田さんと奥さまにお目にかかりたかったわ」

「ほんとだねぇ。惜しいことをしたなあ。きのうもう少し早く帰ってくればよかったよ」

「竹中さんのお陰で、ロスではいい思いをさせていただきました。和多田さんにお会いできたことは生涯の思い出になります。ご恩は忘れません」

「ほんとうにありがとうございました。和多田さんご夫妻にくれぐれもよろしくお伝えください」

治子と文子に深々とお辞儀をされて、竹中は照れ臭そうに、顔をゆがめた。

14

ロサンゼルスからリッチモンドまでの直行便はない。テキサス州ダラス空港で一時間待ちの乗り換えである。ロスとの時差は三時間で、リッチモンド空港に着いたのは夕方の五時過ぎだった。

空港からザ・ジェファーソン・シェラトン・ホテルまでタクシーで約三十分。

バージニアは第三代大統領トーマス・ジェファーソンの出生の地として知られている。ジェファーソンの名前を冠しているだけあって由緒ある名門ホテルだ。

インフォメーションでもフロントでも、係の女性は黒人だったが、にこりともせず無愛想でよそよそしかった。荷物運びの黒人にチップを三ドルはずんだが、むすっと押し黙ったままで、感じの悪さといったらない。

あげくの果てに、バスルームのシャワーが故障して使用不能ときていた。

治子が金切り声をあげた。

「あなた！　ちょっと来て！」

「どうした」

「シャワーが壊れてて、お湯が出ないの」

「これは、僕の手に負えないな。係の人に来てもらわないと」

シャワーの栓が錆びついてて、力まかせにひねっても微動だにしないのだ。

「部屋を替えてもらうしかないねぇ。旧いホテルだから少々のことは我慢しなくちゃしようがないけど、これは限度を越えてるよ」

治子がフロントへ電話をかけたが、電話では、埒があかなかった。

「どうもさっきの黒人の女性らしい。調べるようなことを言ってたけど、つっけんどんで態度が悪すぎるわ」

「うん。空港にウェルカムの看板があったけど係員の態度は、外国からの旅行者を歓迎しているふうには見えなかったし、タクシーの運転手も無愛想だったねぇ」

「そう言えば、エアポートで荷物をチェックしてた女性も黒人だったし、タクシーの運転手はメキシカンだったわ」

三十分待ったが、誰も点検に来なかった。

「フロントへ行ってみようか」

「そうね。これじゃあ、いつまで待たされるかわからないわ」

フロントの係が白人の若い女性に替わっていた。

治子が事情を話すと、すぐベッドルームを替えるという返事だった。

ボーイが呼ばれ、別のキイが手渡された。

同じ三階の向かい側のベッドルームに変更され、シャワーを浴びて、やっと人心地がついた。

七時過ぎに一階のダイニングルームへ降りて行こうとしたとき、エレベーターホールの前で、田宮が「あっ！」と声をあげた。

リッチモンドへ来て初めて日本人に出会ったのだ。それも、なんと東邦食品社長の小林靖夫ではないか。

「小林社長！　産業経済社の田宮です。いつぞやは大変お世話になりました」

「ああ、田宮さん」

「家内の治子です。いま新婚旅行の途中なんです。きょうロスからリッチモンドへ来ました」

「田宮治子です。よろしくお願いします」

治子が小林に初めて会ったような気がしないのは、ロスの和多田邸でビデオを見たからだ。しかも小林は、どこかしら人なつこくって、大会社の社長の威厳を感じさせなかった。

「僕は食事に行くところなんだが、よかったら、一緒にどうですか」

「よろしいんですか」

「ええ。どうぞどうぞ。お祝いにご馳走させてください」

「それではお言葉に甘えさせていただきます」

エレベーターを降り、ロビーに出たところで、小林がセンターホールから二階へ伸びている階段を指さして言った。

「ご存じですか」

田宮は首をかしげたが、治子はこっくりした。

「はい。〝風と共に去りぬ〟に出てきます」

治子が田宮を振り返った。

「クラーク・ゲーブル扮するレッド・バトラーが、ビビアン・リーのスカーレットを抱き上げて、この階段を駆け上がってゆくシーン憶えてるでしょ」

「うん、うん。あの映画は何度も観てるよ」

「さっき説明しようと思ってて、フロントでカッとなって忘れちゃったんです」

「このホテルで〝風と共に去りぬ〟のロケが行なわれたわけか」

田宮と治子は、小林に続いて階段のほうへ歩いて行った。

「映画では中央の手摺りはなかったと思いますが、奥さん憶えてませんか」

「小林社長がおっしゃるとおりです」

深紅のビロードの絨毯(じゅうたん)を敷き詰めた幅の広い階段は、中二階の踊り場からさらに二階へまっすぐ伸びていた。

一階のロビーが吹き抜けになっており、大理石の柱の一本一本に、歴史が刻み込まれている。

「僕はリッチモンドへ来たときは、必ずこのホテルに泊まって、この階段を歩くことにしてるんです。あとで写真を撮ってあげましょう。日本人で新婚旅行にリッチモンドに来る人はめったにいないが、お目当てはウイリアムズバーグですか」

「はい。わたくしは一度来てますが、主人は初めてです」

治子に「主人」と言われて、田宮は脇腹のあたりがこそばゆかった。

15

ダイニングルームも古めかしいたたずまいで、腰を落としたとき背凭(せもた)れの高い椅子がきしんだ。

「僕はやりませんが、なんでも好きなものを飲んでください」

「ビールをいただきます」

「わたくしも」

治子も遠慮しなかった。

小林は二つのグラスにビールを満たし、自分のグラスには申し訳程度に注いだ。

「ご結婚おめでとう」

「ありがとうございます」

「どうも」

治子と田宮はグラスを触れ合わせた。

治子がビールをひと口飲んで言った。

「ロスで思いがけずハッピーなことがあったんですよ。主人のお友達が和多田勇さんをご存じだったものですから、和多田さんのお宅にお邪魔して、去年来日したときのビデオテープを見せていただきました。小林社長のスピーチも素敵でした」

「あんなもの見たんですか。恥ずかしいなあ」

小林社長は柔和な顔をくしゃくしゃにして、襟首をこすってから、田宮に眼を遣った。

「和多田さんのお友達ってなんていうかたですか」

「竹中和彦です」

「ああ竹中さん。よく知ってますよ」

「高校のクラスメートでした」

「竹中さんのお陰で、和多田さんと奥さまに〝ガラスの教会〟の結婚式に出席していただけたんです」

「それはよかった」

田宮がアクセントをつけて言った。

「ほんとうについてました」

田宮と治子は、小林にすすめられるままに白ワインを飲んだ。

「小林社長はリッチモンドへはよくいらっしゃるんですか」

田宮に訊かれて、小林が笑顔で返した。

「ええ。リッチモンドにウチのラーメン工場があるんですよ。年に二度は来てます」

「このホテルそんなにお気に入りですか。なんだかひどく無愛想で、好きになれませんが」

小林が二度、三度うなずいた。

「一年ちょっと前、去年の九月でしたかねぇ。梶岡法務大臣が人種差別的な失言をしたことがあったでしょう」

「ええ、ええ。思い出しました。〝悪貨が良貨を駆逐する〟とか〝アメリカに黒人が入って白人が追い出される〟。たしかそんな発言でしたねぇ」

「あのときはウチあたりの工場でも大変苦労したんですよ。黒人やメキシコ人の従業員を雇用してますから……。日本から赴任して来てる従業員は、アメリカの僻地でアメリカ人と融和しようと懸命に頑張ってるんです。かれらが心ないあの発言にどれほど苦労し、胸を痛めたか。そのことを思うと涙がこぼれます。法務大臣ともあろう人があんな愚劣なことを言うなんて信じられませんよ。政治家たる者、発言には慎重の上にも慎重であってほしいと思います」

現地で雇用したアメリカ人の日本に対する反発は、サボタージュなどモラールの低下をもたらしたに相違ない。

田宮にも悲憤慷慨する小林の気持ちがわかるような気がした。

小林がフランスパンをちぎった。

「一年前だったら、日本人はホテルからボイコットされたかもしれませんよ。それほど対日感情はよくなかった。これでも沈静したほうなんですが、まだ後遺症が残ってるんですかねぇ」

「ロスではまったく感じませんでしたけど……」

田宮が左隣の治子のほうへ首をねじった。

「ニューヨークはどうだった」

「一年前は日本人が目の敵にされて騒然としたような面はありましたけれど、いまはもう忘れられてます」

「大都会と地方では違うかもしれませんよ。地方ほど反日感情は厳しいような気がしますねぇ。それじゃなくても日米関係は貿易不均衡で緊張しているんだから、政治家には心してもらいたいですねぇ」

「同感です」

田宮は、小林以上に言葉に力を込めて答えた。

ステーキが運ばれてきた。小林と治子はレア、田宮はミディアム。肉質はともかく相当なボリュームである。

「小林社長はいつもお一人で旅行なさるんですか」

治子の質問に田宮は小さくうなずいた。田宮も気になっていたのだ。

「そう。いつも一人です。秘書を連れて歩けるような身分じゃないですよ。中小企業に毛が生えた程度の会社ですからね」

「そんな。東邦食品さんは一流企業ですよ。たしかロスにも工場がおありなんじゃないですか」

「よく知ってますねぇ。オレンジ・カウンティっていうところにあります」

田宮がもじもじしながら言った。

「実を言いますと、きのう東邦食品さんのブランチにお邪魔しようかと思ったんです」

治子に袖(そで)を引っ張られたが、田宮はかまわずつづけた。

「当社は人使いが荒い会社でして、新婚旅行にまで仕事を抱えさせられてます。『ファイナンシャル・ジャパン』をご存じでしょうか」

「ロスのオフィスで購読してます。僕のところへは回ってこないが東京でも取ってるはずですよ」

「ありがとうございます。近く米国へ進出している企業の特集号を出すことになってるんですが、東邦食品さんもぜひ採り上げさせていただけませんでしょうか」

「ウチなんか『ファイナンシャル・ジャパン』に載せてもらえるような会社じゃないですよ」

田宮はアルコールの勢いを借りて直截（ちょくせつ）なもの言いになっていた。

「東邦食品さんより規模の小さい会社にもお願いしてます。『ファイナンシャル・ジャパン』の赤字がひどいものですから、皆さんに支援していただかないとやっていけません。百万円の賛助ということでお願いできませんでしょうか」

「総務部長に話しておきましょう」

小林は辟易（へきえき）して苦笑を洩（も）らした。

「あなた。場所柄もわきまえず、よくそんなことが。恥ずかしいわ」

治子が両手で顔を覆った。

第十四章　特命事項

1

ニューヨークからの直行便で帰国した十月二十一日の夜、田宮大二郎は一人でホテル・オーヤマに杉野良治を訪ねた。

ロサンゼルスで四泊、リッチモンドで一泊、ニューヨークで三泊したが、リッチモンドから車で一時間ほどで行けるウイリアムズバーグと、ニューヨークから日帰りで出かけたナイアガラ瀑布では、新婚旅行らしい楽しい気分を満喫できた。

ナイアガラ瀑布は一時的にカナダの国境を越えることになるので、パスポートにスタンプが押された。

田宮は映画〝ナイアガラ〟に出てくるボートに乗りたかったが、一度経験している治子の意見を容れてパスした。そのかわりに、ヘリコプターで滝の周辺を旋回した。急降下や急上昇はスリル満点だ。滝の裏側に回ったとき映画のシーンさながらに雨合羽を着せられたことも思い出に残る。

ＪＡＬの７４７機が成田空港に到着したのは午後五時前だが、税関で一時間ほど要し、タクシー乗り場に並んだのは六時近かった。タクシーを待っているとき、田宮はさっそく治子とやりあう羽目になった。

田宮はタクシー乗り場に並ぶ前、産業経済社に電話をかけ、主幹付秘書の斉藤洋を呼び出した。

「田宮です。いま成田に着いたところなんだけど、主幹の今夜の予定はどうなってるの」

「お帰りなさい。主幹は六時から宴会が入ってます」

「七時に終わるんだろうから、七時半にはホテルに帰ってるな」

「そう思います」

「じゃあ、七時半にホテルへ伺うから、主幹に伝えておいてくれないか」

「承知しました」

田宮がその旨を告げたとき、治子はきっとした顔になった。

「わたしは行かないわよ」

「そんな拗ねたようなこと言うなよ。主幹と仲直りするチャンスじゃないか」

「父と仲直りするってことは〝お籠もり〟に応じるってことなのよ。そんなつもりはさらさらないわ」

「〝お籠もり〟はいいから、一緒に顔を出して、挨拶ぐらいしたっていいだろう」

「厭よ。だいたい、旅行から帰ってきたその日に、父に会いに行く必要があるとは思えないわ。なんだか父のご機嫌を取るみたいで変な感じよ」

「もう斉藤から主幹に伝わってるから、ホテルへ行かないわけにはいかないんだ」

「それなら、あなた一人でどうぞ」

タクシーの中で、二人はしばらく口をきかなかった。

ホテルに着いたとき、田宮はもう一度治子を誘った。

「どうしてもダメか」

「ええ」

「しようがないな。きみはどうするの」

「もちろん、下北沢のマンションに帰るわ」

「わかった。一時間ぐらいで帰るから」

田宮は機内で買ったロイヤルサルートを一本持って、気まずい思いで降車した。

2

スギリョーは上機嫌で田宮を迎えたが、てっきり治子も一緒にあらわれると思っていたらしく怪訝な顔で訊いた。

「治子はどうしたんだ」

「疲れて気分がよくないらしいんで、先に帰しました。後日、挨拶に来させます」

エレベーターの中で考えた言い訳である。

杉野は眉をひそめた。

「そうか。そんなに悪いのか」

「たいしたことはないと思います」

「そんならいいが、大事にするように言ってくれ」

「はい」

「ロスの根本と、ニューヨークの吉井から瀬川に連絡があったようだが、『ファイナンシャル・ジャパン』のことでは大二郎に苦労をかけたな。よくやってくれた。礼を言うよ」

「どうも」

吉井清はニューヨーク支局長である。瀬川のことだから二人の連絡を受けて手柄顔で杉野に報告したに違いないが、むろん田宮も悪い気はしなかった。

「これ、ありふれたものですが」

田宮は紙袋をセンターテーブルに置いた。

「ナイアガラでカナダ産のマフラーをお土産に買って来たのですが、トランクの中なので、今度来るときに持ってきます」

杉野が袋の中を覗いた。

「ロイヤルサルートだな。これだけでたくさんだよ。水割りを一杯どうだ」

「いただきます」

ソファから起とうとした杉野を田宮が制した。

「わたしがやります」

田宮は棚に並べてあるボトルの中からロイヤルサルートの赤いボトルを選んだ。

キューービックアイス、ミネラルウォーター、大ぶりのグラスがセンターテーブルに運ばれた。

田宮は水割りを二つこしらえた。

「ご苦労さん」

「いただきます」

田宮はグラスを眼の高さに持ち上げてから、一気に三分の一ほどを喉へ流し込んだ。

「美味しいです」

「主幹はけっこう入ってるから一杯でたくさんだが、大二郎は遠慮なくどんどんやってくれていいぞ」

「わたしも一杯でけっこうです。治子が心配なので、そろそろおいとまします」

「そうだな。あんまり引き留めてもいかんな」

杉野がグラスを乾したあとで言った。

「忘れないうちに言っておくが、きょう十月二十一日付で大二郎を取締役に選任したからな。朝礼でも話したが、きみは降格されても腐らず、むしろそれをバネにして頑張ってくれた。瀬川が強く進言してきたので、主幹も受ける気になった。取締役開発部長兼秘書室担当ということで、当分の間主幹と瀬川副社長の特命事項を受け持ってもらいたい」

田宮は眼をしばたたかせた。

やぶから棒だか、降って湧くだか知らないが、新婚旅行中に、こんなことになっているとは夢にも思わなかった。

二階級降格の次は、二階級特進である。

しかし、『帝都経済』の編集長に戻されないことは大いに不満である。名実共に〝別働隊〟の副隊長格として〝取り屋〟稼業に徹しろ、というだけのことではないか。

「いいな。受けてくれるな」

杉野が上体を乗り出してきたので、田宮はのけぞるようにソファに躰を沈めた。

「どうなんだ」

「取締役にしていただくのはまだ早いような気がしますが」

「そんなことはない。いろいろあったが素直に受けてくれ。朝礼で発表しちゃったことでもあるしな」

もろもろの思いを胸にたたんで、田宮は言葉を押し出した。

「よろこんでお受けします」

正直に言わせてもらえるなら、とてもじゃないが、よろこんでなんかいられない。だが否も応もない。

田宮は残りの水割りをぐっと呷って、勢いをつけた。

「編集に戻していただくチャンスはないんでしょうか」

「主幹もそれを考えないでもなかった。ずいぶん迷ったんだが、瀬川がどうしても大二郎に手伝ってもらいたいと言ってきかんのだ。一年ほど瀬川を助けてやってくれんか。いずれ大二郎に『帝都経済』の編集をまかせるからな。頼むよ、な」

「わかりました」

3

田宮が九時前に下北沢のマンションに帰ると、食事の支度をして治子が待っていた。先刻のふくれっ面の治子とは別人のように愛想がよかった。

「お風呂沸かしといたわよ」

「ありがとう」

「それから、二十分ほど前に瀬川さんから電話があったわ。きょう付であなたが取締役になったことを伝えてくださいって。父から聞いたんでしょ」

「うん」

それで治子の機嫌がいいのか、と田宮は合点がいった。

「お祝いにシャンパンあけましょうか」

「はしゃいでもいられないよ。はっきり言って、ひとつもうれしくなんかない」

「どうして」

「編集に戻れるわけじゃないんだ。瀬川さんの下で、営業やらされるんだからな。それだけならまだいいけど、秘書室担当なんて妙な肩書まで付いて、主幹の特命事項もやらされるらしい」

「でも、父と和解できてよかったじゃない。娘のわたしが勘当の身だから、ちょうどバランスが取れていいじゃないの」

なにがバランスとれるだ、調子のいいこと言うな、と言い返したいところを抑えて、田宮はバスルームに入った。

湯上がりにビールを飲んでいるとき、電話が鳴った。

相手は吉田修平だった。

「もしもし、田宮です」

「お疲れのところへ電話なんかしてすみません」

「成田へ見送ってもらってありがとう。お陰さまでなんとか無事に帰れたよ」

「ニュース聞きましたか」

「取締役のことなら聞いたけど」

「おめでとうって言わなければいけないんでしょうねぇ」

「そんなんじゃないな。さっきも女房と話したんだけど、お察しのとおり憂鬱（ゆううつ）だよ。開発部長なんてなにをやらされるのかわかったもんじゃないからな」

「瀬川副社長の発案らしいですよ」

「しかも、秘書室担当なんておまけまで付いている」

「なんですか、それ」

「けさの朝礼で、主幹から出なかったのか」

「初耳です。開発部を新設して、田宮さんを取締役開発部長に任命するとしか主幹は話してませんよ」

「それじゃあ、後で主幹が思いついたんだな」

「〝田宮編集長〟はまぼろしに終わったわけですねぇ。みんながっかりして、残念会でヤケ酒を飲んでるところです」

「実は成田からの帰りに主幹に会ってきたんだが、いつ編集に戻してもらえるのかって訊いたら、一年ぐらい辛抱してくれって言われた。どこまで当てにできるのかわからないけど、俺としては望みを捨てたわけじゃないよ」

「まったく当てになりませんね」

「そんな悲観的になることもないだろう」

「田宮さん自身わかってないはずはないでしょう。田宮さんは瀬川副社長から離れられない運命にあるんですよ」

「吉田も意地が悪いなあ」

「帰国早々、厭なことを言ってごめんなさい。なにはともあれ、結婚のお祝いを言わなくちゃあいけなかったんです。僕としたことがいちばん大事なことを忘れるなんて、どうかしてました。あらためて衷心から申し上げます。おめでとうございました」

「どうも。しかし、なんだか取って付けたようで、ぴんとこないな」

「〝ガラスの教会〟どうでした」

「よかったよ。素晴らしかった。いずれゆっくり話したいなあ。これは頑張って、主幹に盾突いただけのことはあったと思ってる。女房に感謝してるよ」

「恐れ入りました。奥さんによろしく言ってください。じゃあ、みんなが待ってますから、これで電話を切ります」

田宮が食卓に戻るなり治子が訊いた。

「わたしに感謝してるって、〝ガラスの教会〟のこと」

「うん。吉田はクリスチャンだから、格別の思いがあるんだろう。すべてはきみのお陰だけど、われながらよくぞ頑張ったと思うよ」

「そうねぇ。いまだから言えるんだけど、わたしも何度も挫けそうになったのよ。あなたのことを考えると、こんなに突っ張っていいのかなって思ったわ。父に当たられるのはあなたですもの」

治子の眼が潤んでいる。

田宮は急いでグラスを乾した。

「おい。注いでくれよ」

「はい」

治子は両手で五〇〇ミリリットルの缶ビールを田宮が突き出したグラスに傾けた。

田宮がお返しの酌をした。

「あらためて乾杯だ」

「そうね。〝ガラスの教会〟の結婚式を思い出すと、とっても幸せな気持ちになれるわ。じゃあ乾杯！」

「乾杯！」

グラスをぶつけたとき、ビールの泡が飛び散った。

十月二十二日火曜日の朝、田宮は通常より三十分早めに出勤した。デスクの位置が副社長席の近くに変わっていた。ほどなく杉野と打ち合わせを終えた瀬川が主幹室から、自席に戻って来た。

「やあ、元気そうだな」

「おはようございます。きのうは電話をいただきまして、ありがとうございました」

「うん。折り返し電話をもらえるかと思ってたんだけど」

「それは失礼しました」

「別にいいんだけどね。治子さんに用件は伝えたし。それより大二郎、主幹に挨拶したって言うじゃないの。治子さん、なんにも言ってなかったけど。主幹、よろこんでたぞ。大二郎も大人になったとかなんとか言って。治子さんと一緒だったら言うことなかったのになあ」

田宮がデスクの前に座ると、誘われたように瀬川も腰をおろした。

八時三十五分を過ぎたところで、ぼつぼつ出社してくる社員もいるが、フロアはまだがらんとしていた。

「開発部で、わたしはいったいなにをやればいいんですか」

「取締役に相応(ふさわ)しい部にしなければいかんから、けっこう考えたんだぜ。俺のネーミングだが、主幹はえらく気に入ったみたいだったな。要するに大二郎は、主幹および副社長付っていうことだよ。たとえばの話、今度の『ファイナンシャル・ジャパン』の仕事にしても俺の特命事項だし、引き続き〝伸びゆく会社〟シリーズの加勢をしてもらう。フリーランサーで、手当たり次第なんでもやってもらおうってことだな」

田宮が皮肉っぽく返した。

「つまり、いままでとそう変わらないわけですね。肩書も替える必要はなかったんじゃないですか」

「そんなことはない。俺は田宮大二郎の持てる能力を目いっぱい引き出してやろうと思ってるんだ」

「秘書室担当っていうのはおかしくないですか」

瀬川は流し眼をくれて、にたっと下卑た笑いを洩らした。

「古村さんを引き回すくらいやっていいからな。これも俺の発想なんだ」

瀬川は、椅子を田宮のほうへ寄せて、低い声でつづけた。

「主幹と古村さんの仲が微妙な感じがしないでもない。主幹にとってちょっとうっとうしいって言うか、そんな感じ、わかるだろう」

田宮は曖昧にうなずいたが、杉野と古村綾は一体で、両人の腐れ縁は切れるはずがないと確信していたから、瀬川がなにを言わんとしているのかわからなかった。

4

瀬川が話題を変えた。

「主幹が大二郎にやってもらいたい仕事があるって言ってたぞ」

「さっそく特命事項ですか」

田宮は冗談のつもりだったが、瀬川は真顔で返した。

「相当大きな仕事になると思うねぇ。主幹はやる気満々だから、ひと山当てられるんじゃねえかな」

「そんな大プロジェクトなんですか。映画の大作をプロデュースするなんて言い出してるわけじゃないでしょうねぇ」

「いずれ二本目の映画もやりたいらしいが、今度の話はもっと旨みがあると思うな」

斉藤洋が顔を出した。

「田宮さん、主幹がお呼びです」

瀬川が片眼を瞑った。

「ほら、おいでなすった。きっとこの話だぞ」

「失礼」

田宮は瀬川の前を離れ、斉藤と肩を並べて部屋を出た。

エレベーターホールで田宮が時計を見ながら訊いた。

「古村さん出社してる」

「ええ、たったいま」

午前八時四十五分。

田宮の秘書時代も、古村綾はこの時刻に出社することが多かった。

「ちょっと挨拶して行くかな」

田宮は主幹室に入る前に秘書室に寄った。

ニューヨークから東京に向かうフライトの中で、ロイヤルサルート三本、レミーマルタンXO三本、それに〇・五オンスの香水シャネル19やミツコを六本買った。いずれも免税品である。昨夜、ロイヤルサルートを一本義父の杉野良治に届けた。

吉田修平にはレミーマルタン一本を渡すつもりだ。瀬川のことはカウントしなかった。

香水は二本、部下の女性にあげたいと治子に話したが、一本は古村綾にあげるつもりでポケットに忍ばせてある。

「あら。いつ帰ったの」

綾は嫣然と微笑んで、席を起って廊下へ出てきた。

「昨夜です」

「それでもう出勤なの。あなたもワーカホリックなのねぇ。一日ぐらいゆっくり休めばいいのに」

田宮は、主幹室のほうへ二、三歩歩いて綾を振り返った。

「これ、ありふれたもので悪いんですけど」

「ありがとう。でもわたしにまで気を遣っていただいて、申し訳ないわ。お祝いもあげてないのに」

田宮は綾がシャネル19をふりかけていることを知っていた。

綾は香水の小瓶をスーツのポケットにしまった。

「主幹に呼ばれたんですが、なんですかねぇ」

「多分ゴルフのお誘いじゃないかしら。あしたとあさって、西伊豆に行くことになってるのよ」

「へェ、そんなことですか」

田宮は首をひねった。

瀬川の話は見当違いだったらしい。しかも瀬川は、杉野と綾の関係が微妙だなどと意味深長なことを匂わせたが、そっぽもいいところだ、と田宮は思った。

杉野はソファで朝刊を読んでいた。

新聞をたたみながら、杉野は顎をしゃくってソファをすすめた。

「治子の様子はどうなんだ」

「お陰さまでひと晩で元気になりました」

「ふーん。よかったな。さっそくだが、あした昼から西伊豆に出かける。大二郎につきあってもらうぞ。一泊して、あさってゴルフをやるから、ゴルフの用意をして出社するように」

田宮は真夏のツーハンドレッド・カントリークラブを思い出して、気が滅入った。

一瞬、それが顔に出たらしい。

「厭なのか」

杉野は険のある眼で田宮を見上げた。

「とんでもありません」

「これは仕事だからな。しかも重要な仕事なんだ」

「はい」

田宮は緊張して居ずまいを正した。

「これから出かけなければならんので、わけはあしたの車の中で話す。あした一時に出発するからな」

「わかりました」

瀬川の話も当たっていた。

重要な仕事とはいったい、なんだろう。

田宮は瀬川から予備知識を仕入れようかと思ったが、瀬川は外出して席にいなかった。

5

リムジンは東名高速の横浜インターを通過したところだ。

久しぶりに田宮は杉野良治の専用車に乗った。十月二十三日午後二時を過ぎたころだ。

「ここんところ秋晴れ続きだが、あしたもきっといいな」

「ええ」

田宮は、リアシートに杉野と並ばされて窮屈な思いをしていた。

助手席に座ろうとしたら、「こっちへ来たまえ。話がしにくいじゃないか」と杉野に言われたのだ。ためらっていると、運転手の岡沢に背中を押された。

「田宮取締役、さあ、どうぞ」

「岡沢さん、ひやかさないでくださいよ」

「ひやかしてなんかいませんよ。口のきき方に気をつけるように副社長から注意されてますんで」

岡沢は田宮の耳もとで囁いた。

「大二郎、瀬川から話を聞いてるのか」

「いいえ。副社長はきょうも朝から外出で、話を聞く機会がなくて」

「そうか」

杉野は、岡沢を気にしているのか、背をシートに凭せ、声量を落としたので、田宮も腰を沈めた。

「持丸龍介って名前聞いたことないか」

「あります。たしか光和相互銀行と組んで、沖縄の新空港予定地の土地転がしで大儲けしたんじゃなかったですか」

光和相互銀行は数年前、放漫経営で行き詰まり、大蔵省の要請で住之江銀行に吸収合併された。

「持丸君は別に不正を働いたわけじゃない。土地の転売もすべて合法的になされたものだ。持丸君に関する大二郎の知識はその程度なのか」

杉野が顔をしかめたので、田宮は口をつぐんだ。

「これから行く西伊豆高原クラブは持丸君がオーナーだよ。きみがアメリカへ行ってる間に政治家の紹介状を持って持丸君が主幹を訪ねてきたんだ。年齢は五十七、八ってところかねぇ。主幹は初対面で人物を見抜く眼力を持ってるつもりだが、持丸君は立派な人物だ。人柄も誠実で申し分ない。資金繰りがうまくいかなくて西伊豆高原クラブの経営が厳しいので、なんとか助けてくれないかと主幹を頼ってきた。ゴルフ場がメインだが、ホテル、コテージと備えてるし、温泉もあると言ってた。テニスコートやプールもあるっていうから、家族で楽しめるリゾートと考えたらいいんだろうな。百聞は一見に如かずだ。一度ぜひ見てくださいと言われたんでなあ」

杉野は持丸がえらく気に入ったらしいが、田宮の知る限り世間の評判はかんばしくない。とくに銀行など金融関係者から鼻つまみ者扱いされている。

田宮は、杉野の人を見る眼を信じていなかった。〝聖真霊の教〟を究極の宗教と崇め、女教祖の山本はなを神様扱いしている一事を以てしても、そのことは証明できる。

杉野の眼はふし穴なのだ。

イトセンを経営危機に陥らせた元凶の藤岡光夫や、本物のヤクザで聞こえているメトロポリタンの池山勇を『帝都経済』で持ち上げるような恥知らずなことまでしてくれた。すべてはカネ次第である。

すでに持丸からカネを取ってしまったのだろうか、と勘繰りたくもなってくる。

「持丸さんは主幹にどんな救済を求めてきたんですか」

「運転資金、設備資金の融資先を紹介してもらえないか、というわけだ」

「名のある銀行で、持丸さんに融資するところがあるとは思えませんけど」

「主幹が推せばわからんよ。主幹が個人で債務保証するわけにはいかんが、主幹がひと声かければ融資に応じてくれるところがないとも限らん」

そうかもしれない。いつだったか、コスモ銀行の秋山頭取を呼びつけて、経営危機に直面していた大阪の不動産会社に五億円の緊急融資を実行させたことがあった。

不動産会社は一億円のバックマージンを産業経済社に振り込んだ直後、裁判所に和議申請し、事実上倒産した。

田宮はスギリョーの辣腕(らつわん)ぶりに舌を巻いたものだ。

「持丸さんは反対給付を提示してきてるんですか」

「うん……」

杉野は言いよどんだが、窓外にチラッと眼を投げてから小声でつづけた。

「二百口の会員募集を当社にまかせると言ってる。コミッションフィーは一口五百万円だ。

十億円の実入りなら悪くないだろう」

田宮は生唾(なまつば)を呑(の)み込んだ。

瀬川が大仕事と言っただけのことはある。

同時にここまで打ち明けるとは俺も見込まれたものだ、と田宮は思った。

「瀬川にしか話してない。これは極秘事項だぞ」

「よく存じてます。ただ……」

「ただなんだ」

「そんなに高級なゴルフクラブなんですか」

「第六次募集までは三千三百万円だった。これから募集する第七次は三千八百万円を予定しているそうだ。まだ会員は八百人ほどらしいから最終募集では最低六、七千万円にはなるんじゃないかな」

「ゴルフ場の会員権は暴落して、ピーク時の二分の一以下まで値を下げてますが、西伊豆高原クラブはその点どうなんでしょうか」

「ほかのゴルフクラブとはひと味もふた味も違うんだ。さっきも言ったが、高級リゾートっていうか、温泉まで付いてるんだからな。土地は五十万坪もあるらしい。プレーをしてみないことにはなんとも言えんが、ホテルに宿泊し、温泉につかりながらどうするか考えたらいいだろうや」

田宮は、最近のゴルフ会員権の価格事情や不況色を濃くしている経済界の状況を考えると到底乗れる話ではないと思ったが、口には出さなかった。

6

沼津インターから国道1号線に入ってから渋滞が続き、杉野たちが西伊豆高原クラブに到着したのは午後四時を過ぎていた。三時間以上要したことになる。

ホテルとフロントを兼ねた建屋は地上三階地下一階で、田宮が想像したよりはるかに豪華なたたずまいであった。

「すげぇ、立派じゃねえか」

杉野が感嘆の声を放った。

リムジンが玄関前に横づけされたとき、十数人の従業員が両側に列をつくって出迎えた。

「杉野先生。お待ち申し上げておりました。お出でいただいて心よりお礼申し上げます」

一歩進み出たのが持丸らしい。村夫子(そんぷうし)然とした顔に似合わないがタキシードの正装である。

「持丸君、ウチの田宮取締役だ。今度の件は田宮に特命で担当させたいと思ってるんだ」

「持丸でございます。よろしくご指導ください」

「田宮と申します。よろしくお願いします」

名刺を交換した。

杉野が照れ笑いを浮かべた。

「実は、田宮大二郎はわたしの息子なんだ」

「はあっ」

「娘婿だよ。新婚ほやほやだ」

田宮は頬が火照(ほて)った。こんなところで岳父面されるとは思わなかった。

持丸がにこやかに言った。

「なにかお祝いの真似事をさせていただきます」

「お気持ちだけでたくさんです」

「そうなんだ。大二郎は変に潔癖なんだよ。お祝いをすべて辞退してる変わり者でねぇ」

皮肉だな、と田宮は取った。

チェックインの手続きなしで、杉野と田宮は三階のロイヤルスウィートに案内された。

持丸が杉野のゴルフバッグを持ち、支配人とおぼしき年配の男が田宮のゴルフバッグを運んだ。

ロイヤルスウィートはソファといい、テーブルといい、照明器具といい見事な調度品を揃えている。天井が高く、空間が広い贅(ぜい)を尽くした造りだ。田宮は、グランドピアノに眼を奪われた。

「なかなかいい部屋じゃないか」

「恐れ入ります」

「ベッドルームはどこなの」

「どうぞ」

持丸は奥のベッドルームに杉野と田宮を導いた。

セミダブルのベッドが二つ。ソファも二つ。

「ずいぶん広いんだねぇ」

「はい。ロイヤルスウィートは二室でございます。ここはヨーロピアンですが、もう一つは和風で、和室もございます」

「あとで見せてもらおう」

ベッドルームを出て、ソファに戻ってから持丸が男を紹介した。

「支配人の田中です。なんなりとお申しつけください」

「申し遅れました。田中でございます」

田中は両手で名刺を杉野と田宮に差し出した。

「杉野です」

「田宮と申します」

杉野は名刺を出さなかったが、田宮は出した。

「杉野先生にはここにお泊まりいただきます。田宮取締役にもロイヤルスウィートをご用意させていただきました。先生、さっそくで恐縮ですが、夕食はいかが致しましょうか。フランス料理、日本料理、中華料理なんでもけっこうです。お好きなものをおっしゃってください」

「ゆうべ和食だったから中華料理にしてもらおうか。大二郎、いいか」

「はい」

「先生、お食事は六時でよろしいですか」

「けっこうだ」

「お部屋でなさいますか。それともダイニングルームのほうがよろしいですか。もちろん個室をご用意致しますが」

「中華料理は円卓に限るよ」

「かしこまりました」

持丸に目配せされて、田中が一揖(いちゆう)して退出した。

「温泉をつかわせてもらおうか」

「地下一階にございます。ご案内しましょう。露天風呂もぜひおためしください。サウナもございます」

大浴場も広々としてて、くつろげる。

紅葉した西伊豆の山々は、暮れなずんで望めなかったが、露天風呂は四周を石で囲った凝った造りで、温泉の気分に浸ることができた。

大浴場も露天風呂も杉野と田宮二人だけで申し訳ないような気持ちにさせられた。

「貸し切りみたいなもんだな」

「ええ。ウィークデーということもあるんでしょうが、勿体(もったい)ないほどすいてますねぇ」

瀬川なら杉野の背中を流すところだろう。むろん田宮はそうはしなかった。

7

午後六時五分前に三階のロイヤルスウィートまで支配人の田中が迎えに来た。

田宮がネクタイを着けたスーツ姿でエレベーターホールで待っていると、ガウンからスーツに着替えた杉野がやって来た。

二階まで吹き抜けの一階の廊下はビクトリア朝の宮殿を想わせる格調を保っている。

中華料理店の個室で、持丸が三人を出迎えた。十人は座れる円卓を四人で囲んだ。

料理は都心の一流シティホテル並みに吟味されたものばかりだ。

ビールで乾杯したあと、持丸が杉野のほうへ視線を送った。

「先生、温泉はいかがでございました」

「よかったよ。露天風呂もしゃれてるじゃないの。温泉とロイヤルスウィートだけでも無理をして出かけて来た甲斐があったな」

「ありがとうございます。先生にそんなふうにお褒めいただいたことを励みに、頑張っていきたいと思います」

「あとはゴルフコースがどうなんだか楽しみだな」

「これはいささか自信がございます。このあたりで、わたくしどものところほど素晴らしいコースはないと自負しておるんです」

「そうかね。大きく出たな」

「クラブハウスだけはデコレーションみたいに飾りたてても、コースはからきしお粗末なんてことは決してございませんので、ご安心ください」

もっぱら持丸が話し、田中は大仰にうなずくだけだ。

「ゴルフ場がオープンしたのはいつなの」

「昭和六十一年の夏です。今年で六年目ということになります」

「ホテルはずいぶんすいてるみたいだが、いつもこんなものなの」

「きょうはとくにすいてますが、週末はお断りすることが多ございます。利用率は平均で七、八〇パーセントというところでしょうか」

「採算は取れてるのかね」

「いいえ。まだ赤字です。赤字幅は縮小しておりますが、なにぶんにもまだメンバーが七百数十人と少ないので、やはり千二、三百人になりませんと経営は安定しません。先生のお力添えをいただいて、名実共に一流のクラブにしたいと念願致している次第でございます。よろしくお願い致します」

持丸はテーブルに手を突いて低く頭を垂れた。

田中が持丸にならって低頭し、二人共しばらく顔を上げなかった。

杉野は運ばれてくるえびやふかひれの料理を片っぱしからがつがつとたいらげ、紹興酒をあけるピッチも速い。

「率直に言って、いまどのくらいカネを必要としてるのかね」

「百二、三十億ほどなんとか調達できればと思っております。九州や沖縄のリゾート事業を含めたグループトータルで申し上げてるんですが」

「銀行はどこも渋いんだろうなあ」

「わたしどものようなリゾート事業に融資してくれる銀行は一行もありません」

「百億円以上の資金調達ができないと、潰れてしまうのか」

「西伊豆高原クラブには百五十人の従業員がおります。全従業員が歯をくいしばって頑張ってくれてますが、正直に申しまして大変厳しい状況です」

8

翌朝、西伊豆地方は快晴で、絶好のゴルフ日和だった。高原の風はひんやりと冷たい。田宮と持丸はセーター姿だったが、杉野はセーターの上にウインドブレーカーを着込んで八時にアウト一番のティーグラウンドに立った。

キャディは付かず、プレーヤーはゴーカートを運転してコースを回る仕組みだ。

田宮はプレーよりゴーカートを運転してるほうがよっぽどおもしろかった。

杉野のスコアは相変わらずアバウトだ。気にしだしたらきりがないので、田宮はボール探し以外はかまわないことにした。

一組のスタートだったのでワンラウンド終わったのは十一時前。

「少し早いが食事を食べて、もうハーフやるか。こんな好天といいコースに恵まれたんだからな。ワンハーフなんて何年ぶりかねぇ」

杉野は上機嫌だ。

カレーライスを食べながら、杉野が言った。

「丘陵コースにしては林が多くて、思ってたよりずっと立派なコースだな。持丸君が自慢するだけのことはあるよ。伊東の川間なんかよりこっちのほうが上だな。わたしは名門と言われるコースはひととおり回ったが、西伊豆高原は風格もあるし、名門コースの資格充分だ」

「ありがとうございます」

「応援しようじゃないか。昨夜ベッドの中で考えたんだが、理事会をつくる必要があると思うな。一流の財界人にわたしが声をかけてあげよう。コスモ銀行名誉会長の大山三郎さんに代表理事になってもらえば、それだけで会員が集まるよ。大山さんの吸引力はまだまだ衰えておらん。政治家はやめたほうがいい。わたしも理事になってあげるよ」

「願ってもないことです」

持丸は感激で声をふるわせた。

「わたしの責任で二百口集めてあげようじゃないの。コースを回って納得できたよ。ここなら胸を張って推薦できる」

杉野は自信たっぷりに言い放った。

9

東京へ帰った杉野は、その夜瀬川と田宮を主幹室に呼んで、西伊豆高原クラブに対する基本方針を示した。

「主幹は全力をあげてバックアップすることに決めたぞ」

「さっき田宮君から聞きましたが、西伊豆高原クラブはなかなか見事なリゾートらしいですねぇ」

「うん。本物だ。あれなら川間に負けないな。ホテルもよかったし、コースも立派だった。瀬川はゴルフをやらんが、一度見てきたらいいな。コテージを見なかったが、十棟ほどあった。家族でコテージに泊まって温泉につかるだけでも価値はあるよ」

「ぜひわたしにも実地検分させてください」

「そうしたらいいな。さっそく今度の土曜日にでも行ったらいい」

「二十六日は〝お山〟に行かなければなりませんので、ちょっと……」

瀬川は、杉野のくすぐりどころを心得ている。

杉野の表情がゆるんだ。

「そう。とにかくなるべく早く行っておいでよ」

「はい。なんとかやりくりして行かせていただきます」

杉野が瀬川から田宮に視線を流した。

「大手都銀のトップに至急会いたい。古村とスケジュールを調整して東亜銀行の会長、住之江銀行の頭取、コスモ銀行の頭取のアポイントメントを取ってくれ」

「はい」

古村綾に直接命じればいいものを。それとも綾との直接対話を差し控えなければならないなにかがあるのだろうか。瀬川は杉野と綾の関係が微妙だなどと言っていたが……。

それにしても都銀が持丸向けの融資に応じる可能性はゼロに近い。瞬時のうちに田宮はそんなことを考えた。

田宮が予想したとおり、杉野が大手都銀のトップたちから有額回答を引き出すことはできなかった。

さすがに杉野に対してその場でノーと答えた首脳はいなかったが、西伊豆高原クラブが二重、三重に抵当権が設定されており、それ以上の担保能力がなく、債務を保証する者もいないのだから、ゼロ回答もやむを得ない。

十一月上旬の朝、田宮は杉野に呼ばれた。

「きょう二時にパシフィックリースの笹本君に会うことになった。大二郎も一緒に行ってくれ」

リース業界大手のパシフィックリース社長の笹本宏はバンカー出身だが、杉野は笹本と銀行時代から面識があった。

杉野と田宮は新橋のパシフィックリース本社役員応接室で笹本に会った。杉野は田宮を娘婿だと笹本に紹介することを忘れなかった。

笹本が田宮と名刺を交換したあとで言った。

「杉野先生、すっかりご無沙汰(ぶさた)致しまして申し訳ございません。お呼びくだされればお伺いしましたのに、秘書が気が利かなくてご足労いただくことになってしまいまして恐縮です」

「なに言ってるの。頼みごとをするのに、呼びつけるほどわたしは図々しくないですよ。ゴルフのほうはどうなの」

「相変わらず飛ばすだけが能でスコアのほうはさっぱりです」

「あなたのゴルフは豪快だからねぇ。近いうちに一度どうかな。いいゴルフコースを見つけたから案内しますよ。西伊豆高原クラブって言うんだが、聞いたことありませんか」

　笹本は首をかしげた。

「わたしは川間より上だと思ってるんです」

「西伊豆にそんないいコースがありましたかねぇ」

「それがあるんだから、びっくりするじゃないの」

「ぜひお供させてください」

　杉野が口に運びかけた湯呑(ゆの)みをセンターテーブルに戻し、うすら笑いを浮かべて右手の小指を立てた。

「こっちのほうはどうなの。こないだ赤坂で菊代さんに会ったけど、きれいだねぇ。あんな美人芸者にもてる笹本さんは果報者ですよ」

笹本は苦笑を滲ませて返した。

「赤坂の売れっ子は、わたしのような田舎者など洟もひっかけてくれませんよ。わたしの片想いみたいなもんです」

「水臭いなあ。あなたとわたしの仲じゃないの。女は活力の源泉ですよ。女にもてないようじゃ一流の経営者になれない。その点、笹本さんは見上げたものだ」

「先生、からかわないでくださいよ」

「わたしに隠すなんて野暮と言うものだよ」

杉野は緑茶を飲んで、居ずまいを正した。

「そんなことより、あなたにどうしても聞き届けてもらいたいことがあるんです。その西伊豆高原クラブの持丸君に百五十億円ほど緊急に融資してもらいたいんだ。持丸君はリゾート事業の経営で苦戦してるが、会員が少ないことが原因で、これを倍にふやせば、なんてことはないんだ。ホテル、コテージ、プール、テニスコートもあって、温泉も出る一級のリゾートだが、ゴルフの会員が七百人ほどだって言うんだから、話にならんのです。持丸君の人物は僕が保証します。西伊豆高原クラブを見て、わたしはなんとかしたいという気持ちになりました」

「百五十億円の使途はどういうことですか」

「借金の返済やら、設備投資やらいろいろです。なにはともあれ持丸君に会ってやってくださいよ」

「無い袖は振れないと言うのが実情ですが、杉野先生からのお話ですから、担当常務に資金計画と西伊豆高原クラブの実態をヒアリングだけでもさせましょうかねぇ」

「ぜひお願いします。持丸君に知恵をつけたんだが、ゴルフクラブに理事会が存在しないので、早急に設けるように言ったんだ。大山三郎さんに代表理事になってもらい、わたしも理事になってもいいと思ってるんです。笹本社長もぜひ理事になってくださいよ。一流の財界人で理事会を組織すれば、会員集めもやりやすいでしょう。これから七次の募集に入るところですが、二百口全部、わたしが集めてごらんにいれますよ」

「会員権はどのくらいしてるんですか」

「三千八百万円です。そのうち五百万円は入会金ということになるが、第六次は三千三百万円だったそうです。第八次を四千三百万円で二百口とすれば、仮りにパシフィックリースに百五十億円融資してもらっても、早い機会に返済可能でしょうが」

「いまどき西伊豆あたりで三千八百万円のゴルフ会員権が設定できるんですかねぇ」

「ゴルフコースだけじゃない。ホテルやら温泉やら、ほかのコースにはないプラスアルファがたくさんあるんです。笹本さん、自分の眼で確かめてごらんなさいよ。必ずその気になります。杉野良治ほどの男が惚れたんだからねぇ」

「大山三郎さんは代表理事をお受けになったんですか」

「もちろんです。大山さんが、わたしのたっての頼みを聞き届けてくれないわけがないでしょう」

田宮は心配になった。

本件で杉野が大山に会った事実はない。それとも電話で話したのだろうか。いや、電話で済まされる案件とは思えない。

10

帰りのリムジンの中で、田宮が訊（き）いた。

「大山三郎さんにはもう話されたんですか」

杉野は厭（いや）な顔をした。

「余計な心配をせんでいい。コスモ銀行に電話して、大山さんを呼び出してくれ」

田宮は言われたとおり自動車電話をかけた。

大山は在席していた。

「名誉会長ですか、杉野良治です。車の中から電話させていただいてるのですが、大至急お目にかかりたいと思っておるんです。名誉会長のご予定はいかがですか」

「いまから来られるんならいらっしゃい」

「ありがとうございます。十分ほどでお伺いさせていただきます」

田宮も大山の顔は飽きるほど見ている。『帝都経済』のカバー写真に十回以上出ているし、産業経済社主催のパーティには必ず顔を出してスピーチをしてくれる。

今年八十四歳になるが、白髪は豊富で、背筋をしゃんと伸ばし、年齢を感じさせない。

コスモ銀行の名誉会長室でも、杉野は田宮を娘婿になったと披露し、田宮を当惑させた。

緑茶をひとすすりしてから、杉野は西伊豆高原クラブがいかに素晴らしいリゾートであり、ゴルフコースであるかをぶちまくった。

「ついては名誉会長に、西伊豆高原クラブ・ゴルフコースの代表理事になっていただきたいと存じまして、そこらのちゃちなコースでしたら、こんなお願いはしませんが、名誉会長に代表理事になっていただくに相応しい立派なコースなんです。わたしは川間以上の名門コースになると存じております」

「そんないいコースなら、一度プレーしてみたいねぇ」

「ぜひお供させてください」

「わたしのほかに理事の顔ぶれは誰を考えてるんだい」

「大日電産の土井善雄会長、三陽鉄鋼の内田敏夫会長、五井不動産の中田慶三社長、パシフィックリースの笹本宏社長など十人ほどをリストアップしております」

土井は経済連の副会長職にある。いずれも一流企業のトップだ。

「わかった。お受けしよう。僕は杉野君に頼まれると断れなくてねぇ」

大山は右手をぐるっと回してつづけた。

「ここらの口さがない連中がきみに弱みでもあるんじゃないかって、陰口を叩いてるらしいよ。きみにはだいぶ入れ上げてるからねぇ」

「なにをおっしゃいます。名誉会長のお陰で今日の杉野良治があることはたしかですから、弱みがあるのはわたしのほうですよ」

大山三郎は杉野良治にとって最大の協力者であることは間違いないが、それにしてもこうもあっさり代表理事職を受けるとは驚きだった。

西伊豆高原クラブの内容も、持丸龍介の人となりにしてもなんにもわかってないはずなのだ。

11

コスモ銀行名誉会長の大山三郎が、西伊豆高原クラブ理事会の代表理事就任を快諾したのを受けて、杉野良治は、大日電産会長の土井善雄、三陽鉄鋼会長の内田敏夫、五井不動産社長の中田慶三らの財界人に電話で理事就任を要請した。

大山ほどの大物がＯＫしているのだから、なかなか断れない。中には固辞する者もいたが、杉野にしつこく頼まれて断固ノーと言える財界人は一人としていなかった。

「わたしのような者にそんな大役は務まりません。だいたいわたしはゴルフをやめようと思っているんです」

と苦し紛れの逃げ口上を言う者も、

「どうしてもダメですか。杉野良治が頭を下げてお願いしてるんですよ」

と凄まれたら、ひとたまりもなく陥落である。

杉野は総合商社トーショウ社長の西村順一、中堅建設会社、総合開発社長の辻村宏、セメント業界最大手、大東セメント会長の岡田一郎などにも理事就任を要請して内諾を取りつけた。

杉野は直ちにリース業界大手、パシフィックリースの笹本社長に電話をかけた。

「土井善雄さん、内田敏夫さん、中田慶三さんにも、理事会のメンバーに加わってもらえますよ。あと四、五人の一流財界人にも呼びかけてますが、なんせ大山三郎さんが代表理事になってくれると言うんだから、みんな二つ返事でOKしてくれますよ。そうなれば二百口の会員募集なんて軽いもんです。以前にも話したが、もちろん笹本さんにも理事になっていただきます。あなたも一流財界人として堂々と通る人だから誰も反対する者はいませんよ」

くすぐられて、笹本の声がうわずった。

「どうも恐れ入ります。杉野先生ほどのかたに、そんなふうに言っていただけて光栄に思います」

「笹本さん、融資の件よろしく頼みますよ。会員が増えれば経営は軌道に乗るんだから、焦げつくなんてことは絶対にないんです。パシフィックリースにとって決して悪い話じゃないと思いますよ」

「前向きに検討させていただきます」

バブル崩壊の影響は深刻でリース業界は青息吐息。パシフィックリースもその例外ではなかったが、笹本は取引銀行をどう根回ししたのか、西伊豆高原クラブの大口融資に応じると回答してきた。

融資額は百五十億円の要請に対して百二十億円と二〇パーセント削減されたが、金利は都銀の短期プライムレート（最優遇貸出金利）に〇・五パーセント上乗せするだけと言うのだから、西伊豆高原クラブにとって信じられないほどの好条件である。

笹本は担当常務とヘリコプターで現地を視察したほか、会社の経営状態も審査したが、都銀が二の足を踏んだ案件にいとも簡単にＯＫを出したのは、杉野のごり押しもさることながら、理事会の顔ぶれからみても、大量の会員増が期待できるので、資金の回収は可能と判断したからである。

12

十一月下旬の土曜日の午後、杉野は、瀬川誠と田宮大二郎を従えて〝お籠もり〟した。

同日、西伊豆高原クラブ社長の持丸龍介と副社長の若山健三も〝お山〟に呼びつけられ〝聖真霊の教〟への入信を強要された。

二人は教祖の山本はなに対面させられ、〝聖真霊の間〟で厄落としのような儀式に臨んだあと多額の寄進を強いられた。

杉野良治の専用室で精進料理の夕食を摂る前に、杉野は得意満面でぶちまくった。

「〝聖真霊の教〟は、わが産業経済社の守護神です。わたしをはじめ全役員、全社員が信仰しているお陰で、わが社は隆々と栄えておるんです。今日から西伊豆高原クラブの守護神が〝聖真霊の教〟になったことを、わたしは心よりよろこび、かつ祝いたいと思います。〝お山〟での飲酒はご法度だが、今夜は特別に教祖様からおゆるしをいただいたので、お祝いの御神酒がわりにロイヤルサルートで乾杯しましょう」

瀬川と田宮が、水割りを用意した。

「西伊豆高原クラブのさらなる発展を祈願して乾杯！」

杉野が大ぶりのグラスを眼の高さに掲げたとき、持丸は杉野に向かって叩頭した。

「先生、ありがとうございます。感激で胸が一杯でございます」

持丸はふるえる手でグラスを持ち上げ、大声を張り上げた。

「杉野先生のご健康をお祈りしまして、乾杯させていただきます」

「乾杯！」

「乾杯！」

杉野は水割りを三分の一ほど一気に喉へ流し込んで、グラスを食卓に戻した。

「持丸君、パシフィッククリースの融資、異例のスピードで実現したでしょう」

「ありがとうございました。ご恩は忘れません」

「わたしを少しは見直したかね」

「見直すなんてとんでもありません。杉野先生が応援してくださるとおっしゃったときからこうなることは確信しておりましたが、まさかこんなに早く融資していただけるとは思いませんでした」

「わたしは言行一致をモットーにしておるんだ。できないことは初めから約束せんよ。あとは会員集めに全力で取り組まなければいかん。瀬川と田宮を〝お山〟に連れて来たのは、会員集めの作戦を練るためでもあるんだ。大山三郎さん以下これだけの顔ぶれを理事にそろえたんだから、これ以上のお膳立ては望むべくもない。わが社の責任で第七次募集の二百口は集める。コミッションフィーは約束どおり一口五百万円でいいな」

持丸は大きくうなずいた。杉野がうなずき返して、鷹揚に言った。

「引き続き第八次の募集を始めたらいいな」

瀬川がひと膝乗り出した。

「主幹、それにつきまして、ひとつ提案がございます。よろしいでしょうか」

「話してごらん」

「丸越デパートに第八次の会員権を販売させるのはいかがでしょう」

杉野が露骨に眉をひそめた。杉野は、丸越デパート社長の山口通正と肌合いが違う。というよりクーデターで丸越デパートの社長を解任された寺本剛前社長のほうに近かった。ワンマンの寺本は、かつて愛人の竹村さちと組んで丸越デパートを喰い荒らし、経営危機に陥らせた悪徳経営者として聞こえている。寺本解任に陰で糸を引いたのは社外重役の大山だった。

大山は、寺本から追放されて丸越デパートの常務から西北百貨店の社長に転出していた山口を呼び戻し、丸越デパートの社長に就け、丸越デパートは山口のリーダーシップによって再建が進んでいた。

瀬川は杉野の顔色を見て一瞬ひるんだが、うわずった声でつづけた。

「丸越は腐っても鯛です。丸越の販売力はあなどれないと思います。わたしは丸越の幹部と親しくさせてもらってますので、丸越に話を持ち込みたいと考えたのですが、いかがでしょうか。たとえば丸越が第八次の会員権を四千三百万円で売り出すようなことになれば、それだけで第七次分は大変売りやすくなると思うんです。ついでに三千八百万円の七次分を一口丸越に買わせるつもりですが、大山三郎先生は丸越の社外重役でもあるんですから、丸越としても断れないいんじゃないでしょうか」

「大二郎、どう思う」

田宮は事前に瀬川から相談を受けていなかったが、二百口の会員権募集は容易ではないと考えていたので、瀬川の提案は悪くないと思った。

「丸越が受けるかどうかわかりませんが、アプローチしてみるのはよろしいんじゃないかと思います」

「わかった。持丸君、第八次は四千三百万円でいいのかい」

「はい。第六次以降、五百万円ずつ上げてきましたから、そんなところが適当ではないかと存じます」

「丸越のコミッションフィーはどうする」

「先生におまかせします」

「それじゃあ、仮りに丸越が乗ってきたら、丸越が三百万円、ウチが二百万円ってとこでどうかな」

「よろしゅうございます」

取らぬ狸の皮算用にしても、産業経済社が二百万円もピンハネするとは――。田宮はあいた口がふさがらなかった。

「主幹は山口なんかに頭を下げる気はないぞ。この件は瀬川と大二郎にまかせる」

杉野が不味そうに水割りをすすったとき、精進料理が運ばれてきた。

13

瀬川と田宮が丸越デパートの河合明総務部長、福本邦雄広報室長と会ったのは翌週水曜日の午後である。

田宮は二人とも初対面だったので、名刺を交わした。河合も福本もゴマシオの頭髪を七、三に分けている。福本はメタルフレームの眼鏡をかけていた。

「田宮大二郎君は、杉野主幹の娘婿で新婚ホヤホヤですが、わが社のエースですので、よろしくお引き立てのほどを」

「瀬川さん、余計なことを言わないでくださいよ」

田宮は瀬川を軽く睨んだ。

河合が笑顔でうなずいた。

「よく存じてます」

「どうも」

田宮は会釈して、瀬川に続いてソファに腰をおろした。

「さっそくですが、きょうはお願いの儀がございまして」

「なんでしょう。わたくしどもにお役に立てることがございますか」

「御社にとりましても、良い話だと思うのですが、西伊豆高原クラブをご存じですか」

「いいえ。きみ、知ってる」

「いや。知りません」

「ゴルフ場、温泉、ホテル、コテージ、テニスコート、温水プールなどを完備した超高級リゾートです。先ごろ発足した理事会の代表理事には、大山三郎先生が就任されました」

「西伊豆高原クラブのパンフレットをお持ちしましたので、のちほどお読みいただければと思います」

田宮は〝西伊豆高原クラブご利用のしおり〟と表紙にあるA３判のパンフレットをセンターテーブルに置いた。きのう西伊豆高原クラブの東京事務所から届けられたばかりである。

福本がパンフレットを手に取った。

「それでご用向きは……」

「お願いが二つございます。一つは丸越さんにもメンバーになっていただきたいのです。

法人記名ということで、できましたら二口お願いします。もう一つは、第八次の会員権販売を丸越さんに扱っていただきたいのですが」

福本が瀬川にちらっと眼を流してから、河合にパンフレットを手渡し、ある個所を指で示した。

河合が目読した個所には次のように記されてあった。

〝募集会員　法人記名式会員（一名登録）〟

〝募集金額　三、八〇〇万円＝入会金五〇〇万円、会員資格保証金三、三〇〇万円（会員資格保証金は、預かり金として会社に預託していただき、会員資格取得の日から十カ年間据え置きと致します。但し利息はつきません）〟

〝入会資格＝会員は一部上場企業及びそれに準じる企業とし、選考委員会の承認を得たものといたします〟

〝募集口数＝二百口（定員になり次第締め切らせていただきます）〟

河合がパンフレットから顔を上げた。

「ご存じのように当社はまだ再建途上にあります。ゴルフ会員権もほとんど処分したくらいですから、新規の入会など考えられません。この種のお誘いは一切お断りしておりま す」

「大山三郎先生からお願いするのが筋かとも考えたのですが、この程度のことはお受けしていただけると思いまして」

「瀬川さん、当社はとてもそんな余裕はありませんよ。大山さんもよーくご存じのはずです。大山さんから山口にお話があっても、間違いなくお断りすると思います」

「天下の丸越さんがねぇ。河合さんからこんな寂しい話を聞くなんて、信じられませんよ」

瀬川は上気した顔で言い返したが、河合はゆっくり首を左右に振った。

「それが現実です。せっかくのお話ですが、ご勘弁ください」

「四千三百万円で第八次募集を考えているようですが、その会員権の販売についてはいかがでしょう」

「残念ながら、それも難しいと思います。ゴルフ会員権の販売は取り扱わないことになっておりますので」

「あれもダメ、これもダメじゃ、会社に帰れませんよ」

瀬川はふてくされたように尻をソファにずり落として、脚を伸ばした。

田宮が口を挟んだ。

「会員募集についてなんとかご協力いただけませんでしょうか。西伊豆高原クラブは、これから開発するゴルフコースではありません。メンバーもまだ七百数十人と少ないので、価値のあるコースです。一度現地をご覧いただいてから、お決めになってもよろしいのではないかと思いますが」

福本が眼鏡を外して、左手の甲で眼をこすりながら言った。

「お気持ちはわかりますけれど、それも遠慮させてください。そんなに素晴らしいコースなら、ゴルフ会員権扱い業者が放っておかないでしょう」

「業者に扱わせる気はまったくありません。丸越さんがゼロ回答と聞いたら、杉野は卒倒するんじゃないですか」

瀬川は威嚇的に言ったが、河合も福本も表情を変えなかった。

帰りの車の中で、瀬川がぼやいた。

「ひどいもんだねぇ。河合も福本もひらき直っちゃって、どうしようもないものなあ。『帝都経済』で丸越をぶったたいて落とし前をつけてやらなきゃ、腹の虫が収まらんよ」

「それはないですよ。ゴルフの会員権は暴落してますからねぇ。三千八百万円で何口集められるのか、心配になってきました」

「嘘でもいいから、コースを見せてもらうぐらいのことを言えばいいものを、あいつら舐めてやがるよ」

「舐めてるというより、丸越はほんとうにまだ寺本後遺症が色濃く残ってるんですよ。寺本の罪は万死に値するんじゃないですか」

瀬川が、田宮の耳もとで囁いた。

「俺にちょっと考えがある。丸越とのことで主幹に報告しなくちゃならんが、多少脚色するけど、余計な口をきくんじゃないぞ」

「脚色ってどういうことですか。脚色のしようがないと思いますけど」

「いいから俺にまかせろって言うんだ。主幹には俺が話すからおまえは黙って聞いてればいいんだよ」

瀬川は厭（いや）な顔をした。

田宮も負けずにぷいと横を向いた。

「俺は会社のことを思えばこそいろいろ考えてるつもりだぜ」

瀬川が追従（ついしょう）笑いを浮かべた。

14

丸越デパートから帰社したその足で瀬川と田宮は主幹室に入った。

「丸越の結果をすぐ主幹に話してくれ」

と杉野から厳命されていたのである。

ノックをする前に瀬川が小声で念を押した。

「俺にまかせてくれな。大二郎は適当に相槌（あいづち）を打ってくれればいいから」

田宮は返事をしなかった。

杉野は二人の顔を見るなり、デスクから離れてソファに座った。

「丸越、どうだった」

「会員権の取得は難しいようです」

瀬川はソファに腰をおろして、にこやかにつづけた。

「寺本事件以来、そうした予算はゼロで、逆に法人会員権を処分しているそうですから、ちょっと無理かもしれません」

首をねじって隣に座った田宮をうかがいながら、瀬川が言った。

「西伊豆高原クラブの会員権の販売については検討するということです。河合総務部長と福本広報室長は上層部に報告して、OKを引き出したいという感じでした」

田宮は二人の視線を避けるようにうつむいた。黙っていることは虚偽の報告を是認したことになるが、瀬川はスギリョーが丸越のゼロ回答を聞いたら怒り心頭に発すると考えて含みを持たせたに違いない。

総務部長レベルのゼロ回答では瀬川の立場はない。

後日、改めて丸越の拒絶を報告するつもりなのだろう、と田宮は解釈したのである。

「丸越はOKしてくれると思うか」

「わたしはそう期待しています。丸越の最終回答がいつになるかわかりません。可及的速やかにとは言ってましたけど、ここは丸越の返事のいかんにかかわらず、第七次募集をどんどん進めるべきだと思うんです。多少ハッタリになるかもしれませんが、丸越は近く第八次募集を四千三百万円で開始する可能性があるぐらいは匂わせてもいいんじゃないでしょうか」

「副社長、そこまでやるのはやりすぎでしょう」

田宮はさすがに黙っていられなくなったが、瀬川は動じず、強弁した。

「その可能性はあるんだから、募集のテクニックとして、ゆるされるだろう」

「しかし……」

田宮は絶句した。

「うん。丸越の名前を出すもよし、出さないもよし。ともかく主幹は会員募集に全力で取り組むぞ。きみたちも頑張ってくれ」

主幹室から退出して、自席に戻るまでに田宮は瀬川をなじった。

「丸越にははっきり断られたんですよ。それなのに丸越が四千三百万円で売り出す可能性があると言うのは詐欺ですよ」

「おまえ、少し口を慎めよ。こんなことがなんで詐欺になるんだ。丸越の気が変わるかもしれねぇじゃねえか。おまえ杓子定規（しゃくしじょうぎ）じゃダメだぞ。少しはここを使えや」

瀬川は右手の人さし指で自分のひたいをつついた。

「前にも言ったが、丸越は腐っても鯛なんだ。丸越の名前を匂わせるくらいどうってことないだろう」

「われわれから勧誘を受けた企業が丸越に問い合わせたらどうなるんですか」

「大二郎は苦労性だなあ。ものは言いようだろう。丸越に第八次募集からタッチしてもらえるかもしれない。あるいはそうなることを期待している。それで丸越に照会するなんてことが考えられるか。このプロジェクトは、福田倫一の映画なんかより、よっぽど筋がいいんだ。西伊豆高原クラブに一度でも足を運んだら、否とは言えんよ。主幹があれほど惚れ込んだ名門コースなんだぜ」

一度も現地を見ていない瀬川が言いも言ったりだが、田宮は重たい気分で口をつぐんだ。

15

田宮は不安を募らせていたが、西伊豆高原クラブの会員募集は順調なすべり出しをみせた。

杉野が一流どころの銀行、生保、損保、証券、建設業界などを精力的に回った結果、予期以上の手ごたえが得られたのである。

理事会のメンバーを大山三郎らの財界人で固めたことも寄与して余りあった。

証券不祥事で、四十年不況を上回る大不況に見舞われ、逆さに吊っても鼻血も出ないと言われた証券会社でさえ、入会を承諾するのだから、世の中どうなっているのかと複雑な気持ちになる。

バブルがはじけようが、鉱工業生産指数が低下しようが、大企業にとって三千八百万円は、ほんの端(はした)ガネということなのだろうか。それともそれほどまでに、スギリョーに弱みを握られているということなのか。

瀬川も丸越の名前をちらつかせながら会員集めに奔走した。

しらけて気が進まない田宮でさえも、数口集めたくらいだから、瀬川の言うとおり筋のいいプロジェクトだったのかもしれない。

十二月上旬号の『帝都経済』のコラム〝有情仏心(うじょうぶっしん)〟で、杉野は意気揚々と書いた。

> 私が西伊豆高原クラブを訪れたのは、十月下旬のことであった。このクラブはゴルフコースがあるというだけではなくテニスコートや温水プールもあり、その上良質の温泉にも恵まれ、豪華なホテルやコテージも完備したリゾートで、家族連れで楽しめる点がミソなのである。
>
> 日本人の働き過ぎ、過労死が問題になっているが、西伊豆高原クラブで一日ゆったりくつろげば、何年も寿命が延びるような気がしてくるのであった。

社長の持丸龍介君もホンモノの人物なのであった。私は持丸君の人柄に惚れ込んで西伊豆高原クラブを本気でバックアップしてあげようという気になったのであった。私はホンモノの人物にめぐりあうと熱くなる方である。

欲得抜きで裸のつきあいをし、支援を惜しむものではない。

かくして私はコスモ銀行名誉会長の大山三郎氏、大日電産会長の土井善雄氏、三陽鉄鋼会長の内田敏夫氏らに、西伊豆高原クラブの理事就任をお願いしたのであった。「良治君に頼まれたら断れない」と大山氏は言ってくださった。土井氏も内田氏も、そのほか私が頭を下げてお願いした方々にも快く理事を引き受けていただけた。

すでに百社に及ぶ超一流企業のトップの方々が「杉野良治君が理事になっているのなら、おつきあいさせていただきます」とおっしゃって、西伊豆高原クラブにご入会していただいたのであった。男冥利に尽きるとはこのことで、私はいましみじみと幸福感に浸っているのであった。拙稿をお読みになって、西伊豆高原クラブにご関心をお持ちの方は、ぜひ当社の瀬川誠副社長ないし田宮大二郎取締役にご一報いただきたい。西伊豆高原クラブに入会して、ご不満をお感じになった方がおられたら、杉野良治はハラを切ってお詫びするにやぶさかではない。

これを読んだとき、〝有情仏心〟が聞いてあきれる、〝無情無心〟と揶揄されても仕方がない、と田宮は思った。

「百社に及ぶ」は五十社の間違いだし、「欲得抜き」は欲得ずくの間違いだ。

16

十二月上旬の某日午後二時過ぎに、田宮大二郎のデスクで電話が鳴った。

田宮は在席していた。

「はい。産業経済社の開発部です」

「田宮部長をお願いします。わたしは富福の竹村栄一です」

しゃがれ声に聞き憶えがあった。竹村なら『帝都経済』で金融を担当したころ二度会っていた。富福は、貸付残高四千五百億円の消費者金融最大手で、竹村は創業社長だ。名うてのワンマン会長として知られている。

「わたし田宮です。すっかりご無沙汰致しまして。竹村会長、お元気でいらっしゃいますか」

「ええ。相変わらず貧乏ひまなしでねぇ。杉野先生も瀬川副社長もお留守のようだから、田宮さんに電話を回してもらったんだが、〝有情仏心〟読ませていただきましたよ。まだお誘いを受けていないが、ウチあたりの二流会社は入会させてもらえませんか」

田宮は咄嗟の返事に窮した。

富福はサラ金業者の悪しきイメージを払拭しきれていない。消費者金融のトップとは言え、〝一部上場企業及びそれに準じる企業〟の入会資格を満たしているとは到底思えなかった。

「もしもし」と呼びかけられて、田宮は受話器を左手に持ち替えた。

「杉野と相談致しましてご返事させていただきます」

「杉野先生には懇意にしていただいてますから、当然入れてもらえるでしょう」

「会員の入会資格は一応一部上場企業及びそれに準じる企業ということになっておりますが……」

「未上場の当社は資格がないってことかね」

「わたしの一存ではなんとも申し上げられません。一両日中に必ずご連絡します」

「杉野先生にくれぐれもよろしくお伝えください」

電話を切って、田宮はしばらく放心していた。

杉野は、西伊豆高原クラブを超一流コースにするためにも、法人関係のメンバーは一流企業の常務以上に厳選したい、と言っていた。

五百万円のコミッションフィーは大きいが、いくらカネに穢い杉野でも富福の入会をOKするとは思えない。それにしても、〝鬼のスギリョー〟の強面で会員権の販売を恫喝的に企業に押しつけてきたが、〝有情仏心〟を読んで、向こうから入会を申し込んでくる奇特な人がいるとは驚きである。

17

田宮の話を聞いて、杉野はこともなげに言った。

「いいじゃないか。断る手はないだろう」

「はあっ」

田宮は絶句した。

「昔のサラ金とはわけが違う。富福は消費者金融として立派にやってるんだから問題はないな。竹村君は富福のイメージを変えた男だよ」

「しかし、会員資格を満たしているとは思えませんが。竹村会長には、とかくの噂もあります。すでに入会をＯＫしてくれた企業に申し開きできるでしょうか」

「メンバーの名簿をオープンにする必要はないだろう」

ふたたび田宮は絶句した。

名簿を発行しない一流コースが存在するのだろうか。

「大二郎、人を色眼鏡で見てはいけないよ。竹村君は、昔は若気の至りという面があったかもしれないが、消費者金融を一つの産業として日本に定着させた男だよ。銀行のできないことをやってきたんだ。サラ金と言えば聞こえは悪いが、いわば市民銀行と言っていい。しかも将来は株式の上場も考えているはずだ」

「上場志向が事実としても、幹事を引き受ける証券会社が存在するでしょうか。それに上場資格も厳しくなっています。〝竹村商店〟の域を出てません。それに、竹村一族で株式の八〇パーセントも保有してるんですよ。暴力団とのかかわりもあるようですし、残念ですけれどここは見送るべきではないでしょうか」

杉野は厭な顔をした。

「そんな証拠でもあるのか」

「…………」

「そういうことを軽々に口にするんじゃない」

田宮は口をつぐんだ。杉野がひとたびこうと思い込んだら、気持ちを変えさせることは至難である。カネが絡んでるだけになおさらだ。

「富福は三千人からの社員がいるんだよ。資本金も百億円を超えている。〝一部上場企業に準じる企業〟で通らんことはない。だいたい謳い文句を額面どおりに受けとるやつがあるか。会員集めのためのキャッチフレーズとなぜ考えんのだ。大二郎はもう少しフレキシブルな考え方をせんといかんな」

「よくわかりました」

田宮はいくらか投げやりに返した。

杉野がじろっとした眼をくれた。

「ほんとにわかったのか」

「はい」

「それなら、あす中に竹村君に会って決めてくるんだ」

「はい」

田宮は、俺は〝取り屋〟だったんだ、といまさらのように思い知らされて、落ち込んだ。

田宮は自席からやりきれない気分で富福に電話をかけた。

竹村は在席していた。

「先ほどは失礼しました。いま杉野が戻りましたので、竹村会長のお申し出を話しましたところ、よろこんでお受けしたいということです」

「そうですか。杉野先生とは永いおつきあいをいただいてます。経営上のことでいろいろアドバイスしていただいたこともあるんですよ」

「よろしければ、あすにでもお伺いして、ご説明したいと存じますが」

「ちょっと待ってください」

竹村は秘書を呼んでスケジュールを確認しているらしい。三分ほど待たされた。

「もしもし、お待たせして申し訳ない。あすは三時から三十分ほどでよろしければ時間が取れますが、それでいいですか」

「けっこうです。それでは三時に本社にお邪魔させていただきます」

「お待ちしてます。じゃあ」

「失礼します」

電話が切れたあと、田宮は左頬に視線を感じ、眼を遣ると、外出先から帰社したばかりの瀬川と視線がぶつかった。

田宮は、副社長席に椅子を寄せた。

「富福の竹村会長に電話してたんですが、西伊豆高原クラブに入会したいそうです」

「へぇ。竹村がねぇ。向こうから入会したいって言ってきたのは竹村が第一号だろう。よかったじゃねえか。主幹もよろこぶぞ」

見下げ果てたやつだ。いや、逆に見上げたものだと言わなければいけない。〝取り屋〟として、年季の入れ方が違う。

「主幹にはもう話しました。主幹がＯＫしたから、竹村会長に電話したんですよ。富福が〝一部上場企業及びそれに準じる企業〟の資格を備えてるとは思えませんけどねぇ」

「なにを阿呆なこと言ってるんだ。誰だってＯＫだ。たとえばの話、ヤーさんだってかまわねえよ」

「まさか。いくらなんでもそんな。冗談にもほどがありますよ」

「冗談ねぇ。それこそ冗談だろう」

瀬川はにやつきながらつづけた。

「おまえもカマトトだなあ。それともほんとにわかってねえのか」

「どういう意味ですか」

「持丸龍介がやってるゴルフ場だぜ。すでにヤーさんが会員になってると考えたほうが当たってるんじゃないのか。主幹だって当然そう読んでるだろう。ま、俺のあてずっぽうかもしれないけどね」

田宮はまたしても絶句しなければならなかった。

18

翌日午後三時五分前に、田宮は京橋の富福本社ビル八階の会長室で竹村に会った。

田宮が会長室に通されたのは三度目だが、改めて広いスペースに驚かされる。五十坪はあるだろうか。

南向きの窓際にデスクとソファの三点セットが備えてあるが、すべて特注品だ。

コバルトブルー色の毛足の長い絨毯（じゅうたん）がフロア全体に敷き詰められ、水牛の角やら雉子（きじ）

の剝製、古伊万里の壺などの調度品でごたごたと飾り立ててある。

楕円形の大テーブルは三十人は座れそうだ。

横山大観の五十号ほどの富士山がちぐはぐな感じで壁にかかっていた。

「さあ、どうぞ」

「失礼します」

田宮は、豪勢な革張りのソファで竹村と向かい合った。

「杉野先生のお嬢さんと結婚されたそうですねぇ。おめでとうございます」

「どうも、恐縮です」

「先生もいい後継者に恵まれて、ひと安心ですねぇ」

田宮は返事のしようがなくて、伏し眼がちにソファの位置をずらした。

竹村は六十一、二歳。背丈は百六十九センチ。すらっとしていて押し出しは悪くない。メタルフレームの眼鏡の奥の切れ長の眼に険がある。戦後間もないころは不良グループで幅をきかせていた。左腕の上膊にある刺青を消したひきつれは、不良時代の名残であろう。もっとも人前で裸になることはないから、それを見た者は女房と愛人ぐらいだろう。真夏でも長袖のシャツで通している。

「さっそくですが、西伊豆高原クラブのパンフレットと入会申込書を持参しました」

竹村はパンフレットを手に取ってざっと眼を通したが、Ａ３判のわずか五ページに過ぎない分量なので、五分とはかからなかった。

「ご入会申し込みの必要書類はと……。個人の場合は住民票一通、法人の場合は会社謄本一通、会社経歴書一通、登録者の住民票一通、写真はタテ三センチ、ヨコ二・五センチ二葉。なるほど」

竹村はしゃがれ声で〝お申し込みから会員資格取得まで〟の項目を音読してから、面をあげた。

「もちろん譲渡はできるんでしょう」

「はい。ただ、まだ募集中ですので当分の間、名義の書き替えは停止させていただくことになるかと思います」

「メンバーは最終的にどのくらいを考えてるのかねぇ」

「千四百人と聞いてます」

「イバラキゴルフクラブみたいなことはないんでしょうねぇ。五万人近くも募集するなんて正気の沙汰とは思えないよ。木野健っていう人、一度会ったことあるけど、あんな詐欺師とは思わなかったなあ」

「わたしも杉野と一緒に西伊豆高原クラブでプレーしましたが、一流コースの風格を備えております。宿泊施設もあれほど豪華とは想像できませんでした」

「持丸っていう人は信用できるんだろうねぇ。杉野先生が〝有情仏心〟で褒めちぎってたくらいだから、心配するには及ばんかな」

田宮は曖昧にうなずいた。その点は大いに心配でならない。胡散臭い人物と言ったほうが当たっているような気がする。しかし、西伊豆高原クラブは本物だと信じるほかはなかった。

もっとも率直に言わせてもらえるなら、竹村と持丸とどっちがワルかと訊かれれば、竹村と答えるだろう。

高利とあこぎな取り立て、それに竹村が消費者からむしり取ったカネで、高井戸に建築した敷地千五百坪、建坪五百五十坪の豪壮な大邸宅。

富福のイメージ、竹村のイメージの悪さは持丸の比ではない。竹村の女狂いは想像を絶するとも聞いた記憶がある。

富福は社長こそ大手都銀のOB、大蔵省キャリアのOB、大手証券のOBなど体面を保てる人物を据えてきたが、いずれも竹村とぶつかって、長続きせず辞任している。目下、竹村は社長を兼務していた。身内とゴマスリのイエスマンでボードを固めており、図体は大きいが、組織は脆弱である。

「二百口が満杯になり次第、第八次募集を開始しますが、四千三百万円になるはずです。最終的に、六、七千万円になると思います」

瀬川のように丸越デパートを持ち出して増幅したいところだが、田宮はそこまで悪ズレしていない。

「会長ご自身が入会なさいますか」

「わたしでもいいし、島本でもいい。ちょっと考えさせてもらいます」

スーツ姿の若い美女がコーヒーを運んできた。肉感的で男好きする顔である。竹村のお手つきではないのか、といらぬ気を回してしまう。

「ようこそおいでくださいました」

女は一礼してから、絨毯に片膝ついて、コーヒーカップをセンターテーブルに並べた。

女が退出したあと、甘ったるい香水の匂いが残った。

「島本さんとおっしゃいますと」

「田宮さんと同じですよ」

「はあっ」

「長女の婿です。学校も西北だから、同じでしょう。年齢は三十一だったかな。取締役です」

田宮は頰が火照った。

島本は初めて聞く名前だが、俺以上に野心家に違いない。

「できるだけトップに近いかたにお願いしております。会長か専務さんあたりでいかがでしょう」

「厳格なんだねぇ。ま、二、三日考えて、誰の名前で登録するか決めさせてもらいます。それはそれとして、ウチの会社を『帝都経済』で採り上げてもらえるとありがたいんだがなあ。杉野先生に話してみてくださいよ」

「そういうことでしたら杉野は自分で取材すると申しますでしょう。杉野は原稿を書いているときがいちばん充実した気持ちになるようです。取材したり、原稿を書いているときの緊張感がなんとも言えないと言ってますから」

「杉野先生に書いてもらえれば、こんなうれしいことはないねぇ」

「申し伝えます。杉野もよろこぶと思います」

「もちろん広告料ははずみますよ」

「よろしくお願いします」

19

田宮が会社に戻ると、杉野は外出先から帰って、主幹室で原稿を書いていた。

「いま、富福の竹村会長に会ってきました。『帝都経済』で主幹に記事を書いてもらいたいようなことも言ってました。広告も出したいと……」

「よし、すぐやろう。竹村君のアポイントメントを取ってくれ。いや、主幹が電話するから竹村君を呼び出してもらおうか」

田宮はソファから起って、デスクで受話器を取った。

そんなこともあろうかと思い、富福本社の電話番号を憶えておいたのだ。

杉野と竹村の電話対話が始まった。

「田宮から聞いたが、西伊豆高原クラブに入ってくれるそうだねぇ」

「先生からお誘いがないので、ひがんでたんですよ」

「そう言えばきみのところはカウントしてなかったなあ。二百口だから、早い者勝ちなんだ。八次募集は四千三百万円、最終では八千万円ぐらいになると思う。これはホンモノのコースだし、リゾートでもある。バブルではじけてしまったようなちゃちなコースじゃない。ほんとこれは買い物だよ。こんな凄いのはもう出てこんだろうな」

「わたくしどものような三流会社を会員にしていただいてよろしいんですか」

「わたしは理事会をリードできる立場にあるから大丈夫だよ。わたしのリーダーシップで大山三郎さんたちを担ぎ出して、一流財界人で理事会をつくったんだから。竹村君はサラ金の悪しきイメージを一新した功労者でもあるんだから、よろこんでメンバーに迎えるよ」

杉野が竹村に対して居丈高になれるのは、サラ金時代の富福に資金を供給する相互銀行などのトップを竹村に紹介し、富福躍進にひと役買った貸しがあるからだ。

「ありがとうございます」

「ところで、わたしに会いたいって」

「ええ。先生にイメージアップの記事を書いていただきたいんです。富福は昔の富福ではありません。いまや庶民のための市民銀行を自負しております」

「わかった。相当忙しいが、ほかならぬ竹村君だから優先的にやらせてもらうよ。特集記事でやるから、一本出してもらえるかな」

「けっこうです」

「一千万じゃない。ひと桁(けた)上だよ」

「存じてます」

「じゃあ、さっそくスケジュール調整をやろう」

「わたくしのほうは先生になんとでも合わせます」

杉野は背広の内ポケットから手帳を出した。

竹村とのインタビューはその週のうちに行なわれることになった。

富福よいしょの七ページにわたる特集記事が『帝都経済』に掲載されたのは十二月の下旬号だ。

〝明るさと清潔さがセールスポイント〟〝華麗に変身した富福〟〝見事な竹村会長のリーダーシップ〟〝三千人の全社員が竹村会長に心酔〟

見出しを見ただけで充分察しはつくが、竹村会長礼讃一色である。

一億円の広告記事とわかってて読むのならこんなものかと理解できるが、一般読者がまともに読めるシロモノではない。

それにしても一億円は、やらずぶったくりも甚だしい。もっとも中堅商社のイトセンを持ち上げて二億円せしめたこともあるのだから、驚くには当たらないとも言える。

杉野は、竹村の娘婿にもインタビューするサービスぶりを発揮した。一億円の広告料だから、なりふりかまっていられない。

「ボクは政治家志望だったので、大学を出てＰＨＰ政経塾に入ったのですが、政治家に向いてないと思い、富福に入社しました。ＰＨＰ政経塾の創立者と竹村会長の考え方に共通点があるように思えたからです。富福は大いなる可能性を秘めています。必ずや国際企業に成長すると確信してるんです。僕は富福に入社できて幸運でした」

臆面がなさすぎるにもほどがある。よく言うよ、と田宮は思った。

例によって杉野は「キリッとした若者なのであった」と島本を讃えている。

竹村と杉野の一問一答は恥ずかしくて読むに堪えなかった。その中で、杉野は竹村に「ウチの役員たちはみんな先生を慕っています」などと語らせて、悦に入っていた。

20

『帝都経済』が発売された日の夕刻、吉田修平から田宮に社内電話がかかった。

「しばらくだねぇ」

「外へ出てることが多いし、校正で印刷所に詰めてることもありますから。富福のちょうちん記事読みましたか」

「まあな」

「やっぱり一本の口なんでしょう」

「そんなところかねぇ」

「田宮さんのアイデアですか」

「冗談よせよ。今夜あいてるんだったら、ウチへ来ないか。下北沢で遠くなっちゃったけど……」

「新婚所帯にお邪魔して、ほんとにいいんですか」

「もちろん」

「じゃあ、お言葉に甘えて、七時半に伺います」

田宮は、治子の会社に電話を入れ、吉田が来るので食事の支度を頼む、と伝えた。治子は吉田に好感を持っている。さぞや張り切って料理をつくることだろう。

田宮は七時に帰宅した。治子はすでに帰っていた。

「あら、一人なの」

「吉田は七時半に来るってさ」

田宮がシャワーを浴びて、夕刊を読んでいるとき、吉田があらわれた。

「広尾に比べるとずいぶん広いですねぇ。引っ越しのときに手伝いに来れなくてすみませんでした」

「俺の所帯道具なんて知れてるから、たいしたことはなかったよ。吉田にブランデーを一本進呈しようと思っていながら、会社に持って行くのもめんどくさくて延び延びになっちゃった。忘れないうちに出しておこう」

田宮は箱入りのレミーマルタンのXOを吉田に手渡した。

「勿体(もったい)なくて飲めませんよ」

「無税だから一万円もしない。昔はXOとロイヤルサルートは価値があったけど」

「それでも身銭を切って買える酒ではありませんよ」

治子がキッチンから声をかけた。

「お食事まで二十分ぐらいかかりそうよ。吉田さんに〝ガラスの教会〟の写真をお見せして」

「そうだったな。それも吉田に来てもらった目的だった」

二人はソファに並んで、アルバムをめくり始めた。

吉田は溜め息をついたり「花嫁さんきれいですねぇ」などとお世辞を言ったりしながら丁寧に写真を見てくれた。

「〝ガラスの教会〟はうらやましいですねぇ。僕もあやかりたいなあ」

「ぜひそうしたらいい。俺も、治子がなんで〝ガラスの教会〟〝ガラスの教会〟って騒ぐのかよくわからなかったんだけど、それだけのことはあったと思うよ」

「その前に相手を見つけるのが先でしょう」

「吉田ほどの男に恋人がいないとは思えないけどなあ」

吉田は治子を気にして小声になった。

「産業経済社に勤めてる間は恋人どころじゃないですよ」

「どうして」

「本気ですか。どう考えても、ウチの会社に未来はないと思うんですけど」

吉田はいっそう声をひそめた。

「〝主幹が迫る〟の富福の記事を読んで、編集の若い社員はしらけきってますよ。張り切ってるのは編集長の川本専務だけでしょう。先々号はもっとひどかったけど」

「先々号。そう言えば、アメリカへ行ってて読んでないなあ」

「それじゃ話になりませんねぇ」

「なんの記事」

「〝主幹が迫る〟で、こともあろうにイバラキゴルフクラブの木野健を採り上げたんです。刑事被告人になるかもしれないっていう人を擁護するなんて、まともな神経とは思えませんよ。これも一本の口です。一億円ですって」

「どうしてそんなことがわかるの」

「編集会議で川本さんがポロッと洩(も)らしちゃったんです。もちろん主幹はいませんでしたけど。川本さんも金銭感覚が麻痺(まひ)してて、一億円がどういうカネかわかってないんじゃないですか」

「皮肉か。俺もその口かもしれないな」

眼に険のある竹村の顔が眼に浮かんだ。竹村は木野健の名を口にしたが、あれは皮肉だったのだろうか。先々号の『帝都経済』を読んでいなくてよかったのか、悪かったのか、田宮にはわからなかった。

21

食卓がにぎやかになった。

タラモサラダ、タコのマリネ、スモークサーモン。シャンパングラスが三つ。取り皿が六枚。

田宮が冷蔵庫から缶ビールを取り出そうとしたとき、治子が首を振った。

「ビールはあとにして、シャンパンをあけましょうよ。せっかく吉田さんが来てくださったんですもの」

「こんな恰好でシャンパンでもないだろう」

田宮はスポーツシャツの上にベスト。ズボンもよれよれの普段着だった。治子は薄手のセーターにジーンズのパンツ。

吉田だけは紺のスーツだが、背広を脱いでネクタイをゆるめていた。

「吉田、どうする。ビールのほうがいいよな」

「いや、せっかくですからシャンパンをいただきます」

「炭酸入りのワインというだけのことで甘ったるくて、そんな旨いもんじゃないぜ」

「僕には勿体ないですかねぇ。じゃあ、やめましょう」

「あなたが変なこと言うから、吉田さん気にされてるじゃない」

治子から尖った眼を向けられて、田宮はあわてて気味に返した。

「そらまずぃや。僕がケチってるみたいに思われたんじゃかなわん。よし、二本でも三本でも抜こう」

「オーバーねぇ。三人なら一本で充分でしょ」

治子はふたたび田宮を睨んだ。

「わかった。早く持ってこいよ。シャンパンなんか関心ないから、どこにあるかもわからん」

田宮はやり返した。

治子が別室に消えたすきに、吉田がにやにやしながら言った。

「田宮さんもけっこう強気じゃないですか。僕の手前をとりつくろってるっていうこともあるんでしょうけど」

「尻に敷かれてると思ってるわけだな」

「みんなそう思ってるんじゃないですか。事実、亭主関白であるわけないでしょう」

治子がシャンパンのボトルを持って食卓に戻ったので、田宮は硬かった表情をゆるめた。

ボトルを手にしてラベルを見ながら、吉田が言った。

「ホンモノですねぇ。正真正銘フランス・シャンパーニュ産です」

田宮がボトルを受け取って栓を抜いた。ポンと乾いた音と共にコルクが飛び、泡があふれ、シャンパングラスが満たされた。

四角い食卓を田宮と吉田が向かい合うかたちで三方から囲んでいる。

「じゃあ、乾杯！」

がましだよ」


「遅ればせながら、ご結婚おめでとうございます」

「ありがとうございます」

吉田にグラスをぶつけられて、治子はこぼれるような笑みを浮かべた。

「美味しいわ」

「ええ。ほんと美味しいです」

「甘ったるいスパークリングワインのどこがいいのかねぇ。だったら甘口のワインのほうがましだよ」

田宮はいくらかむきになっていた。

「俺はビールにしよう。喉が渇いてるんだ」

田宮が缶ビールを取りにテーブルを離れた。

「主人は情感不足っていうのか、感性がないんです」

「照れてるんですよ」

治子と吉田のやりとりが聞こえ、田宮は、むすっとした顔で五〇〇ミリリットルの缶ビールを三本も抱えて、テーブルに戻った。

「おい、コップを持ってこいよ」

「はいはい」

吉田はにやにやしながらシャンパンを飲んでいる。

22

ビールから紹興酒のロックになって、酔いが回ったせいもあるのだろう。吉田が饒舌になった。もともと歯に衣を着せるほうではないが、治子を意識して遠慮していたのだろう。

「田宮さん、主幹や会社のこと話していいですかねぇ」

「どうぞどうぞ。父の悪口でもなんでも。わたしは〝お籠もり〟拒否で勘当された身ですから。〝鬼のスギリョー〟でも〝スギリョー毒素〟でも、なんでもけっこうよ」

治子に先を越されて、田宮が苦笑しいしい言った。

「治子は〝アンチ・スギリョー〟の急先鋒なんだ。吉田といい勝負だよ」

「それじゃ、まず田宮さんに絡ませてもらいます」

吉田は紹興酒をひと口飲んでつづけた。

「いくら忙しくても先々号の『帝都経済』を読んでいないのは取締役として怠慢なんじゃないですか」

「まだ取締役になってなかったはずだがな」

「揚げ足を取らないでください。僕が言いたいのは、イバラキゴルフクラブの問題で、主幹がケン・エンタープライズの木野健を擁護したことに危機感を持たない田宮さんに失望してるってことです。編集の連中は、川本さんを除いて『帝都経済』はもうおしまいだと思ってますよ。もともとすべての沙汰（さた）はカネ次第っていう経済誌ですけど、木野健と富福の竹村栄一といわくのある人から二度も続けて法外なカネをふんだくって、あんな記事を掲載したんですから、みんなやる気をなくしてます。編集現場の荒廃ぶりはひどいもんですよ」

「木野健については、読んでないんだからコメントできないよ。あしたの朝読んだら、電話で吉田に所感を述べさせてもらうが、竹村栄一については、主幹や俺が仕掛けたわけじゃない。向こうから、書いて欲しいと頼んできたんだ」

「〝一本〟は誰が決めたんですか」

「どうなのかねぇ」

田宮は左側に首をねじって治子に眼を流した。

「前にも話したことがあると思うけど、PRのページだと割り切らないとねぇ」

「それにしても一億円はべらぼうです。正常な感覚では理解できません。田宮さんは骨の髄まで〝取り屋〟になりきってしまったんですか。感覚が麻痺（まひ）しているとしか思えませんよ。こないだ電話でも言ったと思いますけど、『帝都経済』の編集長になる気はもうないんでしょう」

「そんなことはない。一年待ってくれと言った主幹の言葉を信じるしかないと思ってる」

「甘いなあ。僕はそんなの信じませんせん。川本編集長は、仮りにも専務だっていうのに、主幹に対してなにひとつものが言えないんですから、話になりません。経済誌の編集長でこれほど無能な編集長も珍しいんじゃないですか。そのうち、どえらいエラーをやらかすんじゃないか心配です。ついでに言いますけど、わが田宮大二郎のことも心配で心配でなりません。主幹は、曾根田元総理をはじめ大物政治家とうまくやってますから、間違っても刑事被告人になることはないでしょうが、瀬川副社長と田宮取締役にはその危険性がないとは言いきれないと思うんです。スケープゴートってこともありますから」

田宮は声を荒らげた。

「おい！　おまえ言っていいことと悪いことがあるぞ。俺がいつうしろに手が回るようなことをしたって言うんだ」

「あなた大きな声を出さないで」

治子に咎められて、田宮はバツが悪そうにグラスを口へ運んだ。

「わたしも心配だわ。リッチモンドで東邦食品の小林社長に、ディナーをご馳走になりながら百万円の賛助をお願いしますなんて平気で頼める人なんですから。あのときは顔から火が出るほど恥ずかしかったわ」

田宮は照れ笑いを浮かべながら、ふたたびグラスを呷った。

「俺は営業部長みたいなもんなんだから、あの程度で恥ずかしがられたんじゃ、話にならんよ。それにしても、吉田なんか呼ぶんじゃなかったな」

「田宮さんとなら腹を割って話せると思ってたんですけど、ほんとに本物の〝取り屋〟になっちゃったんですかねぇ。見るに忍びないですよ。絶望的っていうか、世をはかなんで自殺したい心境です」

「吉田は殺しても死ぬような男じゃないだろう。冗談はともかく、吉田が俺のことを心配してくれてるってことは肝に銘じておくよ」

治子がキッチンに立って、舌びらめのムニエルの料理にかかったすきに、田宮はテーブルにのしかかるように吉田のほうへ上体を寄せた。

「主幹と古村さんの関係が微妙ってほんとか」

「ソースは瀬川副社長でしょ」

「うん」

「二人の対話が少なくなってることは、編集室でも感じますけど、痴話喧嘩みたいなことでもあったんですかねぇ」

吉田も声をひそめている。

「瀬川さんは、意味ありげに話してたが、俺は二人は一体で、切っても切れない仲だと思うがねぇ」

「同感です。ナンバー2とナンバー3が入れ替わったなんてことはないと思います」

ひそひそ話を気にして、治子がテーブルのほうを振り返ったので、田宮はわざとらしく声高に言った。

「副社長の考えすぎだろうな。それはそうと、あれから〝お山〟へは行ったのか」

「とんでもない。それでクビにしたかったらどうぞっていう気持ちです」

「ひらき直ってるわけか」

キッチンから、治子が話に割り込んできた。

「吉田さん、二人で頑張りましょう。あんな気色の悪いおばさんを神様扱いするほうが、どうかしてるんですよ」

吉田が田宮に、にっと笑いかけて肩をすくめた。

田宮が吉田をエントランスまで見送って、部屋に戻ると、治子が食器洗いの手を休めて話しかけてきた。

「さっき古村さんのこと話してたようだけど、なんなの」

「聞こえたのか。耳がいいな。そんな怖い顔するなよ。主幹との仲が微妙なんだそうだ。にわかには信じ難いけど」

治子は小首をかしげたが、すぐに話題を変えた。

「あなた刑事被告人になる可能性があるの」

「ふざけるなよ。吉田のやつ、いい加減なこと言いやがって……」

「でも心配だわ」

「冗談に決まってるじゃないか。真に受けるやつがあるか」

「それにしては、あなたむきになってたじゃない」

「莫迦（ばか）なこと言うなよ」

田宮は真顔で返してトイレに立った。

23

翌朝、田宮は自席で先々号の『帝都経済』をひらいた。〝主幹が迫る〟に加えて本誌〝独占会見〟とある。

〝木野健ケン・エンタープライズ社長がイバラキゴルフクラブ会員権乱売問題で激白〟

五ページを割いていた。

杉野良治が木野健にインタビューして、一問一答形式でまとめているが、木野の都合のいい言い分を書いているに過ぎない。というより木野の弁明、正当性を引き出そうとしているいることが見え見えだ。

「会員権の販売を請け負わせた三光との間に契約書が存在し、預託金の返還債務についてはケン・エンタープライズに一切迷惑をかけない、税務問題が起きても三光がすべての責任を持つと確約されているので、法的な責任はありませんが、道義上の責任がありますので、逃げずに前向きに対処していきたいと思います。返還請求にも可能な限り応じていきたいと思っております。会員は三万人くらいかなとは考えましたが、まさか五万人もいるとは思いもよりませんでした。イバラキゴルフクラブの造成工事を担当した熊田組さんがゴルフ場を担保に入れて延べ払いで完成させてくれるということになれば、問題を解決する自信はあります。私がすべてを承知で会員権を三光に乱売させたようなことが新聞に報道されていますが、三光側の逃げ口上です」

杉野の質問に対して木野はあらましこんなふうに答えている。

最後の二十行を読んで、田宮は失笑を洩(も)らした。というより名状し難い思いで頰杖(ほおづえ)を突いた。

——岡田麻子さんとも親しいお付き合いをされてるようですねぇ。

「ええ。私も一年の半分ぐらいはアメリカへ行って仕事をしてます。岡田さんも米国ツアーで転戦してますので、レストランなどでしばしば食事をしました。いろんな苦労話を聞かされまして、応援してあげたいという気持ちにさせられたんです」

――最後にもう一度念を押しますが、今回の会員権乱売問題には誠心誠意対処していきますね。

「もちろんです。ゴルフに対する情熱を忘れずに頑張っていきたいと願っています」

著名人との仲をひけらかして自分を飾り立て、大きく見せようとするのはスギリョーの常套手段だが、対談相手をもこの手法で褒めそやしたり、カムフラージュする。

木野健なんぞに同情されては〝世界の岡田麻子〟も形なしではないか。

時刻は九時十五分過ぎ。瀬川は主幹室に行っているのか席を外していた。

吉田はまだ出社していないかな、と思いながらも、田宮は電話をかけた。

「はい。『帝都経済』です」

吉田の声だった。

「もう来てたの。早いじゃない」

「田宮さんの電話を待つために、早起きしたんです。僕の周りに誰もいません。きのうはすっかりご馳走になっちゃって。それに言いたい放題言って、申し訳ありませんでした。夫婦喧嘩にならなかったですか」

「ぜんぜん。治子は吉田のファンだからな。〝独占会見〟読んだよ。マスコミから逃げ回ってる木野健をよくつかまえられたねぇ」

「えっ！」

一拍置いて吉田は声をひそめてつづけた。

「なんにも知らないんですか」

「どういうこと」

「木野は〝お山〟に隠れてたんですよ。主幹がかくまってたんです」

「ふうーん。知らなかったなあ」

「要するに一億円の〝独占会見〟です。イトセンの二億円なんていうのもあるけど、これも相当なもんですよ。親しくしている一般紙の社会部の記者から聞いたんですけど、木野の逮捕は時間の問題らしいですよ」

「そこまではどうかな」

「脱税であげられるんでしょ。僕も間違いないと思いますけど」

「それじゃあイトセン問題みたいに『帝都経済』のダーティー・イメージは大きくなるなあ」

イトセンの社長と常務が特別背任で逮捕されたのは四カ月ほど前だ。

「山本はないのお告げでは、逮捕はまぬがれるというご託宣らしいですけど。お告げを信じて、何百万円だかのご寄進もしているようですが、スギリョーも木野健も間抜けですよ」

「木野健がナワツキになるのを願ってるみたいじゃないか」

「そんなことはありませんよ。そうならないことを祈りたいけど、木野が捕まることによってスギリョーが眼を覚ましてくれればそれもいいかなってとこですかね」

「参ったなあ。憂鬱（ゆううつ）になってきた」

「田宮さんが警視庁の四課からマークされてブラックリストに載らないことを祈るのみです。じゃあ」

同僚が出社してきたのだろうか。吉田は急に電話を切った。

第十五章　ダイヤモンドクラブにて

1

「ダイヤモンドクラブ」の月例会に田宮大二郎が出席するのは、この日が初めてだった。

十二月二十四日火曜日の午後四時過ぎに、田宮は瀬川の車に便乗して、帝京ホテルに向かった。

「ダイヤモンドクラブ」は、一流企業の社長、副社長、専務クラスがメンバーだ。会員は約二百人。

格上の「ファーストクラブ」も毎月一度例会が行なわれている。会員はやはり約二百人。

十年ほど前に発足した「ファーストクラブ」のメンバーは一業種二社のトップ一名を原則としていたが、メンバーの社長なり頭取が会長になったときに、退会を求めるわけにもゆかず、また一業種二社に拘泥するのもいかがなものかという企業側の意見も容れて、例会費は無料である。

「ダイヤモンドクラブ」が二年ほど遅れて発足した。両クラブとも年会費は二十万円で、例会費は無料である。

「産業経済クラブ」をはじめ、数多のクラブが産業経済社の集金システムとして機能しているが、「ファーストクラブ」と「ダイヤモンドクラブ」は珍しくリーズナブルな会費だと企業からみられている。

もっとも大半はスリーピング・メンバーだから、リーズナブルとか良心的などと言われるのは恥ずかしい。

両クラブとも例会の出席者は多くて三十名、少ないときは十数名。

夕方の四時四十五分から受付開始で、五時から六時までの一時間。例会に出席してから、宴席に出られるので財界人たちの評判は悪くない。

「ファーストクラブ」はホテル・オーヤマの特別室が会場だ。

両クラブとも進行役は瀬川で、杉野が一分ほど挨拶し、事前に一人だけ会員のゲストを決めておいて、十分間話をさせる。そのあと、杉野の指名で二分間の短いスピーチが数人続く。最後に旧財閥系シンクタンク経営者で評論家の牧口昇一がえらそうに誰それのスピーチはおもしろかった、などと講評する。牧口は、産業経済大賞の審査委員長だ。例会でも必ず車代を出している。牧口昇一は講演活動で稼ぎまくっているが、〝取り屋〟に加担して片棒を担いでいる程度だから一流のエコノミストとは言えまい。しかしスピーチはうまい。悪く言えば口舌の徒だ。

田宮は二階級昇進で取締役になったので、両クラブの例会出席を杉野から命じられたが、この日の「ダイヤモンドクラブ」で二分以内にウイットに富んだ名スピーチを披露した者は、一人もいなかった。出席者はスピーチ慣れしているはずなのに、〝鬼のスギリョー〟の前では萎縮(いしゅく)するのだろうか。

話が冗漫になると、途中でチンとベルが鳴る。ベルを押すのも瀬川の役目だ。杉野の顔色を読んで、絶妙のタイミングでチンとやる。

鳴らされたスピーカーは赤っ恥をかく羽目になる。

某銀行副頭取の二分間スピーチを聞いていて、田宮は妙なことを思い出した。

ある結婚式で、新郎側主賓の銀行頭取がなんと一時間もマイクを離さなかったという話だ。約二時間の限られた時間内にお色直しやら、ケーキカットやら、いくつかの祝辞を盛り込まなければならない。司会の男は顔面蒼白(そうはく)で、三度も「頭取、お時間が」と時計を示しながら、催促した。

そのたびに会場から拍手が湧き起こる。もうやめてくれの合図だが、くだんの頭取は自分のスピーチが受けているのだと勘違いして、とうとう一時間も話し続けてしまったというから、その非常識さ加減といったらない。問題外の外(そと)、論外の外(そと)だ。

新婦側の主賓も著名財界人だったが、相当に苛立(いらだ)ち、怒り心頭に発していたのだろう。

「わたしは××頭取みたいに頭がよくないので、秘書が書いてくれた祝辞を読み上げます」

と言うやいなや、メモを棒読みした。所要時間は約三分。某頭取に対するあてつけ、皮肉もきわまれりだが、名うてのワンマン頭取だけに、それがわかったのかどうか疑問である。

田宮はこの挿話を結婚式に出席した財界人から聞いた。多少の誇張は考えられるが、ほぼ事実だろう。

例会の後半は、パーティである。

ビール、水割りなどの飲み物は初めから用意するが、吟味されたオードブルや鮨（すし）などの食べものもけっこうふんだんに出ている。時間は短いし、宴席に駆けつける会員も多いので、パーティ終了後、田宮たちもお相伴にあずかれるというわけだ。

この日は田宮にとって初めての例会出席だったので、ずいぶんあがっていたのだろう。

東都ガス社長の安田治夫と名刺を交わすまで、安田の存在に気がつかなかった。もともと存在感のあるほうではない。それは、東都ガス元社長、元会長に故安田剛（つよし）の存在感があまりにも大きかったせいかもしれない。剛は治夫の実父である。

「安田でございます。よろしくお願いします。杉野先生にはいつも可愛がっていただいております。田宮さんのことは、杉野先生からよく承っておりました」

安田治夫はやたら丁寧で愛想のいい男だ。顔だちもやさしい。

親父は面魂（つらだましい）のあるほうで、ブルドッグを思わせるほど容貌魁偉（ようぼうかいい）だった。

ついでにバラしてしまうと、結婚式の挿話で、新婦側主賓の財界人とは、安田剛のことだ。

2

田宮が『帝都経済』記者時代の最後のころ、安田治夫は副社長から社長に昇格した。平成元年（一九八九年）三月である。

会長の安田剛が相談役に退き、社長の鈴木弘が会長になった。鈴木の女房は安田剛の実妹である。東都ガスが〝安田商店〟と言われるゆえんだ。ひところ新聞、週刊誌に、公益企業でわが国最大の都市ガス会社が私物化されたと叩（たた）かれたのもうなずける。

たとえばA新聞は三月二十三日付の朝刊経済欄に編集委員の署名入りで解説記事を掲載した。

〝経済界の老害を象徴〟の見出しのあとに次のように続く。

東都ガスが二十二日開いた取締役会で、安田ファミリーでトップを固めたことについて、「経営の私物化」という批判が経済界に強まっている。アパレル産業大手のアモーレやスーパーの山崎屋のように創業者がトップの座を息子に託すケースは多いがサラリーマン経営者でありながら、東都ガスのように一族でトップを占めたケースは過去に例がない。地域独占の公益事業会社だけになおさら違和感が持たれよう。

東都ガスのトップ人事について同社の筆頭株主の生命保険会社の首脳は「まったくけしからん。安田治夫新社長が抜群の経営能力を持っているならいざ知らず、私の知る限りそんなことはない。もっと能力のある人がたくさんいるのに……」とふんまんやるかたない様子だ。

安田ファミリーがトップを独占することの弊害は①社員はどんなに努力してもファミリーに気に入られないと昇進、昇格しない、という風潮を高める、②公益企業で競争原理が働かない上、同族経営では相互批判が期待できず、いっそう経営姿勢がルーズになる心配がある、③大株主、創業者ならば容認できても、サラリーマン出身が同族経営する理由が見当たらず、社員のモラールが低下する、などがあげられよう。

A新聞に限らないだろうが、読者からの投書も山のように寄せられた。

東京・大田区の主婦（四十二歳）は次のようにやりきれない思いを綴(つづ)っている。

公私混同、親バカ、欲ボケもきわまれりです。いくら実力会長とはいえ、それを許す社内の重役たちがだらしなさすぎます。

独占企業なので、社長に能力がなくてもまあやっていけるから、こんなおかしな人事がまかり通るのでしょう。それにしても社員はしらけるでしょうね。

人間の業の深さをまざまざと見る思いです。いくら息子可愛さといっても限度があります。無理にかどうかは知りませんけれど、実力もないのに社長の椅子に座らされた息子は、むしろ気の毒なのかもしれませんね。安田剛氏は世間に恥をさらしたのです。ほんとうに醜悪です。

数年前、「私以外に誰ができる」と言いながら、杖をたよりによぼよぼ歩いていた記者会見のときの映像が眼に浮かびます。

自意識過剰もいいところ。何がいやだといって、こんな人事ほどいやで見苦しいものはありません。

治夫社長がいたたまれなくなるくらい新聞や週刊誌がどんどん叩けばいいのです。世間から白い眼で見られ、相手にされなくなるのは承知の上で社長職を受けたのでしょうから、以て瞑すべしではないでしょうか。

そんな中で『帝都経済』は〝主幹が迫る〟で安田親子を持ち上げたのだから、「いくらもらったの」と言われても仕方がない。

〝主幹が迫る〟の主要部分はこうだ。

安田剛氏は本誌との単独インタビューに応じ、「会長を辞任する」と表明したのであった。副社長の安田治夫氏の社長昇格はすでに確定しているので、これによって同社の会長騒動に終止符が打たれたことになる。

安田剛氏は「前任者の本木敏夫さんがなかなか社長を辞めないので、私は副社長を十五年もやらされたんですよ。私の後任は上村武君ですが、上村君はガンで早逝してしまった。ですから筆頭専務の鈴木弘君を社長に昇格させたんです。めぐりあわせで治夫が社長になりますが、治夫は私より数倍能力が上です」と筆者に語ったのであった。

筆者は一貫して安田治夫氏を支持してきた。なぜなら現在の役員陣の中で治夫氏がすべての点において断然優れているからである。

忌憚（きたん）なく言わせてもらうと、同じ公益企業の関東電力に比較して、東都ガスの場合人材の層はかなり劣るが、治夫氏だけはズバ抜けた存在なのであった。

安田剛氏の息子でなくても、必ずや社長になっていたであろう。

安田剛氏は最近筆者に相談役に退く意向を明らかにしたのであった。明治生まれの気骨を感じさせるあざやかな引き際なのであった。

3

〝東都ガスのドン、安田剛会長が進退問題で激白〟〝本誌独占会見〟の大見出しが全国紙の広告欄に掲載されたことは言うまでもない。

田宮は、福岡支社に飛ばされていた山下明夫が出張で上京したので、新橋の赤提灯(あかちょうちん)に誘った。

硬骨漢の山下は、編集室で川本編集長にも嚙(か)みついていたが、田宮にまで当たりちらした。

「おまえ、俺が川本さんと話してるとき、黙ってにやついてたけど、〝主幹が迫る〟あれでいいと思ってるのか」

「にやついてなんかいないよ。山下らしいと思って感心したけど、川本さんを責めたって始まらんだろう」

「だったら、主幹に言ってやろうじゃないか。せめて、おまえと俺ぐらい骨のあるところを見せてやろうよ」

「確実にクビが飛ぶぞ。とくにきみは〝前科一犯〟なんだからな」

山下は悔しそうに口をつぐんで、たて続けにコップ酒を呷(あお)った。

「〝主幹が迫る〟で安田剛の私物化を批判している面もあるんじゃないのか」

「取締役で残ってもいかんというくだりか」

「うん」

「そんなの当たり前だろう。しかし世間をあざむく手段に過ぎんよ。相談役だって睨みはきかせるさ。影響力は温存してるんだよ。あのごうつく張りの爺さんは死ぬまで人事権を手放さない。創業者でもないのに米寿になるまで代表権を持った会長として東都ガスに君臨してきた安田剛の引き際があざやかだなんて、あいた口がふさがらないよ。一般紙の記者から聞いた話だけど、安田剛はずいぶん前から鈴木弘に、治夫を早く社長にしろって迫ってたらしい。鈴木に〝きみは勇気がないねぇ〟って言ったってんだから、安田剛の精神構造はどうなってるんだろう」

「天然ガスの導入は、安田剛の経営決断だし、かれの功績もけっこうあるよ」

「笑わせるな。功より罪のほうが圧倒的に多いな。天然ガス転換なんて誰だって考えるだろうぜ。公益企業なんてのは電気であれ、ガスであれ誰が社長になっても務まるんだ。コストが上がれば、政府が都市ガス料金の値上げを決めてくれるんだからな。なるがゆえにトップは襟を正さなければいかんのだ。それなのに安田一族でトップを独占するなんて冗談じゃねえぜ」

山下は手酌でコップを満たした。

「待てよ。ひょっとすると、安田一族から、もう一人社長が出るかもしれないぞ」

「そう言えば安田剛は孫まで東都ガスに入れたらしいねぇ。孫の母親がおじいちゃんに無理強いされた息子が可哀相だとか言ってるという話を聞いた憶(おぼ)えがあるけど」

「それもふざけた話だな」

　山下はつかんだコップをカウンターに戻してつづけた。

「その孫は意地がなさすぎるってこともあるけど、計算ずくだろう。打算的な考え方があったからこそ、世間や社内の非難を覚悟して東都ガスに入社したんだよ。人の噂も七十五日じゃないけど、ちょっとぐらい厭(いや)な思いをしても、確実に出世レースでトップを走れるんだからな。治夫程度のバカでも社長になれたんだから、間違っても常務ぐらいにはなれると思ってるさ」

「治夫はバカじゃないだろう」

「バカに決まってるさ。田宮は甘いよ。剛は放射能を発散するほどアクが強くて、カリスマ性もあるけど、治夫は人が好(い)いってだけのことだろう。なにが断然優れてるだ。なにがズバ抜けた存在かって言うんだ。スギリョーの野郎、ふざけるにもほどがあるよ。株式を上場してない企業なら個人商店と同じだから、何代世襲しようが勝手だが、株式を上場したら創業者利潤を取ってるわけだから、世襲はおかしいんだ。それがこともあろうに独占事業の上にあぐらをかいてる東都ガスがそれをやっちゃったんだから話にならない。東都ガスの社員はみんな心の中で泣いてるよ。安田商店に厭気がさして辞めた人もけっこう多い。サラリーマン根性が染みついてるやつは決して本音は出さんだろうけど。東都ガスの〝私物化〟は末代まで祟るんじゃないのか。経済史に残る一大汚点だよ」

山下の毒舌は止まらなかった。

「安田親子みたいなのを恥知らずの鉄面皮っていうんだろうなあ。安田治夫はしらっと居直っちゃって〝なりたくて社長になったわけじゃない。天から授かったものだ〟などと記者会見で話したらしいけど、神経のずぶとさだけは親譲りなんだろうな。常識的に考えれば針の筵だろう。ノイローゼにならないほうがおかしいんだ」

田宮は安田治夫に同情したくなった。

「きっと必死に耐えてるんだよ。一般紙の記者からのまた聞きだけど、東都ガスの幹部は〝安田家が東都ガスの象徴としてあるのは悪くない。その中から選ばれてれば派閥争いもなく、社長のもとに結束できる利点もある〟と言ってたらしいよ。一理あるんじゃないか。昔は派閥争いが絶えなかったって言うから」

「なにを阿呆な。ゴマスリの茶坊主どものひらき直りに感心してるバカがどこにいる」

山下は一笑に付した。

たしかに反論にもなっていない。田宮は苦笑をにじませた。

4

席を移した烏森の安バーの止まり木で水割りを飲みながら、山下がとんでもないことを口走った。

「この一年間で、主幹は、三度も東都ガスの安田剛を叩いてきたが、今度の〝主幹が迫る〟では治夫を褒めちぎった上に、剛をあざやかな引き際なんて持ち上げたわけだから……」

山下は指を丸めてつづけた。

「当然コレがらみの話だろうな。俺が睨んだところでは一億はともかく五千万円は下らんのじゃないか」

「まさか」

田宮は水割りでむせかえった。

「だからおまえは甘ちゃんだって言うんだ。〝スギリョー商法〟のあくどさは相当なもんだぜ」

「公益企業のガス会社がそんなバカなことをするだろうか」

「なにを寝言こいてんだ。独占公益企業でコスト意識が希薄だからカネはいくらでも出すんだよ。どういう経理操作をしているかまでは知らんけど、五千万円ぐらいひねり出すのはいとも簡単だよ。コンサルティングとかマーケティングリサーチとかどうとでもできるさ」

「広告料や産業経済クラブ関係の会費、それと主幹が取り仕切ってる政治家を囲む会の会費も含めて、年間二千五、六百万円は出してると思うけど、〝主幹が迫る〟だけで、それはないだろう。山下は思い込みが激しいからなあ」

「さあどうかな。ぶったたいたあとで落とし前をつけなかったことがいままでに一度だってあったか。しかも相手が〝私物化〟で弱みのある東都ガスとくれば、こんなカモはないものな」

山下は小粒のチョコレートを数粒掌に乗せて、もてあそんでいたが、その一粒を右手でつまんで口へ放り込んだ。

「電力やガスなどの公益事業だからって、独占させていいのかどうか。競争原理の導入が必要なんじゃないかねぇ。関東電力とか東都ガスなどの大手は二分割したらいいんだよ。そうなれば消費者に対するサービスもよくなるだろうし、東都ガスの〝私物化〟事件なんて起きなかったと思うな。独占事業でたいした企業努力もせずにぬくぬくとやってるから〝私物化〟みたいなことができるんだ」

「相変わらず過激なことを言うねぇ」

「いや正論だろう。電力であれ、都市ガスであれ、航空や鉄道にしても競争原理が働かなければ活性化しないんだ。なんにしても独占事業の弊害は大きい」

「………」

「たとえば、ジャパン航空が国際線を独占していた時代と日本空輸の新規参入後を比較してみればわかるだろう。サービスがずっとよくなったんじゃないのか」

カウンターは二人きりだった。

山下が唐突に話題を変えた。

「おまえさっき前科一犯とか言ってたけど、治子のことを皮肉ってるわけだな」

田宮は返事をしなかった。それじゃなくても山下は福岡支社に飛ばされて荒れているのだ。余計なことを言ったと後悔していた。

「治子さん、元気にしてるの」

「うん。可哀相なことをしたかもなあ。負けん気の強い女だから、主幹に勘当されてもぜんぜんこたえていないみたいだし、おふくろさんとはしょっちゅう電話で話してるみたいだけど」

「可哀相なことって」

「俺のほうが離婚できそうもないんだ」

「それを承知で駆け落ちしたんだろ」

「そこまでやればワイフが折れて離婚に応じると計算したかもしれない」

「親の反対を押しきってわが道を往ってるんだから、可哀相なんてことはないよ。前科一犯は撤回する。考えてみれば、きみは人質を取ってるとも言えるから、主幹もクビにできないんじゃないか」

「変なこと言うなよ」

山下にひと睨みされて、田宮は肩をすくめた。

5

時刻は五時四十分。「ダイヤモンドクラブ」の例会パーティのおひらきまであと二十分。

東都ガス社長の安田治夫と名刺を交換したことで、田宮はかつての同僚、山下に思いを馳せたが、山下と大恋愛した治子は、いまはわが女房に納まっている。

山下が〝私物化〟を言いたてたあのとき、山下の後釜にすわるなんて夢にも思わなかった。人生の不思議な縁と言うしかない。

「大二郎！」

背後からしゃがれ声で名前を呼ばれ、田宮はわれに返った。

杉野は精いっぱい頬をゆるめて近づいてきた。

安田と立ち話していた瀬川は三歩ほど後じさり、杉野に譲った。

「わたしは治夫君の後見人を以て任じてるんだ。安田剛さんから頼まれてねぇ」

杉野は、安田の背中をさすりながらつづけた。

「治夫を男にしてくれって、泣いて頭を下げられたら否とは言えないものな。治夫君は実によくやっている。わたしが見込んだだけのことはあるよ」

「わたしが今日あるのは先生のお陰です。今後ともお見限りのなきようご指導ください」

如才ない男だ。パーティに入ってから、ずっと愛想笑いを浮かべ、頭を下げっぱなしだ。誰かれなしに気を遣っているのだろう。これじゃ疲れるな、と田宮は安田を気の毒に思った。

「治夫君、田宮大二郎をよろしく頼むぞ。こいつは変にシャイぶるところがあるんだ。いろいろ教えてやってくれよ」

「シャイぶってなんかいませんよ。これでもけっこうふてぶてしいと思ってるんですが」

「うん。しかし、まだ及第点はやれんぞ」

「及第点をいただくのは十年早いですよ」

杉野と田宮のやりとりを安田はにやにやしながら聞いているだけで、口を挟まなかった。

瀬川がしゃしゃり出た。

「主幹、田宮はわが社のエースですと、最前、安田社長に申し上げたばかりです」

田宮はきまりが悪くなって、そっとその場を離れた。

東都ガスは世間の〝私物化〟批判をかわしたかに見える。それ相応の努力もしたに違いない。

だが、「東都ガスの〝私物化〟は経済史に残る一大汚点だ。末代まで祟（たた）るだろう」と言った山下の批判は正しい。

田宮に、スギリョーの後継者たらんとする野心がない、と言えば嘘になる。いや、いまや明確にそれを意識していると言ってもいい。

しかし、それと東都ガスの〝私物化〟を同列に論じられるはずもないし、論じるほうが莫迦（ばか）げている。俺の野心なんて〝私物化〟に比べたら、ゴミみたいなもんだ。というより罪はずっと軽いと言うべきだろう。

着物姿のバンケット・ホステスが田宮に近づいてきた。

「お飲みものよろしいですか」

田宮のグラスは空っぽだった。

「これをお願いします」

ウイスキーの水割りが運ばれてきた。

「なにかお取りしましょうか」

「いや、けっこう」

産業経済社の幹部が料理にありつけるのは、六時以降と決められている。

田宮は会場の隅っこで、ひとり水割りをすすりながらまたしても感慨に耽(ふけ)った。

ふと、古村綾の美しい顔が頭の中をよぎった。綾が「ファーストクラブ」や「ダイヤモンドクラブ」に顔を出すことはない。

それにしても、古村綾の様子は不可解だ。平静をよそおっているが、杉野との対話不足は田宮の眼にも明らかである。

田宮は開発部長兼秘書室担当の肩書が付いてから、主幹室に呼ばれることが多くなったが、以前なら綾にやらせていたことを杉野は田宮に命じるようになった。

早い話、今夕の「ダイヤモンドクラブ」例会出席者の確認作業まで田宮に回ってきたのだ。それは考えすぎかもしれない。初出席だったので、わざわざそうさせたとも考えられるが、田宮は気を回した。

「主幹にとってうっとうしい存在」

たしか瀬川はそんなふうに話していたが、わかったようでわからない。

吉田修平は「痴話喧嘩(げんか)みたいなこと」と言った。

だが、スギリョーに新しい女ができたふしはなかった。もっとも、秘書室担当と言ってもスギリョーを四六時中ウォッチしているわけではない。田宮の知らないところで、スギリョーが浮気の一つもするチャンスはないと断定するわけにもいかないが。

吉田じゃないけれど、ナンバー2とナンバー3が入れ替わるとは考えられなかった。俺自身が綾と瀬川を押しのけて、ナンバー2に伸し上がることはあり得るし、そう願ってもいるが……。

そこまで考えて田宮はハッとした。

秘書室担当は、綾に対するあてつけではないか――。

綾の肩書は秘書役だが、実質は秘書室長でもあり、ナンバー2でもある。娘婿の俺を秘書室担当に据えた杉野の狙いがきっとなにかある、と田宮は思った。

6

田宮は背後から肩を叩かれた。振り向くと、関急インターナショナル社長の前山鉄雄だった。

関急インターナショナルは関東急行グループの中堅広告代理店だ。前山は、杉野良治の盟友を以て任じているが、むしろ〝スギリョー〟の腰巾着と言ったほうが当たっている。

前山はジャーナリスト出身だが、関急の総帥だった後藤哲夫に取り入り、関急インターナショナルの社長職を手にした。しかし、その策士ぶりが後藤の逆鱗に触れ、クビが飛ぶのではないかと噂されたこともある。

後藤は外様の前山がしゃしゃり出ることを快く思わなかったに相違ない。このことは前山を名門コース、ツーハンドレッド・クラブのメンバーにしなかったことからも汲みとれよう。

曾根田元総理、中北栄太郎代議士、杉野良治、前山鉄雄の四人で、飲み会をつくったのも前山の発案らしい。曾根田が総理になる前の話だが、道理で曾根田の総理時代は羽振りがよかったわけだ。さぞや曾根田総理と後藤の間をちょろちょろと走り回ったことだろう。ジャーナリスト時代に「バンザイ屋」といわれたくらい、パーティなどで「バンザイ！」の大音声を発するので有名だった。

むろん、田宮は前山とは面識がある。

小ぶとりで、下腹がせり出している。ひとくせありげな顔だ。

「良治先生、きみが可愛くてしょうがないらしいぞ。いまもきみの自慢をさんざん聞かされたよ」

「恐れ入ります」

「きみもそろそろ帝王学を勉強せんとなあ。良治先生は、よき後継者に恵まれて幸せだよ」

「とんでもない。わたしは弱輩の身です。産業経済社を率いてゆく器量はありません。ウチには瀬川がいます」

「あ、あれは番頭だよ。血は水より濃いんだ。娘婿のきみが頑張らなくちゃいかん」

前山は早口なので、ちょっとどもる。声高なので田宮は周りが気になった。

遠くのほうから瀬川がこっちをちらちら見ていた。

田宮は急いで話題を変えた。

「新聞や雑誌の広告の出稿量が落ちてると聞いてますが、関急インターナショナルさんもバブル崩壊の影響を受けてますか」

「やっぱり相当落ち込んでるよ。バブル時代が懐かしい。ま、ウチは体力があるから、バタバタせんけどね」

前山は水割りをひと口飲んで、にたっと下卑(げび)た笑いを浮かべて声をひそめた。

「良治先生のところは微動だにせんだろう。ガッポガッポでっかいのが入ってくるからな」

前山がスギリョーの〝取り屋〟ぶりを知らぬはずはない。それどころかひと役買っているとも考えられる。田宮は前山が介在した証拠をつかんでいるわけではないが、それほど前山は杉野に近い存在だ。

田宮は笑いに紛らしたが、うしろめたくてかなわなかった。

「イトセンの二億円は知らなかったが、とにかくウチあたりとケタが違うからなあ」

「…………」

「西伊豆高原クラブの会員集め、うまくいってるんだろう」

「ええ、まあなんとか」

「もう二百口集まったのか」

「そこまではまだ」

「でも百五十口はいってるだろう」

田宮は曖昧にうなずいたが、前山は近い線をついている。

「この不景気なときに、三千八百万円の会員権を売りまくるんだから、良治先生の腕力はたいしたもんだ。あやかりたいよ」

「すでに完成しているコースですし、いろいろプラスアルファがありますから。前山社長も一口いかがですか」

「とてもとても。俺にまでそんな商売気を出すなよ」

前山は、ぶつ真似をした。

「ほんとうに素晴らしいコースですよ」

「六次までの会員が八百人もいないっていうのは、ほんとか」

「もちろんです」

「会員名簿がまだ発行されてないそうじゃないか」

「まだ募集中ですので」

「持丸は評判悪いからなあ。相当なくわせものらしいぞ」

〝目糞鼻糞(めくそはなくそ)〟のたぐいだ。

田宮は不安になったが、強弁した。

「必ず会員名簿は発行するようにします」

「それが一流コースの最低条件だよ。ま、頑張ってくれ」

やっと前山が田宮の前を離れた。

時刻は午後五時五十分。パーティ会場は急に人が少なくなった。

安田治夫はまだ残っている。「ダイヤモンドクラブ」例会の常連だ。ほとんど欠席したことがない。

さまでスギリョーに気を遣っている。スギリョーの引力は相当なものだ。

閉会まで残り五分になって、あたふたと会場に駆けつけて来た男がいる。関東電力社長の須川明だ。

須川は安田よりひと回り近く齢(とし)が上で六十八歳。脇目もふらず足速に杉野に近づいた。

「やあ。須川さん」

それに気づいた杉野が右手をあげた。

「ヤボ用で遅くなりまして申し訳ございません。ひと目拝顔の栄に浴したいと思いまして」

杉野はうれしそうに、右手を差し出し、須川と握手した。

須川も「ダイヤモンドクラブ」例会の出席率は高いほうだ。

7

田宮は、関東電力社長の須川と面識はなかった。

杉野と須川を中心とする輪の中へ入っていいものかどうか迷うところだ。

田宮を探している杉野と目線が合った。

杉野に手招きされる前に、田宮は意を決して進み出た。

安田と瀬川が一、二歩下がって、田宮のスペースをつくった。

「須川さん、娘婿の田宮大二郎を紹介させてもらいますよ」

「いつもお世話になっております。田宮大二郎と申します。よろしくお見知りおきください」

田宮はグラスをバンケット・ホステスに持たせて名刺を差し出した。

「須川です。よろしく」

須川はまだグラスを持っていなかったので、名刺の交換は簡単だった。

「大二郎、須川さんは次代の財界を担う実力者だから、謦咳に接することができてよかったねぇ。いろいろご教示願ったらいいな」

「はい」

田宮は緊張しきった顔で、もう一度最敬礼した。

須川の親分、平井光三郎関東電力会長は経済連会長である。昨年の十二月に念願の〝財界総理〟の椅子に座った。

平井は人格者といわれている。

自ら計ることなく経済連会長に推されたのは平井を以て嚆矢とする、などと取り巻きは吹聴するが、いくら人格高潔でも名誉欲がないとは思えない。

以心伝心である。須川は親分の胸中を忖度して経済連会長取りに駆けずり回った。

財界首脳、マスコミ、評論家などの間で平井待望論を醸成させた仕掛人は須川である。

須川はマスコミ操作で際立った冴えをみせた。

「電力料金一つ自分で決められない公益企業のトップが経済連の会長になって政府や政治家にもの申せるのか」

と批判した財界人もけっこう多いが、前任者がリーダーシップの欠如を指弾されたことと平井の個人的な人気も手伝って、経済連会長に就任した。

しかし、それを実現せしめた最大の功労者が須川であることを否定する者はいないだろう。

わがスギリョーはどうだったか——。

往時を思い出すだに、田宮は冷汗三斗の思いに駆られる。

杉野は、須川から協力を求められたとき、主幹室に幹部を集めて、ぶちまくった。主幹秘書の田宮も末席を穢していた。

「主幹は、佐藤司郎を引きずり降ろすためならなんでもする。〝暗愚の帝王〟をのさばらせておいたら日本の恥だ。二期四年でも長すぎるのに三選なんて、とんでもないことだ。佐藤三選を阻止するために断固闘うぞ！」

杉野は猛り立ち、阿修羅の形相になって、テーブルをこぶしでがんがん叩いた。いつもながら、誰一人意見を述べる者はいない。

「稲富君は主幹と約束したんだ。佐藤はショートリリーフで、平井にバトンタッチするって。こんなことなら稲富君に誓約書を書かせるんだった」

故稲富喜一は、元経済連会長だが、大先達をクン付けするところが杉野らしい。稲富も佐藤も鉄鋼会社の社長、会長を歴任した。

8

平成二年（一九九〇年）初頭から『帝都経済』は〝主幹が迫る〟で、佐藤降ろしの大キャンペーンを展開した。

〝経済連　佐藤司郎会長の三選に疑義！〟

〝老害をまきちらす「暗愚の帝王」〟

の大見出しが、全国紙や中吊り広告を飾ったのだから凄まじい。

財界総本山、経済連会長は各方面から〝暗愚の帝王〟と酷評されている佐藤司郎氏留任が決まりそうな雲行きである。五月に改選期を迎えるが、三選に本人が固執しているとしたら、神を冒瀆する行為と言わざるを得ないのであった。

良識ある経営者で佐藤氏を尊敬している人は一人としていないと断言してさしつかえあるまい。筆者も佐藤三選に絶対反対である。

その理由の第一は佐藤氏が約束を守らない男だからである。

故稲富氏が後任に佐藤氏を推したとき筆者は稲富氏に長時間インタビューし、正面切って経済連の私物化を指摘したのであった。同一の会社から後継者を出すなど言語道断ではないかと。

稲富氏は「佐藤君はショートリリーフで、次は平井光三郎君にやってもらう。平井君は大人物だ」と明言したのであった。

しかも「一期」とはっきり約束したのであった。

筆者は直ちに佐藤氏にも会い、「稲富さんはショートリリーフと言ってましたよ」と念を押したのであった。「わかってますよ」と佐藤氏も約束した。

稲富氏は不帰の客となってしまったが、筆者は歴史の証人なのであった。この事実を踏みにじってまで、老醜を晒し、留任しようとしている佐藤氏を筆者は人間として絶対に許せないのであった。

第二は七十九歳という年齢に問題がある。老害と言われても仕方がないのであった。早い話が海野首相は五十九歳である。

若返りは時代の要請であり、企業では五十代の社長が常識になっているのであった。仮りに佐藤氏が三期続投すると八十歳を越えてしまう。経済連などの経済団体の長には年齢制限を設けるべきで、その上限は七十五歳ではあるまいか。

佐藤弾劾の第一弾はあらましこんなところだが、この中で杉野は「〝ペンは剣より強し〟は筆者の信念なのであった。佐藤経済連会長の一刻も早い退任を願ってやまないのであった」と結んだ。

第二弾は二月上旬号。

〝平井関東電力会長が経済連会長に出馬宣言〟の見出しで、主幹が迫った。

〝経済連　佐藤司郎会長の三選に疑義！〟は政財官界に轟々たる反響を呼んだのであった。

恒例となっている経済四団体主催の賀詞交歓パーティのそこここで、『帝都経済』の記事が話題をさらい、有名財界人たちはこぞって記事の内容を絶讃し、「杉野先生よくぞ書いてくださった」と筆者に言ってくれたのであった。

石渡隆史経済同人会代表幹事（大洋自動車会長）に「あなたは佐藤氏の親友なんだから、辞任するようによく言いなさいよ」と話したところ、「伝えますよ」と約束したのであった。

しかし、「佐藤君にあなたの言われたことを率直に伝えましたよ。お役に立てなくて申し訳ないが、佐藤君は続投すると言ってました」という石渡氏の返事なのであった。

平井光三郎氏に会った。平井氏とは三十年来のつきあいで、彼は総務部長、現社長の須川明氏が総務課長で仕えていたのであった。平井氏は筆者がどんな逆境に立たされようと終始支援を惜しまなかった。

人間味があり、あたたかく、そして大きく、誠実な人柄なのであった。
「経済連の副会長は全員あなたの出馬宣言を期待していますよ」と筆者が言うと、「いたします」とはっきり答えたのであった。

筆者は感涙にむせんだ。遂に平井氏は次期経済連会長に立候補すると決断したのであった。

人と争ってまで地位に就こうなどと毛頭考える人ではない。
その平井氏が今度ばかりは乃公出(だいこうい)でずんばの心境になり、断固として立ち上がろうとしているのであった。

経済連筆頭副会長の平井氏が敢えて出馬宣言しようとしているにもかかわらず、佐藤氏は晩節を穢して、財界総理の椅子にしがみつくと言うのであろうか。

続く第三弾の〝主幹が迫る〟は三月下旬号。
〝一日も早い平井経済連会長の実現を〟
〝約束を守らない佐藤司郎氏に経済連会長の資格はない〟の見出しに続く前文(リード)はこうだ。

第七代経済連会長に平井光三郎関東電力会長が内定した。近く開催される経済連正副会長会議で決定。五月就任の段取りである。ただ、佐藤現会長が半年か一年続投するという可能性も残されている。筆者は一日も早い平井経済連会長の実現を期待しているのであった。

本文で、黒子役であるはずの須川を〝よいしょ〟してしまったところが、いかにもスギリョーらしい。

経済連に三井雅史なる事務総長がいるが、団体職員の域を一歩も出ていないのであった。筆者と親しい自民党の大物代議士は「あんな男が経済連の事務総長をしているようではダメだ。暗くて感じが悪いといったらない」と言い切るのであった。

佐藤司郎氏にとっての悲劇は、こんな三井氏のような人物が代理人という点である。人間に幅があり、人の気持ちがわかる人でなければ代理人は務まらないのであった。

その点、平井光三郎氏の代理人の関東電力社長、須川明氏は、誠実であり、先見性、判断力とも抜群なのであった。

なんといっても平井光三郎という人物に惚(ほ)れ込んでいるのがよい。平井氏はなんとよき弟子に恵まれたことであろう。

誰が次期会長になるにしても三井氏のような不適格な人物にはそのポストから去ってもらわなければならないのであった。

杉野は、佐藤寄りの石渡を批判し「この人も老いたな、と、しみじみと実感したのであった」と書いている。

そして「正副会長会議で決選投票になったら、平井氏が圧勝することは間違いないのであった」と結んだ。

9

平井に対する杉野の思い入れはわかるが、杉野が第三弾の〝主幹が迫る〟の原稿を書いているとき、実は佐藤の留任は内定していた。

〝暗愚の帝王〟と書かれて、怒り心頭に発しないほうがどうかしている。佐藤は意地でも続投せざるを得なくなった。

「辞めちゃ、だめだよ」

石渡は逆に佐藤を励ました。

「僕は五月に退任するつもりだったのに、杉野良治ごときにあれだけ叩かれたら、はい辞めます、というわけにはいかないでしょう。メンツの問題、けじめの問題です」

佐藤は石渡にこう述懐した。

贔屓の引き倒しを絵にかいたような結果に終わった。須川から杉野に電話がかかったのは、三月中旬だったと、田宮は記憶している。

「杉野先生、お願いがあります」

「なんのこと」

「経済連会長問題です。もう矛を収めてください。いくらなんでも〝暗愚の帝王〟は、ちょっと……」

「平井さんを経済連の会長にしたくないの」

「そんなことはありません。しかし、これ以上ことを荒だてたくないというのが平井の気持ちです」

「わかるけど、乗りかかった船で、どうにも止まりませんよ。あと一回書かせてもらいます。佐藤司郎じゃ、経済界、産業界が収まらんでしょう」

「杉野先生、どうかご勘弁願います。平井からもよろしくお伝えしてください、とのことでした」

「わたしはまだ叩き足りないと思ってるんだ。佐藤が辞めるまで叩き続けるつもりなんだけどねぇ」

「佐藤さんが依怙地になるだけです。先生が平井に経済連会長をやらせたいとおぼしめしくださるんでしたら、ここは枉げてお願いします」

「須川さんにここまで言われたら、しょうがないかねぇ。あとひと押しで佐藤は降りると思うんだけどなあ」

杉野は本気でそう思っていた。逆効果ということがわかっていないのだ。

杉野を黙らせるために、関東電力は少なからぬカネを使ったろうと勘繰りたくなる。山下ではないが、これも東都ガス同様、五千万円はむしり取られたのだろうか。

後日、佐藤と平井が電話会談し、佐藤の留任が決まった。

「続投させていただきます。ただし、半年だけでけっこうです」

「よくわかりました」

おそらくそんな短いやりとりだったはずだ。

「せめて一年は続投すべきだ」と石渡は降板に反対したが、佐藤は昨年十一月に退任表明し、十二月には正式に退任した。

スギリョーがわめかなかったら、佐藤は二期四年ですんなり経済連会長を辞めていたのに、三期目に入り中途半端なタイミングで降板する羽目になった。

佐藤が退任表明した日、杉野は側近の田宮を呼んで得々と宣(のたま)わった。

「主幹が叩かなかったら、佐藤は三期六年居座り続けたに違いないな。〝暗愚の帝王〟と叩いたからこそ、佐藤は途中で辞める気になったんだ。主幹が三選反対の急先鋒(きゅうせんぽう)にならなかったら、平井の目は消えてたかもしれない。年齢的にもぎりぎりだったからなあ」

田宮は、思い過ごしです、と胸の中で言い返すのがせいぜいだった。平井が晴れて経済連会長になったときの年齢は七十六歳。七十五歳上限説を唱えたスギリョーの立場はどうなるんだろう。バカに付けるクスリはないと言いたいくらいだ。

須川はあっという間に帝京ホテルの特別室から立ち去った。

六時ちょうどに安田治夫も帰り、数名のバンケット・ホステスもいつの間にかいなくなった。「ダイヤモンドクラブ」のパーティ会場は産業経済社の幹部だけになった。

瀬川が田宮に近づいてきた。

「どう。初出席の感想は」

「改めて主幹の威力を思い知らされました。わけても関東電力の須川社長が見えたのにはびっくりしました」

「それも主幹に挨拶するためだけで駆けつけてきたんだからな。日本を代表するビッグカンパニーの社長さんだぜ」

「ええ」

「しかし大二郎、この程度でびっくりしてるようじゃ、大物になれんぞ」

瀬川はとみに口のきき方までスギリョーに似てきた。

「あのなあ、『ファーストクラブ』はこんなもんじゃない。もっと凄いのが主幹に挨拶しにくるよ。たとえば財界四団体の会長や副会長が集まってくるんだから壮観だよ」

「例会費がただっていうこともあるんですかねぇ」

「そんなことは関係ねぇよ。みんな主幹にすり寄ってくるんだ。つまりご機嫌伺いに来るわけだな。主幹は日本の財界を動かしている。いや主幹の影響力は政界にも及んでいるから、日本を動かしているとも言えるかな。凄い人だよ」

瀬川はうたうように言ったが、がつがつと鮨（すし）を食らっている杉野を見ていて、田宮はちぐはぐな気持ちになった。

第十六章　公開質問状

1

A新聞は平成四年（一九九二年）一月十二日付の朝刊一面二段見出しで〝東日銀行頭取に相原氏〟〝沢村氏は会長就任〟の見出しで、次のように報じた。

東日銀行は今月中旬に開く臨時取締役会で、沢村紘一頭取が会長に就き、相原勇次副頭取が頭取に昇格するトップ人事を決める。池山三郎会長は取締役相談役に退く。関係筋が十一日明らかにしたもの。沢村氏は八六年六月に頭取に就任、今年六月に三期目の任期満了となる。任期途中で退任するのは、人心の一新を図るのが狙い。

相原氏は国際派として知られ、東日銀行の海外戦略で手腕を発揮してきた。

相原の写真入りで、経歴まで書いてあるから、A新聞のスクープと誰しも思ったに相違ない。

おそらくB新聞、C新聞など他紙の金融担当記者は日曜日だというのに、早朝電話で当番デスクに叩き起こされ、確認作業できりきり舞いさせられたことだろう。

一月十三日、月曜日の朝礼後、田宮大二郎は杉野良治から「ちょっと来てくれ」と主幹室に呼ばれた。

「きのうのA新聞読んだか」

「はい、東日銀行の首脳人事のことでしょうか」

「うん。事実なんだろうなあ。天下のA新聞が一面で書いたんだから、当然ウラを取ってるだろう」

「そう思います。ただ、沢村頭取が六月の任期前になぜ会長にならなければいけないのか唐突な感じがしますが」

「そんなことはない。あの男はエリート意識が強すぎて、鼻もちならん。スタンフォードの大学院出かなんか知らんが嫌なやつだ。もう五年以上もやってるんだから、会長になったっておかしくないだろう。ほんとは池山君が会長に留まって、沢村が相談役に退くほうが東日銀行のためにはなるんだけどな」

沢村だけ呼び捨てにしているところに、杉野の感情が出ていた。杉野は沢村を毛嫌いしている。

逆に池山とはウマが合うほどだ。

「広報部長に確認してくれないか。A新聞の記事が事実なら相原に会ってやろうじゃないか。すぐアポイントメントを取ってくれ」

本来なら、古村綾か斉藤洋の仕事なのに、と思いながら、田宮は自席に戻って、東日銀行に電話をかけた。

広報部長の大坂文雄は在席していた。営業部門の次長から広報部長に昇進してまだ三月しか経っていない。

「初めまして。電話で失礼しますが、産業経済社の田宮と申します。主幹の杉野から、A新聞の記事について事実関係を確認するよう申しつかって、電話をかけさせていただきました」

「あの記事は誤報です」

「なんですって」

「まったく事実無根です。当行の首脳陣が最近A新聞の記者と接触した事実は一切ありません」

「関係筋とありましたが」

「関係筋を特定することはできませんが、池山も沢村もはっきり否定しております。臨時取締役会を開催する予定もございません」

「A新聞ともあろう一流紙がそんな誤報をするものでしょうか」

「A新聞の記事が事実だとしましたら、きょう付で他紙が後追いするんじゃありませんか。きのうのうちに当行が全面否定したからこそ、どこも書かなかったんです」

「よくわかりました。ありがとうございました。今後ともよろしくお願いします。失礼しました」

「こちらこそ失礼しました」

新米の広報部長は丁寧に応対してくれたが、どこか切り口上で硬質な感じは否めなかった。

田宮の報告を聞いて、杉野はしきりに首をひねった。

「そんな莫迦(ばか)な話があるのかねぇ」

「きょう一月十三日付の新聞を当たってみましたが、たしかにどこも書いてません」

「主幹が沢村に会って確認する。すぐアポを取れ」

「かしこまりました」

田宮はふたたび大坂に電話をかけた。

2

十六日の朝八時前に大坂が産業経済社に杉野を訪ねてきた。むろん、田宮を通じてアポイントメントを取った上でだが、同席を命じられた田宮は、早朝出社を強いられる羽目になった。

大坂は名門東日銀行のエリートバンカーらしく、スギリョーの前でおどおどせず堂々とかまえているように田宮の眼に映った。

初対面だから名刺を交わすのは当然だが、杉野は名刺を出さなかった。三日も待たされて、むかっ腹だったのだ。

「沢村の使いで参りました。沢村は杉野先生にぜひお目にかかりたいと申しておりますが、十日ほどの間、スケジュールが立て込んでおりまして、どうにもやりくりがつきません。まことに申し訳ございませんが、どうかおゆるしいただきたいと存じます」

「面会拒否か」

「お言葉を返すようですが、十日ほどは時間が取れないということでございます」

「きみは沢村頭取と直接話したのかね」

「いいえ。秘書役を通して、先生にお詫(わ)びするよう申しつかりました」

杉野がこぶしでドーンとセンターテーブルを叩いた。

茶が運ばれる前でよかった、と田宮は思った。

「この杉野良治に十日も会えんとはいったいどういうことなんだ！」

顔面蒼白（そうはく）になりながらも、大坂は言い返した。

「沢村は政府委員や、経済同人会の副代表幹事をしております関係で、多忙を極めております」

「沢村頭取の十日間のスケジュールを言ってみろ」

「おおよそのことはわかりますが、正確なことはちょっと……」

「無礼者！　それでも広報部長が務まるのか。それとも子供の使いか」

「………」

「経済四団体の長にしろ一国の総理でさえもが、杉野良治が会いたいと言えば遅くても翌日には時間を割いてくれる。沢村頭取ごときが十日も会えないとは、ふざけるにもほどがあるぞ」

「申し訳ございません」

大坂が起立して最敬礼したとき、ノックの音が聞こえ、斉藤洋が緑茶を運んできた。

「失礼致しました」

茶を飲まずに主幹室を出るとき、大坂はもう一度低頭したが、杉野は険しい顔で横を向いていた。

田宮は大坂に同情した。

エレベーターホールで、田宮が言った。

「とんだことでどうも。虫の居所が悪くて」

「子供の使いには参りました。言うに言われぬ事情もあるんです」

「三日間返事をいただけなかったことで、杉野は感情を害したようです」

「なんとか日程の調整がつかないかと沢村も秘書役も悩んだものですから、返事が遅れてしまいました。沢村に代わってお詫びします。田宮さんからも杉野先生におとりなしのほどよろしくお願いします」

「可及的速やかに、沢村頭取のアポイントメントをお取り願えるとよろしいですねぇ」

「もちろん、そうさせていただくつもりです」

田宮が主幹室に戻ると、杉野は阿修羅（あしゅら）の形相で、原稿を書きなぐっていた。

「主幹、ちょっとよろしいですか」

「なんだ」

「沢村頭取は言うに言われぬ事情があったみたいですよ」

「沢村も沢村なら大坂も大坂だ。あんな広報部長はクビにしなくちゃいかん。次号の〝主幹が迫る〟で沢村を叩くからな。記事を差し替えることにした」

えらいことになった。なにをどう叩こうというのだろうか――。

『帝都経済』の一月下旬号は、暮れのうちに作ってしまうので、二月上旬号で杉野は東日銀行をやっつけるつもりらしい。厭（いや）な予感がする。

3

田宮が主幹室から秘書室に回ると、斉藤洋が一人机に頬杖（ほおづえ）を突いてぼんやりしていた。

「古村さんは」

「まだ出勤してません。体調でも悪いんですかねぇ」

「どうして」

「このごろ、出社時間は遅いし、元気がないみたいなんです。九時前に出社したことはないんじゃないですか」

田宮は、デスクに手を突いて、上体を斉藤のほうへ寄せた。

「古村さんは主幹とあまり話をしないようだけど」

「そうなんです。打ち合わせもほとんどしてないようですし、どう考えても様子が変ですよ。妙につんつんしてて、困ってます」

「一度めしでも誘ってみるか」

「ぜひお願いします」

まだ時刻は八時二十分過ぎだ。

「斉藤だけか、八時前に出社するのは」

「ホテルに主幹を迎えに行きますから」

「それは俺もやらされたことだよ。仕事は辛(つら)いか」

「いいえ。でもなるべく早く編集に戻してもらいたいですよ」

「リライトはやらされてるんだろう」

「ええ。〝お山〟では、そればっかりです」

「あしたの予定はどうなってるんだ」

「朝早く〝お山〟へ行くことになってます。日帰りで夕方には戻りますが……」

杉野のことだから、きょう中に〝主幹が迫る〟を脱稿するに違いない。質はともかく原稿のスピードとボリュームは、誰にも真似ができない。

「おそらく斉藤は〝主幹が迫る〟のリライトをやらされると思うんだ」

「〝主幹が迫る〟はもう川本編集長のほうに出しましたけど」

「いや差し替えるつもりらしい。東日銀行とちょっとしたトラブルがあってねぇ。さっき来てたのは広報部長だよ」

「ほんとですか。〝主幹が迫る〟は長い記事なので、大変なんですよ」

「内容が気になるんだ。主幹の生原稿は読みにくいから、リライトしたら、コピーして見せてくれないか。誰にもわからないように頼む」

「主幹にバレたらどうするんですか」

「バレるはずがない。仮りにバレても、斉藤に累が及ぶはずはないだろう。きみは、俺に命令されたと言えば済むことじゃないか」

田宮はにやっと笑いかけてつづけた。

「俺は秘書室担当でもあるんだからな」

「ええ、まあ」

「きみは心配することはない。封筒に入れて俺のデスクに置いといてくれよ」

斉藤はこっくりした。

4

田宮は自席から東日銀行に電話をかけた。

時刻は九時ちょうど。瀬川は立ち寄りでまだ出社していなかった。

大坂は席を外していたが、十五分後に折り返し電話をかけてきた。

「さきほどは失礼しました」

「いいえ。こちらこそ。さっそくですが、杉野の怒り方が尋常ではありません。東日銀行さんを『帝都経済』で採り上げるといってきかないのです。ご存じかどうか〝主幹が迫る〟という署名入り記事で書くと言ってます」

「当行のなにを書こうというのでしょうか」

「わかりません。ただ相当過激な発言をしておりますので、東日銀行さんにとって、厳しい内容になると思います」

「トップ人事がらみで筆誅（ひっちゅう）を加えるということですか」

「よくわかりませんが、わたしが申し上げたいのは、沢村頭取に至急杉野と会っていただけないか、ということなんです。杉野の気持ちを鎮めるためには、それがいちばんよろしいと思うのですが、いかがでしょうか」

「ご趣旨はごもっともと思いますが、実を申しますと沢村は外国出張中で、日本におりません。初めからそう申し上げるべきだったのですが、込み入った事情がございまして、オープンにできませんでした。杉野先生に嘘をついたと叱られるかもしれませんが、わたくしの立場ではお話しするわけにはまいりませんでした。お察しください」

「沢村頭取の外国出張のことを杉野の耳に入れてはまずいわけですね」

「どうか、田宮さん限りにお願いします」

「そうなると、手の打ちようがないということになりますが」

「わたくしが広報部に着任して間もないために不慣れということもありますので、幾重にもお詫び致します。これはほんの思いつきですが、相原にお目にかかっていただくのはいかがでしょうか。A新聞の誤報について相原から杉野先生にご説明させていただくということで……。わたくしの一存ですから相原がなんと言うかわかりませんが、なんとかするつもりです」

「杉野は、沢村頭取にお願いしてます。杉野の性格からしまして、ちょっと難しいかなという気もしますが、とりあえず当たってみましょうかねぇ」

「よろしくお願いします」

「のちほどもう一度電話を差し上げます」

田宮は主幹室にとって返した。

ノックをしたが、応答はなかった。

杉野はひたいとこめかみに青筋を立てて、原稿書きに没頭していた。ノックの音も聞こえないほど気持ちが集中しているらしい。

田宮に気づいて、厭な顔をした。

「主幹は忙しいんだ。あとにしてくれないか」

「いま、大坂広報部長から電話がありました」

杉野はペンを置いて、こっちへ椅子を回した。

「沢村が会うっていうのか」

「よくわからないんですが、沢村頭取は東京にいないんじゃないでしょうか。それで、相原副頭取が主幹を表敬訪問したいというようなことなんですが……」

「ダメだ。三日も返事をしないで、なにが副頭取だ。もういい。沢村をやっつけなければ腹の虫が収まらんよ」

杉野は、もう横顔を田宮に向けている。取り付く島もなかった。

5

スギリョーが眦（まなじり）を決してペンを走らせている東日銀行がらみの〝主幹が迫る〟に、田宮がかくまで拘泥するには、相応の理由がある。

厭な予感がしてならないのだ。

あれは、田宮がまだ『帝都経済』の取材記者で金融を担当していたころだから、三年以上も昔のことだ。

当時、横浜中央銀行の頭取だった吉原次郎を杉野は〝主幹が迫る〟で叩いたのである。理由は会見拒否されたからだ。

それも〝公開質問状〟〝吉原頭取が犯した四つの大罪〟とやったのだから、書かれたほうはたまらない。

吉原は元大蔵省事務次官。

横浜中央銀行は地方銀行首位で、〝地銀の雄〟を自他共に認めていた。

吉原はマスコミ嫌いで聞こえていたが、取材拒否をした相手が悪かった。

杉野が指摘したのは、①マスコミと会わないのは怪しからん。十三行の都銀頭取で私が会見を申し込んで断る者は一人もいない、②横浜中央銀行は〝大蔵銀行〟の異称があるほど経営陣に大蔵省の天下りが多すぎる、③十年も頭取の椅子にしがみついているのは老害で、天下りの任期は四期八年、七十歳までが常識だ、④神奈川県下の企業約五十社を取材したが、同行を褒めたところは一社もなく、地銀でありながら中央志向で、地銀本来の使命を忘れている——の四点だ。〝公開質問状〟で、次のように結んだ。


吉原次郎さん。あなたの横浜中央銀行頭取の役割は、終わったのです。いや、落第したのです。いま横浜中央銀行に貢献することがあるとすれば、一日も早い退任以外にありません。「後継者が育っていない」などという言い訳は通用しません。育てなかったあなたに責任があるのです。

〝大蔵銀行〟から脱却するために、プロパーの人間を頭取にしなさい。それによって行員のモラールが向上するのですから。

横浜中央銀行を〝大蔵銀行〟の悲劇から救うべく筆者は断固、闘う所存なのであります。

〝主幹が迫る〟の第二弾では「この十年間で横浜中央銀行を官僚化させ、地銀の使命を忘れさせた吉原頭取に、会長になる資格などないのであった。会長になろうとしているとしたら断固糾弾しなければならないのであった。マスコミを避けるのは、うしろ暗い点があるからであろう。本誌の〝公開質問状〟に回答してこない点からも、このことは指摘できるのであった。本誌が書いた〝四つの大罪〟をすべて認めたと言われても仕方がないのであった」と追いうちをかけた。

その上、杉野は取るに足らない意趣返しめいたことまで書いた。

かつて吉原次郎頭取は、私が主宰する産業経済クラブに入会することを約束しながら総務部長がハイヤーを飛ばしてきて、事務局長の瀬川誠副社長になんと「会費を半額にしてほしい」と値切ったのであった。

瀬川君はしばしあいた口がふさがらなかったのであった。そして「横浜中央銀行さんがそんなにお困りなら、入会していただかなくて結構です」と逆に断ったのであった。

呆(あき)れ果ててものが言えないとはこのことで、会費を半額に値切られたのは前代未聞。

一事が万事、吉原頭取が経営する横浜中央銀行の悪しき体質を如実にあらわしていると言わざるを得ないのであった。

田宮は親しくしている大手都銀の広報部長から皮肉たっぷりに言われたものだ。

「〝公開質問状〟はどうかと思いますねぇ。天下の杉野先生にしては筆誅を加える動機づけがちょっと弱いっていうか、アピールしませんよ。吉原次郎さんに対する個人的な怨嗟でお書きになっているとしか思えません。個人攻撃は、読んでいて不愉快になります。産業経済クラブのことも、逆に杉野先生のイメージを下げたような気がします」

「おっしゃるとおり杉野は天下国家を論じるタイプではないかもしれません。しかし、横浜中央銀行が〝大蔵銀行〟と言われても仕方がない面はあるんじゃないでしょうか。杉野がいちばん言いたかったのはその点だと思います」

反論になっているのかどうかわからないが、田宮は辛うじて言い返した。

6

問題は振り上げたこぶしのおろし方いかんである。

カネを積むか包むかするのが手っ取り早いが、吉原次郎は、大蔵省の先輩、山村雄造に助けを求めた。

山村は大蔵大臣などの閣僚を経験した大物代議士で、杉野とも近い。山村が杉野に電話をかけてきたのである。

「良治さん、山村です。すっかりご無沙汰しちゃって。ご活躍でけっこうですね」

「山村さんもお元気でなによりです」

「良治さんに折り入ってお願いがあるんですけどねぇ」

杉野は、吉原のことだとぴんときた。

「わたしにできることでしたら、なんでもします。なんなりとどうぞ」

「吉原次郎君のことですよ。心配でねぇ。一度会ってやってくれませんか」

「いいですよ。わたしは、いつでも会います。吉原さんのほうがわたしを避けてるんですよ」

「ありがとう。いきさつはいろいろあるんでしょうが、僕が一席設けるから、三人で一緒に会いましょう。じゃあ、あさっての六時に赤坂の〝つるた〟でいいですか」

「けっこうです。先約がありますが、断りますよ。山村さんが同席してくださるんならよろこんでお受けします。しかも〝つるた〟とは、さすが山村さんですねぇ。配慮が行き届いてますよ。それに〝つるた〟は赤坂でも由緒ある一流の料亭です」

「もう二十数年前になりますか。良治さんと初めてお会いしたのは〝つるた〟でしたねえ」

「そうです。当時、丸野証券の社長だった奥野綱之さんが山村さんを〝つるた〟で引き合わせてくれたんです。山村さんは大蔵省主計局長でした。奥野さんは山村さんを称して、一国の総理になってもおかしくないスケールの大きな一流の人物と褒めてました」

「そう、奥野さんがねぇ。あの人にそこまで褒められたら男冥利に尽きるが、わたしはそんなに立派じゃありませんよ」

杉野は羽織、袴の正装で宴席にあらわれ、山村と吉原を驚かせた。

人払いした〝つるた〟の広間で、山村が挨拶した。

「お二人にご無理をお願いし、ご足労をおかけして申し訳ありません。良治さんも吉原君も、かけがえのない友人なので、ついつい出しゃばってしまったが、僕の意のあるところはお汲み取りいただきたい。あなたがたは一流の人物じゃないですか。そのお二人が仲たがいされては困るんですよ。どうか僕に免じて、きょう限り和解してください。大時代というか大仰と思わぬでもないが、こんなものを用意してきました」

山村は毛筆でしたためた一枚の書状をテーブルに置いた。

〝覚書〟とあり、文面はこうだ。

杉野良治と吉原次郎は隔意のない懇談の結果、以下の諒解に達した。

一、杉野良治は、吉原次郎氏個人に係る『帝都経済』の記事について、行きすぎの趣がなかったかを惧れる。

一、吉原次郎は、杉野良治氏に対する応対で行き違いのあったことについて遺憾の意を表し、銀行経営に関する『帝都経済』の記述を善意の忠告と受け止める。

一、両人は今後より一層交友を深め、それぞれの職域において国家社会の発展に努めることを誓う。

「良治さん、吉原君、署名していただけるかな」

「はい。先生、ありがとうございます」

吉原はテーブルに両手を突いて、深々と頭を下げた。

杉野は素直じゃなかった。

「その前にちょっと言わせてください」

山村はわずかに眉宇をひそめたが、杉野はかまわず声高につづけた。

「横浜中央銀行は〝地方銀行の雄〟の座にあぐらをかいて顧客に対するサービスが悪すぎます。吉原さんの側近の人たちの態度が横柄なことも気になります。それと出処進退についてどうお考えなのか承りたい」

吉原は気色ばんだが、山村の眼が抑えるように訴えているのに気づいて、気持ちを懸命に制御した。

「至らなかった点があれば改めます。進退については、わたしなりに考えてますが、こと人事問題に関する限り直前まで口にしてはならないと肝に銘じておりますので、ご容赦いただきたい」

　吉原の声がふるえている。

「この十年間、全力で走り続けてきたつもりです。横浜中央銀行の経営についてはうしろ指を指される覚えは一切ございません。その点はわかっていただきたいですねぇ」

　山村がなだめるように両手を伸ばした。

「ボタンの掛け違いがあったんだねぇ。なにはともあれ、サインしてくださいよ」

「わかりました。しましょう」

　テーブルの隅に硯と筆が置いてあるのは、そのためだったのか、と杉野は合点がいった。

　杉野に続いて、吉原と山村が署名し、握手を交わし、山村が手を叩いて仲居を呼んだ。

　間髪を入れずに銚子と猪口が運ばれ、三人は杯を触れ合わせた。

「じゃあ、乾杯しましょう」

　山村が杯を眼の高さに上げた。

「乾杯！」

「ありがとうございます」

「どうも」

杉野は鷹揚にうなずいて、猪口を乾した。

儀式が終わった。

杉野はなんとこの顚末を『帝都経済』のコラム〝有情仏心〟に自慢たらたら書いたのだ。非常識にもほどがある。うちうちの話で、オープンにすべきことがらではない。

さぞや山村も吉原も「スギリョーはぜんぜんわかってない。なに様のつもりだ」と腹を立てたことだろう。

〝私は一介のジャーナリストに過ぎないのであった。しかし「ペンは剣より強し」なのであった。私の一文によって、横浜中央銀行が猛省し、サービスの行き届いた銀行になってくれれば、ジャーナリスト冥利に尽きる。もとより私は吉原次郎氏個人になんら怨念はないのであった。私の面会申し入れ拒否にすべて起因しているのであった〟

これを読んだとき、田宮は泣きたくなった。恥ずかしくて表通りを歩けない——。

7

厭な予感が当たってしまった。

田宮は、斉藤洋がリライトした〝主幹が迫る〟の原稿のコピーをその日の夕方読んで、吉原次郎・横浜中央銀行頭取のときとまったく同工異曲ではないか。

愕然とした。

〝沢村紘一さん――〟の書き出しは、〝公開質問状〟であることを示している。


私はあなたに至急会いたいと思い、広報部長のO君を通じて会見を申し込みました。

しかし、なんと三日も待たされたあげくの果てに「沢村は政府委員や経済同人会の副代表幹事をやっておりますす関係で多忙を極めております。お会いできません」というO君の返事だったのです。O君の言葉にはひとかけらの誠意も、あなたに対する思いやりも感じられませんでした。

あなたは看過できない過ちを二つも犯しているのです……。


田宮は読み終えて、充血した眼をこすりながら、どうしたものかと思案した。恥をかくのはスギリョーであり、『帝都経済』なのだ。

考えがまとまらないままに編集長席へ電話をかけると、川本は在席していた。

「ちょっと相談したいことがあるんですが、十分ほどいいですか」

「いいけど」

「じゃあ、そっちへ伺います」

「うん」

川本は浮かない顔で田宮を迎えた。

田宮は、吉田たちに目礼して、川本のデスクに両手を突いた。

「〝主幹が迫る〟のことです」

「差し替えのこと聞いてるのか」

「ええ。東日銀行の大坂広報部長に連絡したのはわたしですよ。大坂さんが主幹を訪ねてきたときも同席しました」

「会議室で話そうか」

川本はデスクを離れた。

川本はどかっと尻餅をつくように椅子に座った。

「差し替えには参ったよ」

「そんなことより記事の中身ですよ」

「原稿も読んだのか」

「ええ。カンニングして、読ませてもらいました。秘書室担当ですから、カンニングとも言えないですかねぇ」

「東日銀行の沢村を叩くのは悪くないんじゃないか。あの銀行はお高く止まってるし、沢村もナマイキなやつらしいからな」

川本のバランス感覚は相当おかしくなっている。吉田あたりに無能呼ばわりされるのも仕方がない。

「言いがかり以外のなにものでもないと思います。〝公開質問状〟なんて冗談じゃないですよ」

「主幹は相当頭にきてるぞ。沢村の野郎ふざけてるじゃねえか」

「言うに言われぬ事情だってあるでしょう。〝公開質問状〟なんておどろおどろしいことをして、振り上げたこぶしをどうやっておろすんですか。川本さんから、記事の差し替えは時間的に難しいと主幹に話してください。沢村頭取とのアレンジは責任をもってわたしがやりますから」

「整理は楽じゃないが、ぎりぎりなんとかなるって主幹に話しちゃったから、それはダメだ」

「モノ笑いのタネにされるだけですよ。横浜中央銀行のときだって、そうだったじゃないですか。思い出してください」

「そんなに気になるんなら、おまえ自分で主幹に話せよ。俺にはできない相談だな。娘婿の田宮の話なら、主幹も降りるかもしれねえぞ。ただし今夜中に結論を出してくれ」

川本は厭な眼で田宮を見上げた。

「編集長の立場ってものを考えてくださいよ。川本さんがここで頑張れば、若い連中も従っいてくるんです。ここは頑張りどころだと思いますけど。なんとかしようと思ったが、やっぱりやりくりがつかないって、ひとこと主幹に言うくらいなんでもないでしょう」

田宮は知らず知らずの間に声高になっていた。

川本がまた厭な眼で田宮を見た。

「田宮も偉くなったよなあ。俺にお説教を垂れるっていうんだから」

「そんなんじゃありませんよ。お願いしてるんです。『帝都経済』のためを思えばこそじゃないですか」

「ひとたび主幹がこうと決めたら、それでおしまいなんだ。おまえだってわかってるだろうや」

川本は投げやりに言って腰を浮かせた。

「もうちょっと……」

田宮は手で制した。

「ダメモトでも主幹ともう一度だけ話してください。お願いします」

しかし、川本は首を振り続けた。

自分でスギリョーに当たるしかない。川本が動いてくれないのだから、と田宮は心の中で思った。

まったく見下げ果てたバカ編集長だ、と腹の中で毒づきながら、川本に続いて田宮は会議室を出た。

8

一月十六日、木曜日の夜、田宮大二郎は会社の帰りにホテル・オーヤマに立ち寄った。小雨がぱらつき、底冷えがきびしい。気が重いといったらないが、杉野良治が翻意してくれないとも限らない。

田宮は「骨の髄まで〝取り屋〟になりきってしまったのか」と言い募った吉田修平の童顔を眼に浮かべていた。あのひとことに励まされて、スギリョーに会いに来たとも言える。

田宮は七時半にフロントから杉野の専用室に電話をかけた。古村綾とバッティングしてもまずいと思ったのだが、取り越し苦労だった。

杉野が出て来た。

「田宮ですが、いまから伺ってよろしいでしょうか」

「どこにいるんだ」

「フロントです」

「すぐ来たまえ、ただし時間は二十分以内にしてくれ」

「はい」

杉野は赤い顔で、息も熟柿臭かった。

大物代議士を〝囲む会〟から帰ってきたばかりとみえ、スーツ姿だ。

「座れよ」

「失礼します」

田宮はバーバリーのコートを、空いているソファに置いて杉野と向かい合い、うわずった声で切り出した。

「〝公開質問状〟読ませていただきました」

「読んだのか。どうだ。凄い迫力だろう。主幹が一気呵成に書いたんだからな。沢村と刺し違えるくらいの気魄を込めて書いたんだ」

「しかし、川本さんの話では差し替えのやりくりが大変らしいんです。東日銀行は一号延ばしたらいかがでしょうか。多分、沢村頭取のほうから主幹に面会を求めてくると思うんです」

「おまえはそんなことを言いに来たのか」

「主幹が怒るのはわかりますけれど、横浜中央銀行の吉原頭取のときとは事情が違うような気がします」

「どう違うんだ」

「吉原頭取は面会拒否でしたが、沢村頭取は十日ほど会えないと言っているに過ぎません。

海外出張中という事情もあり得ます」

「それにしたってだ。三日も返事をせんという法があるか。あの広報部長の態度も気にくわん」

「着任早々で、どう対応していいのかわからなかったんじゃないでしょうか。いきなり〝公開質問状〟とやられたら、沢村頭取はうしろから斬りつけられたような気持ちになると思うんです。主幹もあと味の悪い思いをされるんじゃないでしょうか」

こぶしを振り上げてしまったら、どうにもおろしようがなくなるぞ、と言えるものなら言いたかった。

杉野の眼に怒りが宿った。

「おまえは東日銀行からいくらもらったんだ」

「そんな。ひどいことを」

田宮は懸命に杉野の眼を見返した。

「図に乗るな！　おまえは編集のことに口出しできる立場じゃない。『帝都経済』を取り仕切ってるのはこの俺だ。川本も了解してることに、おまえが余計な口出しする必要がどこにあるんだ！」

「出すぎていることは百も承知しています。しかし、主幹の名声に傷がつくことを恐れます。一流経済誌としての体面も考えて申し上げているつもりですが」

「生意気言うんじゃない。さっさと帰れ」

「失礼しました」

田宮はコートを鷲摑(わしづか)みして起(た)ち上がった。

ドアが閉まったとたん、田宮は虚しい気持ちになった。しょせん〝スギリョー〟に刃向かうなんて柄じゃなかったのだ。

降格を覚悟したほうがよいかもしれない——。

しかし、翌週月曜日の朝礼で、杉野から降格の通告はなかった。

9

『帝都経済』二月上旬号の〝主幹が迫る〟は、凄(すさ)まじいことになった。

〝公開質問状〟〝東日銀行・沢村紘一頭取の出処進退を撃つ！〟の大見出しと沢村の顔写真。

〝あなたは頭取を辞めるのか！　財界活動、政府委員を辞めるのか！〟

〝沢村頭取が犯す二つの過ち〟

〝頭取は財界活動を断れ〟

〝後継者をめぐって池山会長と意見対立か〟

などの中見出しも過激である。前文（リード）はこうだ。

平成四年六月で、東日銀行頭取の沢村紘一氏の在任期間が三期六年を満了する。

いわば総仕上げの段階に入ったと言えるが、沢村氏は政府委員や財界活動にうつつを抜かして本業の頭取職をなおざりにしているありさまなのであった。頭取業と財界活動のいずれが大切なのか。これは沢村氏に対する公開質問状である。

O広報部長の対応を叩いたあとで、「一流の経営者は報道機関の取材申し込みをなによりも優先しなければならない。なぜなら、マスコミが会いたいというからには、当該企業なり経営者に重大な事件が発生していることが往々にしてあるからだ。多忙を理由に面会を拒否することは経営責任を放棄しているのも同然ではないか」と続く。

「石野吾郎、石渡隆史、田中健二といった財界の大物と言われる人たちでも、私が会見を申し込むと一両日中に日時を指定してくるのであった。私が知遇を得ていた元商工連会頭の故長岡武、故後藤哲夫などは外国から賓客を迎えている最中でも優先的に時間を割いてくれたのであった。いかにかれらがマスコミを大切に扱っているかわかろうというものだ」

「沢村紘一さん、あなたが金融界の現状を認識していたら、経済同人会副代表幹事とか行革審委員などのボランティアに近いことに時間を割く余裕などあるはずがない。こんなことにうつつをぬかしていたら本業の頭取業がおろそかになるのは当然なのであった」

「かつて栄和産業取締役相談役の佐藤正雄氏が現役の社長時代、同社が無配に転落したとき、佐藤氏は経済連政策委員長を辞任し社業に専念したのであった。その甲斐あって栄和産業は見事に立ち直り、復配したのであった。ときの経済連会長の故土田俊男氏は佐藤君は立派な経営者と褒めていたが、佐藤氏があのまま政策委員長を続けていたら、やがては副会長となり、そして会長となるチャンスもあったであろう。沢村さん、あなたは佐藤氏の爪の垢でも煎じて飲んだほうがいいのではありませんか」

「仄聞するところによれば後継人事をめぐって池山三郎氏との意見対立もあるようだが、あなたと池山氏との不仲にも私は心を痛めているのであった。沢村さん、あなたは財界活動や政府委員などをする前は、頭取業に精励していたのです。語学は達者であり、実務にも精通し、東日銀行の内外で絶大な信頼を得ていた。私が会見を申し込むと二、三日のうちに必ず時間を取ってくれたものであった。しかしながら、〝二つの浮気〟をするようになってからがいけません。私は〝浮気〟をする前のあなたに戻ってくれることを切望してやまないのです。さもなければ一日も早く本業をお辞めなさいと言いたいのであった」

10

『帝都経済』の広告が全国紙に掲載され、中吊り広告も出て本誌が書店に並んだ日の夜、田宮は吉田と、烏森の焼き鳥屋で落ち合った。誘ったのは吉田のほうだ。

ビールの大瓶を一本あけたあとは焼酎のお湯割りになった。

ボトルとジャーはテーブルの上だ。吉田は手酌でぐいぐいやっている。飲み方が乱暴なのは、田宮も同じだ。

「恥ずかしくって、表通りを歩けませんよ」

「昔、横浜中央銀行の吉原頭取に〝公開質問状〟で絡んだとき、吉田と同じ思いをしたが、今度の東日銀行はもっと程度が悪いよなあ」

「田宮さんが川本さんに食ってかかったのは知ってますけど、時間のムダというものです。主幹に直訴しなくちゃあ、話になりませんよ」

「あの夜、主幹に会ったんだ。吉田にずいぶん焚(た)きつけられたからな。図に乗るなって怒鳴られた。よく降格にならなかったと思ってるよ」

「そこまでやったんですか。そんなことも知らずに田宮さんに八つ当たりして、ごめんなさい」

吉田は眼を潤ませた。

「無力感っていうのか、なんともやりきれない気持ちだ。振り上げたこぶしをどうやっておろすのかねぇ」

「佐藤氏の爪の垢でも煎じて飲めなんて、よく書きますよ。畏(おそ)れ入谷(いりや)の鬼子母神です。引き合いに出されて佐藤さんも迷惑でしょう」

「あの人はたしかに経営者として立派なんだろうけど、俺は好きになれない。まだフリーターのころ、アポを取って夕方五時に会いに行ったとき、お茶一杯で一時間待たされたことがあるんだ。六時にあらわれた佐藤氏は、いきなり『時間がないから用件を早く言ってください』ときた。俺も若かったから、カッと頭に血がのぼって『けっこうです、すぐ帰ります』って、なんにも取材しないで帰ってきた。人の気持ちがわからない人だと思った。お待たせしました、のひとことでもあれば、俺の気持ちもずいぶん変わってたと思うけど」

「佐藤さんは超エリートというか名門の出で、生まれながらの経営者みたいな人ですからねぇ。でも、佐藤さんの経営決断には光るものがけっこうありますよ。主幹と共著もありますよねえ。イメージアップになって、ウチは得しましたけど、学習効果のほどについてはどうなんでしょうか。いま現在の〝スギリョー〟を見る限り、まったくゼロですよ」

「『理性と情感の経営学』だったっけか。二人とも話してることはご立派だよなあ。俺の

知ってる一般紙の記者に、佐藤氏は『杉野良治さんは、わたしから多くのことを学んだと思います』と言ったらしいが、おっしゃるとおりあの人の教養の深さには敬服する。ただ、何度も言うが、俺は好きになれないな。フリーターで、ひがみっぽかったのかねぇ。『帝都経済』の記者だったら、佐藤氏の対応も、もうちょっと違ってたのかなあ」

「そのとき佐藤さんは、よっぽど忙しかったんでしょう。だからって差別するような人とは思えませんけどねえ」

「そうかもしれない。多分、俺のひがみ根性だろうな」

田宮はそう返しながらも、あのときのことを思い出すと、屈辱感がよみがえり、身内がふるえる。

吉田がつくねを食いちぎった。誘われるように、田宮もレバーの塩焼きに手を伸ばした。

「東日銀行はどう出てきますかねぇ」

「まったくわからん。ただ、こっちからアプローチしなくちゃ、しょうがないだろう。振り上げたこぶしをいつまでも上げっ放しにしておくわけにもいかんもの」

「主幹は東日銀行からカネを取ろうとしてるんじゃないですか」

田宮は、山下明夫のきかん気な顔が脳裏をよぎったが、口には出さなかった。

「それはないんじゃないか。主幹はメンツを潰されたと思い込んでるわけだから、沢村頭取に嘘でも頭を下げてもらうしかないと思うけど」

「誇り高き東日銀行が言うこと聞いてくれますかねぇ。だいいち、まともな〝公開質問状〟じゃないんですよ。〝二つの過ち〟とか〝頭取は財界活動を断れ〟とか、言いがかりとしか言いようがないですもの」

「そのとおりだよ。主幹はなんにもわかってない。恥を晒してるのは『帝都経済』のほうなのに。悲しいねぇ」

11

翌日の朝九時に、田宮は大坂に電話をかけた。怒り心頭に発している大坂に居留守を使われても仕方がないと思ったが、大坂は電話に出てきた。むろん田宮は下手に出ざるを得ない。

「こんなことになって申し訳ございません。お目にかかりたいのですが、きょうは無理でしょうか」

「いいですよ。三時から四時まででしたら席にいます」

「ありがとうございます。それではお言葉に甘えて三時にお伺いさせていただきます」

田宮は東日銀行の応接室で十分ほど待たされた。わざとそうしてるんじゃないかと勘繰りたくなるが、それこそ一時間待たされても文句は言えない。

「お待たせして申し訳ありません。電話の応対に追われてまして。杉野先生にあれだけ盛大に叩かれますと、先輩で心配してくださるかたもたくさんいるんです。反響の大きさにびっくりしてます」

大坂は皮肉まじりに言って、湯呑みの蓋をあけ、センターテーブルにころがした。言葉は丁寧だが、憤懣を隠しきれていない。

田宮は茶を飲むのも憚られるような気分で、大坂の湯呑みが茶托に戻ったのを見てから、居ずまいを正した。

「杉野先生にお目にかかったとき、わたしの態度はそんな横柄だったんでしょうか。誠意のひとかけらもなかったとありましたが」

「そんなことはありません。あのときも申し上げましたが、杉野の虫の居所が悪かっただけのことです」

「先輩も含めて最も強硬な意見は断固闘うべきだ、名誉毀損で訴えてはどうかと主張する人もいます。しかし、わたしは無視したほうがいいと思ってます」

「そうなると杉野は意地になって書き続けますよ」

「ペンの暴力ですか。なにをお書きになるのか知りませんが、そのときは法的措置を講じる方向で真剣に考えます」

「エモーションとエモーションがぶつかりあうようなことになりますと、お互いにムダな

エネルギーを使うことになると思うんです。わたくしどもも傷つきますが、東日銀行さんも失うものがあるかもしれません。沢村頭取に頭を下げていただくわけにはいきませんでしょうか。失礼は重々承知のうえでお願いしているのですが、ボールを投げ返していただくしかないと思うんです」

田宮はうなじが痛くなるほど低頭し続けた。

大坂は考える顔になった。その数秒間が田宮にはやけに長く感じられた。

「沢村は週末に帰国します。杉野先生に対するわたしの対応が悪かったのでしょうが、〝公開質問状〟は沢村宛ですから、本人の意見を聞いた上で答えさせてください。来週の月曜日中にご連絡します」

大坂は懲りたとみえ、回答期限を設定した。

「ただ、わたし個人としては、沢村のほうから頭を下げるというのは筋が違うような気がします」

「おっしゃるとおりです。理不尽なことも承知しています。しかし、振り上げたこぶしをおろすためには、杉野の顔を立てていただくのが穏当なのではないかと。勝手なことばかり申しまして、ほんとうに申し訳ありません」

大坂は、はらわたが煮えくり返っていた。

〝スギリョー〟と血みどろの闘いをするほど愚かではないが、一矢報いなければ、気が済

まない。最低限、内容証明ぐらい送り付けてやりたいが、〝スギリョー〟が逆上し、火に油を注ぐ結果をまねくことは明白だった。

田宮がおっとり刀で駆けつけ、筋違いとはいえ、振り上げたこぶしのおろし方について提案してくれたことは渡りに船なのかもしれない――。

12

大坂はエレベーターホールで田宮に丁寧に挨拶したが、最後まで表情を和ませることはなかった。

当然といえば当然である。〝公開質問状〟の中で「O君」と特定されて、厭みたっぷりに書かれたのだ。

〝鬼のスギリョー〟〝スギリョー毒素〟を恐れるのか、世間体を憚るのか、一流と言われる企業で内容証明を送り付けてきた企業は過去に一社もなかった。おいてをや名誉毀損や損害賠償で裁判沙汰に及ぶことなど考えられないが、今度ばかりはタカをくくっていいのかどうか。

大坂の、きっと唇を嚙みしめた顔に、決意のようなものが汲み取れる。気のせいならいいのだが――。ふと〝まるそう〟社長の顔が眼に浮かんだ。田宮弘は東日銀行のOBである。

田宮と同姓、同窓の誼で〝お山〟の挙式で仲人をやってくれる手筈になっていた。杉野が一方的に決めたのだが、治子が反発した。田宮は板挟みになって懊悩したあげく治子に与し、夜討ち朝駆けまがいのことをして、必死の思いで田宮邸を訪問した。田宮社長は、田宮と治子の気持ちを理解して、励ましの言葉をかけてくれた。

逆上した杉野に殴る蹴るの暴行を働かれたが、ロスの〝ガラスの教会〟の結婚式は、わが生涯のハイライトだ。ロスで、東京オリンピックの開催に貢献した日本の恩人、フレッド・和多田勇にめぐりあえたことも一生の思い出になる。

そんなことを思い出しながら会社に戻り、田宮は〝まるそう〟に電話をかけ、秘書室長に田宮社長のアポイントメントを取ってもらった。

二日後の午後四時に田宮は〝まるそう〟本社の社長応接室で田宮弘に会った。

「いつぞやは大変ありがとうございました」

「良治さんのお嬢さん、名前はなんといったかねぇ」

「治子と申します」

「そう。治子さんと仲良くやってるかい」

「はい。お陰さまで。共稼ぎですが、治子も頑張ってくれてます」

「芯の強いお嬢さんだったねぇ。〝お山〟の結婚式は絶対いやだって良治さんに反抗したくらいだから、えらいもんだ」

緑茶をひとすすりして、田宮弘が訊いた。

「それで、ご用向きはなんでしたかねぇ」

「例の〝公開質問状〟のことで、ご相談に参上しました」

「うーん」

田宮弘は唸り声を発して、天井を仰いだ。

田宮は起立して、お辞儀をした。

「わたくしどもの補佐が足りず、あのような失態を演じてしまい、心からお詫び申し上げます」

「あのレポートはいただけないなあ。あれには僕も参ったよ。東日銀行のOBがいろいろ言ってくる。杉野良治をのさばらせているのは田宮弘だなんて言っとるのもおるらしい。良治さんと、OBでいっとう親しくしているのは僕だけどお門違いだよねぇ」

「おっしゃるとおりです。反省すべきは杉野のほうです。しかし、ご存じのような性格ですから、自分の非を認めるとは思えません」

「どうしたものかねぇ」

田宮弘は深い吐息を洩らした。

「沢村頭取に頭を下げていただくわけにはいきませんでしょうか。大坂広報部長にはそのようにお願いしましたが、感情的になられているようで……」

「感情的になるな、と言うほうが無理だと思うが、良治君とことをかまえるのは損だよ。ペンは剣より強いからなあ」

田宮弘は冗談めかして言ったが、ペンの暴力と言いたかったに相違ない。

「田宮社長から、沢村頭取にお口添えしていただけませんでしょうか。できましたら田宮社長にも杉野に会っていただけたら、杉野の気持ちも鎮まると思うのです。若造のわたくしがこんな大それたお願いをするのは、ほんとうに失礼千万なのですが、恥を忍んでわたくしの一存で参上しました」

「きみの気持ちはよくわかった。沢村君はあしたアメリカから帰るはずだから、電話で話しておくよ。僕も杉野良治君に会うように考えよう」

田宮はふたたび起立して、最敬礼した。

13

翌週、火曜日の午後二時に、帝京ホテルの特別室で杉野—沢村会談が始まった。杉野が沢村を呼びつけたかたちである。

開口一番、杉野が沢村をなじった。

「あなたはどうしてわたしとの会見を拒否したんですか」

「ロサンゼルスへ出張中だったんです。M&A（企業買収）したロスの会社が問題を起こしたものですから。僕自身が乗り出さないことには解決できないので、急遽（きゅうきょ）ロスへ飛んだんです。杉野先生のことは気になっていたのですが、頭が混乱してまして……」

「大坂広報部長はそんなことはひとことも話してませんよ」

「外聞を憚る面もありますし、広報部長の立場ではちょっと申し上げられなかったと思います」

「それにしても、あの広報部長はフレキシビリティがなさすぎますねぇ。あんなのクビにしなさいよ」

「杉野先生、お言葉を返すようですが、それは先生の問題ではありません。わたくしの問題です」

　沢村はやんわり返したつもりだが、杉野はいきり立った。

「東日銀行のためを思えばこそ忠告してるんですよ。わたしは、これまでにいろんな会社の広報部長のクビをすげ替えてきた。その会社のためを思えばこそトップに忠告したんです。善意の忠告にあなたは耳を貸さんというのか！　広報部長は会社の顔でもあるんです」

　杉野は阿修羅（あしゅら）の形相で吠（ほ）え、センターテーブルをこぶしでがんがん叩いた。

コーヒーとケーキが運ばれてくる前でよかった。

沢村は辟易(へきえき)して、急いで話題を変えた。

「先生のご意見はご意見として承っておきます。それにしてもニューヨークで『帝都経済』の〝公開質問状〟を読んだときはショックでした。先生のご忠告に従って、政府委員は辞めるつもりです」

杉野の表情がゆるんだ。

「経済同人会はどうするの」

「コスモス未公開株譲渡事件で、副代表幹事を二人も失う不幸な結果になりました。石渡代表幹事からどうしても受けてくれと言われまして。一度はお断りしたんですが、もうしばらく続けざるを得ないと思います」

潮電気のオーナー経営者である潮太郎と埼玉セメント会長の小室薫は、かつて経済同人会の副代表幹事だった。

潮はもともとコスモス不動産の大口株主だったが、小室はコスモス未公開株の譲渡を受け、一カ月足らずで一千万円の売却益を得ておきながら、未公開株を政財官界にばらまいたコスモス創業者の副田(そえだ)正浩を厳しく批判した。あとで自分のことがバレて天下に恥を晒(さら)したが、論客として知られ、次代を担う財界リーダーなどともてはやされている。

いつの間にか復権を果たし、講演やら財界活動やらで向こう一年間のスケジュールがびっしり埋まっているそうだから、八面六臂の大活躍である。

「ところでA新聞は誤報ですか」

「ええ。五月の決算役員会までに決めればいいことです。少なくとも任期途中の降板はあり得ません」

「相原副頭取をあなたは嫌ってるそうじゃない」

「とんでもない。先生は誤解されてます。そんなことはありませんよ」

「池山会長は相原副頭取を買ってるし、あなたの後継者として推してるんでしょ」

「相原君は有力な頭取候補です。池山会長と僕の意見が対立してるなんてことはありません。ただ、後継者の問題は、いま現在は白紙としか申し上げられません」

「三期六年はひとつの区切りですよねぇ」

「その問題はご勘弁願います」

沢村は笑いながら右手を振って、メタルフレームの眼鏡を両手で動かした。

「巷間、池山会長との不仲説が伝わってるけど、ほんとのところはどうなの」

「東日銀行の再建準備室以来の仲です。お互い言いたいことを言える間柄ですよ」

「年齢差はいくつなの」

「池山は八年、先輩です」

「じゃあ、師弟関係とも言えますねぇ」

「おっしゃるとおりです。当行のいいところは風通しのよさなんです。上下左右に関係なくものが言えるんです。侃々諤々、意見を戦わしたり、喧嘩したり。しかし、からっとしたものですよ。陰にこもるなんてことはありません」

杉野が思い出したようにむしゃむしゃとケーキを食べ始めたので、話が途切れた。コーヒーを飲み乾して、杉野が訊いた。

「あなたの尊敬してる人は誰なの」

「そうですねぇ。OBでは〝まるそう〟の田宮弘社長に可愛がっていただいてます。東日銀行で部下としてお仕えしたことはありませんが」

「田宮さんはわたしも尊敬してます。経済界には大物が少なくなったが、田宮さんは大人物ですよ」

「はい」

沢村と杉野の話はコーヒーとケーキで一時間半ほど続いた。

14

この日午後二時半に、田宮大二郎は〝まるそう〟の秘書室長からの電話を自席で受けた。

「田宮が杉野先生にお目にかかりたいと申しております。四時にお伺いしたいと存じますが、ご都合のほどはいかがでしょうか」

「お気遣いいただいて恐縮です。杉野は、いま帝京ホテルで東日銀行の沢村頭取と会談中でございます。杉野のほうから田宮社長をお訪ねするようにしたいと存じますが」

「少々お待ちください」

一分ほどで、秘書室長の声が戻ってきた。

「もしもし、失礼致しました。それではお言葉に甘えて、四時にお待ち致しております。ありがとうございました」

「こちらこそ、ありがとうございました」

田宮は受話器を置いて、思わずにやっとした。

計ったようなタイミングではないか。田宮弘がここまでやってくれるとは思わなかった。

田宮は帝京ホテルに電話をかけ、控室で待機している斉藤洋を呼び出した。

「いま、〝まるそう〟の秘書室長から電話があったよ。主幹に面会したいので四時に見えると言われたが、当方から出向くと答えておいた。主幹にその旨伝えてくれないか」

「お伝えしますけど、田宮社長に来てもらってもいいんじゃないですか」

「バカ者！」

田宮はつい大きな声を出してしまい、きまり悪くなって、苦笑しながらつづけた。

「田宮社長にご足労をかけられると思うか。よく考えてみろよ。斉藤まで頭(ず)が高くなって。

困ったやつだ。主幹は僕の判断に文句をつけるわけないから安心しろ。田宮社長は、主幹の恩人なんだよ」

「わかりました。どうもすみません」

斉藤は田宮に一喝されて、電話機に向かってお辞儀をした。

斉藤は沢村をエレベーターの前まで見送ってから、特別室でぼんやりしている杉野に田宮の電話を報告した。

「ほう。田宮弘さんから電話があったか。よし伺おう。あと十分ほどしてホテルを出れば四時に着く」

杉野は喜色をみせ、田宮の判断に従った。

〝まるそう〟の社長応接室に田宮弘がにこやかに杉野を迎えた。

「僕のほうから出向かなければいけないのに、大先生にご足労おかけして申し訳ない。田宮大二郎君が気を遣ってくれてねぇ。なかなかできた男だよ。良治さんはいい後継者に恵まれて、ほんとによかった。産業経済社は安泰だな」

「恐れ入ります。近ごろやっとやる気を出してくれましてねぇ。まだまだヒヨッ子ですが」

娘婿を褒められれば悪い気はしない。

「ところで良治さん、東日銀行の記事拝見しましたけど、お手やわらかにお願いしますよ。

東日銀行は僕の実家ですから、応援してくださいよ」

「田宮さんは沢村頭取を可愛がってるそうですけど、あの人のどこがいいんですか」

「沢村君は実家のあととり息子みたいなもんですからねぇ。沢村君は大局的にものが見える男です。実行力、行動力も抜群で、さすが池山君が後継者に指名しただけのことはあります。池山君ほど剛腹ではないが、二人を足して二で割れば理想的なんでしょうねぇ。良治さんとの会見を拒否したりしちゃいけないと注意しておきましたよ」

「行き違いのあったことはわかりましたが、わたしのレポートは間違ってましたか」

「本業に専念すべきっていうのは賛成ですよ。ただねぇ。国家社会のために多少お手伝いするぐらいは大目にみてあげてくださいよ」

「池山さんと沢村さんの不仲説については、なんか聞いてますか」

「二人は仲良くやってると信じてます。二人とも大物なんだから、後継者問題も落ち着くところに落ち着きますよ」

「わかりました。田宮さんに入っていただいて、手打ちをやりましょうか」

杉野は、いつかの儀式を思い出していた。横浜中央銀行頭取の吉原次郎を〝主幹が迫る〟で叩いたあと、山村雄造代議士が止め男になって、〝覚書〟に署名したことを。

田宮弘が〝有情仏心(うじょうぶっしん)〟のあの記事を想起したかどうかはわからないが、わずかに首をかしげた。

「そこまではいいでしょう。良治さんがわかってくれればそれで充分です」

杉野はこの日のことを一部始終〝主幹が迫る〟で書いた。

〝公開質問状に答えて沢村頭取が心境吐露〟の見出しは過激だが、なんてことはない。杉野自身の正当性を都合のいいように主張しているだけのことだ。手前勝手に振り上げたこぶしを、手前勝手におろしたに過ぎない。

田宮はそれを読んだとき、舞台裏の苦労も知らずにいい気なものだと思った。

「東日銀行にどうやって落とし前をつけてやろうか」

後日、瀬川がそんなふうに言い出したとき、田宮は顔色を変えた。

「あんな言いがかりみたいなことを書かれて落とし前をつけたいのは東日銀行のほうですよ」

「大二郎はわが社のプリンスだからきれいごとでいいが、俺の立場はちょっと違うんだ。俺の判断でやる分には文句はないだろう」

「いや、東日銀行からカネを取るようなことを考えるのは筋違いです」

「西伊豆高原クラブぐらいならいいだろう。他の銀行にも付き合ってもらってるんだから」

「いや、まずいですよ」

「まあ、俺にまかせておけって」

事実、瀬川は東日銀行の総務部長に、西伊豆高原クラブの法人会員権の話を持ち込み一口買わせ、〝取り屋〟の本領をいかんなく発揮し、田宮を嘆かせた。

第十七章　毒を食らわば

1

二月二十八日金曜日の朝九時半に、田宮大二郎のデスクで電話が鳴った。古村綾だった。

「食事に誘ってくれるんじゃなかったの。斉藤君からずいぶん前に聞いた憶(おぼ)えがあるけど。待ちくたびれて首が折れそうよ」

甘ったるい声に、田宮は背すじがぞくっとした。

「斉藤にそんな話をしましたが、なんだか畏(おそ)れ多くて。それに野暮用ばっかりなんですけどけっこう忙しかったんです」

「主幹は今週から来週にかけて支局回りで東京を留守にしてるのよ。あなたそんなに忙しいはずないでしょう」

「人使いが荒いのは主幹だけじゃないですよ。隣の席に主幹に輪をかけて凄い人が座ってますから」

「今晩あいてないの」

「あいてます。いいですよ」

治子と外食することになっていたが、この際、綾を優先すべきだと田宮は咄嗟に判断した。

なにか話したいことがあるに違いない。

「それじゃ、わたしの家に来てもらおうかしら。治子さんはお料理お上手らしいから、お口に合わないでしょうけど、たまにはマズメシもいいでしょ。わたしの家ならお宅まで歩いても帰れるわ。七時ごろいらっしゃい。わたしはひと足先に帰ってるから。じゃあ、お待ちしてるわ」

田宮は返事もしないうちに電話を切られた。

近くの飲み屋で身銭を切るつもりだったが、自宅に呼びつけられて、逆に馳走になるのは気が重い。

田宮は秘書室に出向いて、「一席持たせてもらいたい」と言いたかったが、誇り高い綾は承知しないだろう。

田宮は治子に電話をかけた。

「今晩遅くなりそうなんだ。悪いけど外食は今度にしてもらおうか」

「どうしたの」

「吉田がどうしてもつきあってくれってきかないんだよ。東日銀行の広報部長と飲むことになってたらしくて、僕も一緒にっていうわけだ」

「そう、わかったわ。わたしも会社の人と食事をして帰ることにします」

嘘をつくのは切ないが、古村綾に食事を誘われた、と打ち明けるわけにはいかなかった。吉田修平の名前を出せば治子は折れる。もとより計算した上だ。東日銀行の大坂広報部長には、すでに一度夕食をご馳走になった。それを治子に話してなかったので、使わせてもらったまでだ。

吉田から自宅へ電話がかかることもあり得るので、田宮は吉田のデスクに電話をかけた。

「はい。『帝都経済』です」

「吉田だな」

「ああ、田宮さん」

「まだ十時前なのに、早いんだねぇ」

「〝お籠(こ)もり〟拒否に対するプレッシャーが強いんで、せめて勤務態度でうしろ指を差されたくありませんから。ところでなにごとですか。まさか〝お籠もり〟のことじゃないんでしょう」

「いやあ。しかし、あんまり意地を張るなって」

「意地の問題じゃないですよ。田宮さんもわかってくれないんですねぇ。瀬川副社長いるんでしょう」

「いや、立ち寄りでまだ来てない。実はちょっとした頼みがあるんだ。今夜、古村さんから食事を誘われたんだけど、治子に厭(いや)な顔されるのもなんだから、吉田と一緒だと言ってある。口裏を合わせといてくれよな」

「恐妻家なんですねぇ。でも正解ですよ。僕が今夜、田宮さんに電話をかける可能性はありましたから」

「なにかあるのか」

「相談したいことがいろいろあります。そのうち時間をつくってください。いま電話が二本も鳴ってますから、じゃあ、今度」

吉田は電話を切った。『帝都経済』の編集部員の朝は遅いから、吉田は電話当番で大変らしい。電話がけたたましく鳴っているのは田宮にも聞こえた。

2

世田谷区松原の古村邸を田宮が訪問するのは二度目だ。秘書室勤務を命じられた直後に一度、夕食に招かれたことがある。

〝マズメシ〟などと謙遜したが、綾の味つけはレベル以上だった。

もっとも材料が贅沢という問題もある。

東京地方はこの日ぽかぽか陽気で、夜でもコートが邪魔になった。

田宮は七時五分前に古村邸に着いた。

綾は萌黄色のロングドレスで着飾って、田宮を迎えた。眼をみはるほどあでやかだ。地味なスーツ姿を見慣れているせいで、よけいまぶしく映る。

化粧もいくぶん濃い。

「いつだったかしら。一度来てもらったわねぇ。あのときは母も弟も一緒だったけど、今夜はわたし一人なの。郷里で親戚に不幸があったものだから。亡父の兄が亡くなったの。八十二だから大往生ね」

「それはどうも。古村さんの郷里は山形でしたよねぇ」

「そうよ。よく知ってるわねぇ」

「庄内美人だってみんな言ってますよ」

「ありがとう。お世辞だとわかってても女は美人と言われるのが、いちばんうれしいのよ」

二人は広いリビングのL字形のソファで、シェリー酒を飲みながら話した。

「主幹も山形出身ですけど……」

「あの人は同じ庄内でも鶴岡です。わたしは酒田よ」

「主幹と古村さんがめぐりあったのは昭和四十四年十二月の総選挙と聞いてますが」

「そうよ。主幹が山形二区から立候補したとき選挙運動を手伝ったの。与党の公認洩れが響いて落選したわけ。保守系無所属で善戦したけど、千票足らずの差で次点だったわ」

綾は二杯目のシェリー酒をぐっと呷って、遠くを見る眼をして話をつないだ。

「金権選挙で、莫大なお金を使って、ひどい選挙だったわ。いま思うと、なぜあんなに夢中になれたのかわからないんだけど、わたしは良治のために、青春のすべてを捧げて選挙にのめり込んだわ」

「ヨシハル？」

田宮が聞き返した。

「あら、知らなかったの。主幹の戸籍上の名前は良治よ。本人はリョージが気に入ってるようだから、それで通してるけど」

〝スギヨシ〟じゃさまにならない。スギリョーなら、上に〝鬼〟がついても、下に〝毒素〟がついても説得力がある、と田宮は思った。

治子からもヨシハルと聞いた記憶はない。そう言えば治子の戸籍謄本を見た憶えもなかった。

「曾根田元総理はまだ弱小派閥の領袖で、それほど力はなかったけど、一度だけ山形に応援に来てくれたことがあったわ」

「青春のすべてを捧げるほど、選挙運動って大変なんですか」

「準備期間はまる二年よ」

「へーえ、まる二年ですか」

田宮は「青春のすべてを捧げる」はいくらなんでもオーバーだと思ったが「まる二年」と聞いて、わかるような気がした。

察するに綾は高校を卒業して間もないころ、杉野との運命的な出会いがあったと思える。

「綾さんも選挙違反で逮捕されたんですか」

「ええ。五十人以上も逮捕者を出したんですから、悲惨よ。小娘のわたしなんか勾留期間も短くてたいしたことなかったけど、良治さんは一カ月近く勾留されたの。わたしたち運動員は、良治さんだけは守ろうとしてずいぶん庇ったんだけど、ご本人はペラペラしゃべっちゃって、庇い甲斐がないといったらなかったわ。あの人、あんな顔してるくせに案外気が小さいのよ」

「財界から集めたカネは当時で億の単位なんでしょうねぇ」

「さあ、どうだったかな。忘れたわ」

綾は、はぐらかした。

「あのとき主幹が当選してたら、大臣ぐらいにはなってたんでしょうねぇ」

「爺殺しっていうの。老人キラーで、年寄りの気持ちをつかむのは上手だし、人前を憚らず涙を流せる人だから、陣笠で終わることはなかったでしょうね」

「ご本人は一国の総理になれたはずだと思ってるんじゃないですか」

「いくらなんでもそれはないでしょ。ちょっとエキセントリックなところがあるし、肚が据わってませんよ」

「あるのは集金能力だけですか」

「生意気言うんじゃないの」

綾は軽く田宮を睨んだ。

生意気言ってるのはお互いさまと思うが、調子に乗りすぎたかもしれない。

「お腹すいたわ。食事にしましょう」

綾はソファから起って、テーブルに向かった。田宮も背広を脱いで、綾に続いた。

八人は座れそうな大テーブルがソファの右手に据えてある。中央で二人は向かい合った。

メインディッシュはローストビーフと伊勢えびのムニエル。豪勢なディナーだ。八八年もののシャブリがワインクーラーに浸けてあった。

綾がアルコールに強い体質であることは厭というほど思い知らされている。いい気になって、つきあっているとえらい目に遭う、と思いながらも、田宮はハイペースでワインを飲んだ。

「赤を冷やして飲むのも、いけるわよ」

たちまち二本目になった。もちろんワイングラスも変わった。

「美味しいですねぇ。こんな高級ワインを飲んだのは何年ぶりだろう」

「なに貧乏臭いこと言ってるの。あなたは杉野良治の娘婿で、プリンスでしょ。そのうち養子縁組して、杉野姓を名乗れなんて言い出されるんじゃないかな。どこかの新聞社だかテレビ会社だかの会長みたいに」

「莫迦莫迦しい。名前を変えさせたほうも、唯々諾々と従ったほうもどうかしてますよ。とくにあっさり姓を変えた元エリートバンカーの気が知れませんね。よっぽどの金権亡者なんでしょ。評判もよくないようだし」

「わが田宮大二郎は評判いいみたいねぇ」

「いいわけないでしょう」

「でも主幹はあなたが可愛くてしょうがないみたいじゃない」

綾は誘い込むような眼で田宮を見据えた。

田宮は眼を伏せて、ローストビーフに取りかかった。

「可愛げのないやつだと思われてますよ」

「さあ、どうかしら」

「………」

「朗報はないの。おめでたとか」

「ありません。僕は早いほうがいいと思ってるんですけど、治子は三十までは母親になりたくないって言ってます。でも、人生って不思議ですよねぇ。主幹が代議士になってたら僕は古村さんとも治子とも縁がなかったわけですから」

「そんなイフの話をしたら、きりがないわ。ただ、選挙に出たお陰で、曾根田さんとの縁ができたことと、落選した悔しさがバネになって、今日の良治がいるんじゃないかしら」

「曾根田総理時代の五年間に、産業経済社というより主幹は猛烈にパワーアップしましたよねぇ。一般紙の官邸日誌に主幹の名前がひんぱんに出ましたもの。主幹を曾根田総理のご意見番と錯覚した人だっているんじゃないですか。〝実の息子のように可愛がってもらった〟は主幹がよく使うフレーズですが、曾根田さんはあるパーティのスピーチで〝杉野良治君はわたしの落とし胤という噂があるらしい〟なんてしゃべったほど応援してくれたんじゃないですか」

綾はうなずいた。

スギリョーが財界人に曾根田との絆の深さをひけらかして、なにかと利用したことは紛れもない事実である。

『帝都経済』のコラム〝有情仏心（うじょうぶっしん）〟に杉野が幹事役になって財界のお歴々と曾根田総理を囲む会を催した、と得々と書いたこともある。むろん持ちつ持たれつの関係で、曾根田ほどの男が一方的に利用されるなどということはあり得ない。

スギリョーは政治献金で曾根田と財界の橋渡し役の一端を担った。

『帝都経済』なんて洟（はな）も引っかけなかった旧財閥の光陵グループ各社の首脳が、曾根田総理時代にスギリョーを見直したんだと、田宮はかつて先輩から教えられた。

見直したというより薄気味悪い存在と思われたのだろう。

3

アルコールの勢いとは恐ろしい。

田宮が気になって仕方がなかったことを口にした。

「主幹となにかあったんですか」

綾は無表情をよそおった。

「そんな噂でもあるのかしら」

「古村さんと主幹の対話不足を心配してる人もいるみたいですよ」

「あなたも心配してくれてるわけなの」

田宮は苦笑を浮かべた。

「そりゃあ心配しますよ。秘書室担当なんてわけのわからない肩書が付いて、迷惑してますから」

「瀬川がなにか言ってるんでしょ」

田宮は返事をしなかった。

綾のグラスが空になったので、田宮はボトルを傾けた。

綾はグラスを持って酌を受けた。

「ありがとう。瀬川がどう立ち回ろうとあんなの問題にならないけど、あなたには力になってもらいたいな」

嫣然と笑いかけられて、田宮の視線がさまよった。

「瀬川さんが絡んでるんですか」

「瀬川なんてなんの関係もないわ。主幹とわたしの仲が多少ぎくしゃくしていることは事実だけど、まったくプライベートなことで、仕事の問題じゃないのよ」

瀬川は、杉野にとって綾はうっとうしい存在になっていると話したことがある。つまり鼻についてきたという意味だろう。瀬川の観察は当たっているかもしれない。

綾はなにかを告白しようとしているのだろうか——。

田宮は心の中で身構えたが、綾は話題を逸らした。

「そのうち相談に乗ってもらうかもしれない。でもたいしたことじゃないから心配しないで。今夜は、久しぶりに思いきり飲みましょう。ブランデーはどう」

「シェリーを飲んでワインを二本もあけたんですから、もう充分いただきました。伊勢えびのムニエル片づけちゃいます」

「冷めちゃったわねぇ。温め直すわ」

綾はけっこう気を遣う。

電子レンジでものの一分。舌がやけどしそうなほど熱い。

田宮はムニエルの前にトマトとレタスのサラダをたいらげた。

「スープはどう。ホテル特製の美味しいのがあるわよ。ポタージュもコンソメも……」

「けっこうです」

田宮は首を左右に振った。そして酔った頭で考えた。

綾は話をしたいことがあったからこそ、俺を呼んだはずなのに、「そのうち相談に乗ってもらうかもしれない」はなんだか変だ。

4

田宮はトイレで放尿しながら時計を見た。九時二十分過ぎ。食い散らかして帰るのは気が引けるが、そろそろ退散しなければ——。

トイレから出ると、古村綾がタオルのおしぼりを持って待っていた。

「顔を拭いて。気持ちがいいわよ」

「どうも」

ひんやりして、顔がスーッとした。

「二階にホームバーがあるの。ちょっと見てちょうだい」

「でも、もうおいとましないと」

「治子さんに叱られる」

「そんなことはありませんけど」

「まだ宵の口じゃない」

「じゃあ、後学のためにちょっとだけ見せてもらいます」

二階はベッドルームが四室。

ホームバーは綾のベッドルームにあった。

ドアと壁で仕切られているので、ホームバーの向こうにベッドルームがあるというべきかもしれない。

四、五人座れるへの字形のカウンターも凝ったつくりだ。止まり木が四脚、ソファもある。小型の冷蔵庫も備えてあった。さすが産業経済社のナンバー2だけあって、豪華なたたずまいだ。女の細腕でこれだけの豪邸をかまえたのだから恐れ入る。

階下のリビングは絨毯(じゅうたん)を敷き詰めてあったが二階はフローリングで、板の感触も悪くない。

綾は棚から〝ルイⅩⅢ〟をおろして、田宮を驚かせた。

「古村さん、そんな勿体(もったい)ない。封を切っちゃいけません」

「そんな悲鳴みたいな声を出さないで。田宮大二郎君をもてなすには、このくらい当然でしょう」

「〝ルイⅩⅢ〟なんて飾って眺めておくものですよ」

「あなたはゲストなんですから、ホステスにまかせとけばいいの」

「あとで後悔しても知りませんよ」

「わたしはそんなケチじゃないわ」

ブランデーグラスが二つと大ぶりのコップが二つ、それにミネラルウォーターとアイスボックスなどがカウンターに並んだ。

「高級クラブの雰囲気ですねぇ。綾ママもきれいだし、言うことなしです」

綾が〝ルイⅩⅢ〟の封を切って、ブランデーグラスに注いでいる間に、田宮はキュービックアイスとミネラルウォーターでコップを満たした。

「改めて乾杯!」

「乾杯！　いただきます」

二人は止まり木に肩を並べて座り、グラスを触れ合わせた。

〝ルイⅩⅢ〟を一気飲みするわけにはいかない。

田宮は口に含んだブランデーを舌でころがし、心ゆくまで賞味した。

「なんとも言いようがありません。こんな美味しいブランデー初めてです」

「じゃあ、来週もう一度いらっしゃい。あなたと二人だけで、このボトルをあけることにしましょう」

「本気にしていいんですか。僕は意地汚いほうですから」

「どうぞ、どうぞ。あなたならいつでも大歓迎よ」

5

いつの間にか綾がいなくなった。

ベッドルームからトイレの水を流す音が聞こえた。

トイレ付とは知らなかった。それにしても時間がかかりすぎる。

田宮は気が引けたが、手酌で〝ルイⅩⅢ〟を飲んだ。

ベッドルームから綾が戻るまでに二十分ほど要した。ドアは開け放たれたままだ。その暗いスタンドランプの中でセミダブルのベッドが見える。

「シャワーしてきたの。きょうは暖かかったから、ちょっと汗ばんでて。よかったらあなたもどうぞ」

綾は髪にタオルを巻いていた。洗髪はしなかったらしい。ロングドレスがナイトウエアに変わっている。

綾の意図がわかりかけて、田宮はドキドキしてきた。

「シャワーしてらっしゃいよ」

「いや、いいです。汗かいてませんから」

「結婚してから外泊したことないの」

「もちろんありませんよ」

「〝お籠もり〟があるじゃない」

「そういえば月一回のノルマはこなしてますねぇ」

「今夜〝お籠もり〟したことにすればいいわ」

「そうはいきません。先週、〝お山〟に行ったばっかりですから」

「あなた、わたしが嫌い」

「いいえ」

胸の高鳴りがいっそう激しくなってきた。

「じゃあ、二人だけの秘密を持つことにしない。素晴らしいことだと思うけどな」

「思いますけど、主幹に殺されますよ」

「莫迦ねぇ。とっくに切れてるわよ。あなたそんな野暮天だったの。二人だけの秘密だって言ってるのに」

綾の声が苛立っている。

「会社でどういう顔をすればいいんですか」

「どんな顔をしたっていいわ。毒を食らわば皿までよ」

綾はやにわに田宮の右手を両手でつかんで引き寄せた。

止まり木からおろされ、棒立ちになった田宮の首に綾の両腕がからんだ。唇がふさがれ、否応なしに田宮の手が綾の腰を包んだ。弾力と量感のある乳房が、田宮の胸と下腹部にずんとひびく。

二十秒か三十秒。抱擁は長く続いた。

綾が唇を離し、あえぎながら言った。

「ベッドへ運んで」

睦み合っている最中に、田宮が訊いた。

「完走していいんですか」

「大丈夫よ。でも、もっとしたい」

綾は貪欲だった。スギリョーと切れてるようなことを口走ったが、事実とは思えない。しかし、スギリョーも若くはない。長い間、孤閨を守り続けているとしたら、素直な気持ちの発露と言うべきだろう。田宮はスギリョーと治子の顔が頭の中で交錯し、萎えそうになったが、懸命に気持ちをふるい立たせた。

房事のあとで、綾がものうげに言った。

「後悔してるの。わたしはしてないわよ」

「………」

「なにを考えてるの。治子さんのこと」

「いやあ」

「治子さんはプレーガールでさんざん遊んだんだから、あなた気が咎めることないわ。まだイーブンになってないと思う」

山下明夫のことを言ってるのだとしたら、ちょっと違う。治子のために抗弁したかったが、田宮は黙っていた。

「ニューヨークでも派手に遊んでたっていう話もあるわ」

いよいよおもしろくなかったが、あえてさからう必要もない。

「シャワー使わせてもらいます」

「どうぞ。弟のバスローブがあるから使って」

シャワーで汗を流しながら、田宮はどえらいことをやらかしたと思う反面、魅（ひ）きつけてやまない綾の躰（からだ）の余韻を楽しんでいた。病み付きになりそうな予感もある。

「毒を食らわば皿までよ」

綾が放った強烈なセリフがよみがえり、ぶるっと身内に悪寒が走った。

6

翌週の土曜日にふたたび田宮は綾から誘われた。

木曜日の夕方、綾は外出先から田宮に電話をかけてきた。

「あさって〝ルイⅩⅢ〟を飲みに来られないかしら」

田宮は咄嗟（とっさ）に返事ができなかった。

「母も弟も留守だから泊まりがけで来られないかなあ」

「それはちょっと……」

瀬川がこっちを気にしている。田宮は声をひそめてつづけた。

「それは難しいと思います。しかし、ともかくお伺いします。何時に伺えばよろしいんですか」

「何時でもいいけど、お昼ごろどうかしら」

問題は治子対策だ。杉野から電話がかかる心配もある。

杉野は、土曜と日曜は〝お籠もり〟することになっていた。〝お山〟から電話がかからないとも限らない。

友達にマージャンを誘われた、という手はどうだろう。だが電話番号を治子に教えないのは不自然だ。

ゴルフでいこう、と田宮は思った。

友達からプライベートに誘われたことにしよう。企業の人だと社用族でハイヤーを差し回されるから、まずいと考えたのだ。

田宮は土曜日の朝八時にキャディバッグとゴルフバッグをポルシェに積んで、北沢のマンションを出た。

治子が結婚祝いに義母に買わせた新車である。田宮も治子も学生時代に運転免許を取得していた。

芦花(ろか)公園に打ちっ放しの練習所がある。距離も二百五十ヤードあり、二百打席ほどあるので、日曜でも待ち時間は二十分以内。土曜の朝なら、待たされる心配はなかった。駐車場のスペースも広い。田宮は数回、この練習所を利用していた。治子がゴルフをやらないので都合がよかった。

田宮は休み休み三時間ほど練習に費やした。ドライバーからピッチングウェッジまでこれほど念入りに練習したことは、かつてなかった。もっとも心ここになく集中力が欠如しているので成果のほどは疑問だ。時間を潰すためだけのことだから仕方がない。

古村邸に着いたのは十一時半。

二台収納できる駐車場を備えているので、車で行っても問題はない。

母親と弟は車で遠出したのか、させられたのか、駐車場は空っぽだった。

「なんだ、車で来たの」

綾はさもがっかりしたような口調で言った。

「ゴルフコースに行くことにして、八時に家を出たんです。三時間も練習してきたくたですよ」

「帰りに徹夜マージャンになったことにすればいいわ」

「そんなのダメです」

「治子さん、焼き餅焼きなの」

「そうでもないけど、今夜、治子の母親が来るんです。しかも治子を信用させるために、ゴルフの帰りに友達が寄るかもしれないなんて言ってきた手前もありますから」

「母親が来る」は口から出まかせだった。

「あなたも苦労するわねぇ。養子でもないのに」

駐車場から玄関までの立ち話だけでも、狎れが出ている。たった一度だが、男女関係が生じると、こうも変わるものだろうか、と田宮は思う。もっとも、オフィスで顔を合わせているときの綾は、そんな風情はつゆほども見せなかった。

「シャワーを使わせてもらっていいですか」

「どうぞ。二階のわたしの部屋のを使って」

田宮はゴルフバッグを持って二階へ行った。洗髪した後で、ボディシャンプーで躰を洗い、シャワーを浴びているとき、不意に綾が侵入してきた。

背後からしがみつかれて、田宮はよろけた。

「くたくたで、わたしを抱く元気もないかなあ」

綾の白い手が下腹部に伸びてきた。

すぐさま反応した。

「あら。いい子ねぇ。元気潑剌よ」

田宮はシャワーを止めずに躰の向きを変えた。シャワーを浴びながらキスをし、躰をさわり合うなんて初めての経験だった。

7

ベッドルームからリビングへ移動してビールを飲みながら、綾が言った。

「ほんとに帰るの」

「ええ。六時には出ます。家で食事をしないとまずいでしょう」

「そうかなあ。母娘水入らずっていうのもいいと思うけど」

「でも、外泊は穏やかじゃないですよ」

「あなた度胸がないのねぇ。朝帰りして、しらっとマージャンやってたと言えばいいのよ」

「そうはいきません」

綾が思い詰めたような横顔を見せた。

「重大な話があるの。ひと晩かかるかもしれない」

なぜかはわからないが、田宮は胸がさわいだ。

杉野良治がらみの話であるとは察しがつく。

いったい綾はなにを話そうとしているんだろう。

「まだ一時前ですよ。時間はたっぷりあります。その前になにか食わせてください」

「ごめんね。そう言えば、わたしも朝からなにも食べてなかったんだ。あなたが来てくれるっていうんで、昨夜から胸が一杯で」

綾はおどけた口調で返し、リビングからキッチンルームへ向かった。

綾はナイトウエアのような薄ものをまとっている。四十二歳のプロポーションとは思えない。

「どうぞ。こっちへいらっしゃい」

テーブルにじゃがいもとマカロニをマヨネーズで味つけしたサラダ、サイコロ状に切ったステーキ、茹(ゆ)でたにんじん、タコのマリネなどがあっという間に並んだ。

下ごしらえができていたのだろう。

「すごいご馳走(ちそう)じゃないですか」

「休みの日はブランチだから、ちょっと多めにするの」

「お母さんと弟さん、どこへ行ったんですか」

「箱根よ。大切なお客さんが来るからって追い出したの」

「学校は春休みですね」

「ええ」

「大学はどこですか」

「あなたとはライバルよ」

「英明ですか」

「そう、英明の経済」

「秀才なんですねえ。四年じゃなかったですか」

「そうよ。来年は様変わりで、就職けっこう大変みたいよ」

「まさか。英明の経済なら引く手数多ですよ。志望は金融ですか」

「去年は銀行とか生保とか言ってたけど、製造業にしようかなんて言い出してるわ」

「………」

「飲みものはなにがいいの。〝ルイⅩⅢ〟飲んじゃおうか」

「いや、ビールのほうがいいです」

「そうね。あなた喉が渇いてるんだ。三時間もゴルフの練習するなんて気がしれないわねえ」

綾がビールを取りにテーブルを離れた。

こっちの気も知らないで、いい気なもんだ――。

8

ブランチを終えてリビングのソファへ移動した。古村綾が〝ルイⅩⅢ〟のボトルとブランデーグラスを抱えて二階から降りてきた。

「きょうのお目当てはこれでしょ」

田宮は気恥ずかしそうに眼を伏せた。

〝ルイXIII〟の誘惑もないとは言わないが、綾に身も心もぐじゃぐじゃにとろかされてしまった。このことは綾自身も意識しているに違いない。

「酒気帯び運転はヘタをすると免停ですから、遠慮します」

「六時までたっぷり時間があるわ」

綾はブランデーグラスに琥珀色の液体を注いだ。

「じゃあ、一杯だけいただきます」

「乾杯！」

綾は田宮のほうへ躰を寄せてグラスをぶつけてきた。

「やっぱり美味しいわねぇ。五年ほど前に良治からもらったの。どうせ到来物でしょうけど」

「〝ルイXIII〟が飲めるなんて夢にも思ってませんでした」

「これも二人だけの秘密よ」

綾がウインクした。

「重大な話を聞かせてください」

「いいわ。弟の治夫のことなの」

なんだ、つまらないと田宮は思った。思わせぶったわりにはそんなことか——。だが、数秒後に田宮の顔から血の気が引いた。

「戸籍上は私の弟になってるけれど、治夫はわたしの実子です。父親が誰だかわかるでしょ」

田宮は心臓が止まりそうになった。

「治夫は、治子さんの異母弟よ。あなたの義弟ってことになるのかしら」

田宮はかすれ声で訊いた。

「主幹は認知したんですか」

「してたら、治子さんが知らないはずないでしょ。杉野良治の戸籍に記載されるんですから。良治はわたしが妊娠したとき、泣いて堕胎すようにすすめたし、両親もそう願ったけど、わたしは断固、産む決心をしました。選挙運動の準備期間中のできごとよ。お腹を隠せなくなってから、良治が亀戸に借家を用意してくれたの。母と半年以上暮らしたかしら」

田宮は喉の渇きが我慢できなくなった。

「水をいただけませんか」

「ごめんなさい」

綾が氷を落としたコップに水を入れてソファに戻ってくるまで、田宮は放心していた。

治子と治夫か。治夫の名前に綾の思いが込められていると受けとめなければならない。

「治夫を両親の実子、つまりわたしの弟として父親の戸籍に入れたのは、良治が認知してくれなかったからよ。自分の戸籍が汚れると、文子さんや文彦さんや治子さんに顔向けできないと考えたんでしょ。お産婆さんが同情してくれて、出生届に押印してくれたの。違法行為だけど善意が前提にあるわけだから、仮りにバレても罪は軽いし、時効もたしか三年だったかしら、非常に短いのよ」

「その事実を知っている人は、綾さんと主幹と綾さんのご両親と、助産婦だけっていうことになるわけですね」

「父もお産婆さんも亡くなっちゃったから、いまは三人だけ」

「治夫君は事実関係を知ってるんですか」

「赤ん坊のときから中学まで両親が酒田で育ててくれたし、治夫が中三のとき父が亡くなって、母と東京へ呼んでわたしと暮らすようになってからも、ずっと姉弟で通してきたので、多分、まだわかってないと思うわ」

田宮は生唾と一緒に水をごくっと飲んだ。

「主幹は治夫君に会ってるんですか」

「大学に入ったとき、わたしと治夫をホテルに呼んで、ご馳走してくれたわ。そのとき良治はみっともないほどぽろぽろ涙をこぼしてた。治夫が不思議そうな顔をするので、あの人は涙腺がゆるすぎて、うれしいことがあるとすぐ泣くのよ、ってあとで話したら、変なおじさんだね、ってけろっとしてたわ。幸い良治にあんまり似てないの。ただ、文彦さんや治子さんとはやっぱりどことなく似てるわねぇ」

こんな話を先に聞いていたら、いくらなんでも綾を抱く気は起こらなかったろう。綾はそれを計算してバスルームに侵入してきたのだろうか。

9

いつの間にかブランデーグラスが空っぽになっていた。綾がそれに気づいて、ボトルを傾けた。田宮は遠慮しなかった。

綾が水差しとアイスボックスを取りにソファを起った。

なぜ、こんな話をしなければいけないのか。綾はなにを考えているのだろう。〝二人だけの秘密〟を保持したいと考えるんなら、俺に話すのは不可解だ。

綾が戻って来たので、田宮は口の中の氷を急いで嚙み砕いた。

「先日お邪魔したとき、主幹とプライベートなことでぎくしゃくしてるようなことを言ってましたけど、治夫君の話と関係してるんですか」

「そのとおりよ」

綾は間を取るように二つのグラスをキュービックアイスと水で満たした。

「治夫に出生の事実を打ち明けたいと良治に話したら、ひどく怒ったの。そんな必要がどこにあるかって。わたしとしては治夫が大学を卒業したら、産業経済社に入社させたいくらいの気分なのよ。将来、田宮大二郎君とパートナーを組むのがいいんじゃないかと思うわけ。良治は血縁にこだわる人だから」

「子供は親の所有物じゃありませんからねぇ。職業の選択の自由を奪うわけにはいかないでしょう。たとえばの話、文彦君は主幹の意に反して入社を拒んだわけですよね」

「治夫にすべてを話したら、どういう心境になるかわからないじゃない」

綾はきっとした顔で、ブランデーグラスを呷った。

「それで主幹との間がぎくしゃくしてるんですか」

「遺言状に治夫が実子であることを書いてくださいって頼んだの。それが癇にさわったみたい。おまえには、土地も家も与えた。治夫の問題は決着済みだって血相変えて怒ってたわ。だけど良治の資産は百億や二百億円じゃないわ。だいたいわたしは良治のパートナーなのよ。そんな他人行儀なことを言われる筋合いはないと思うの。わたしは二十年以上も良治に尽くしてきたんですから」

綾は、田宮がはらはらするほどブランデーの飲み方が乱暴になっていた。〝ルイXIII〟が可哀相なくらいだ。

「選挙に敗れて、東京へ戻って『帝都経済』を発行することになったときも、わたしは必死に良治を支えたわ。二年も夜学の簿記学校に通って、バランスシートが読めるように頑張ったのも、良治を男にしたかったからよ。わたしの存在なくして、今日の産業経済社も杉野良治もなかったでしょうね」

綾は自信たっぷりに言い放ったが、事実だろう。

「昭和五十七年の商法改正で、上場企業からの広告収入がゼロになったとき、八十人の社員を三十人に縮小して乗り切れたのも、わたしの進言を良治が受け入れたからよ。そんな古い話、あなたには関係ないけど」

「先輩から聞いてます。綾さんあっての主幹だってことは、若い社員だってわかってますよ」

「だったら、わたしが遺言状のことを良治に話すぐらいゆるされると思わない」

「綾さんのお気持ちはよくわかります。ただ、遺言という言葉に主幹が過剰反応したのもわかるような気がするんです。大昔、主幹が脳梗塞で倒れましたねぇ。主幹が〝聖真霊の教〟の教祖様にのめり込んでるのは、病気の再発が恐ろしいからなんですよ」

「あなた、さすがよく見てるわ。あの人は、なにかに縋りついていないと生きていられない人なの。あのとき死んだと思えば、もっとひらき直ってもいいはずなのにねぇ。わたしが〝お籠もり〟に反対してることも、おもしろくないんでしょう。あんなインチキ宗教を信じろっていうほうがどだい無理よ」

田宮は、治子の顔を思い出して苦笑した。

「治子も同じようなことを言ってますけど、産業経済社の守護神と称して〝お籠もり〟を強制されてる社員に比べたら、綾さんは恵まれてますよ。それでクビにならないんですから」

田宮の口調が皮肉っぽくなった。

綾が薄く笑った。

「わたしはパートナーよ。パートナーをクビにできるわけがないでしょう。わたしは良治の裏の裏まですべてを知り尽くしてるのよ」

「そりゃあそうでしょう。綾さんの辣腕を以てしても〝お山〟への入れ上げを阻止できないんですか」

「財界から集めたおカネのせいぜい二、三割よ。道楽と考えて諦めるしかないでしょ。もっとも、良治もそろそろ眼が覚めるんじゃないかしら。このところ〝お告げ〟が当たらないらしいじゃないの。きっと見切りどきだと思ってるわ」

「まさか、それはないでしょう。『信仰は勁し』なんて本まで出したんですよ。究極の宗教と崇めてるんだから、意地でも続けるでしょう」

「さあどうかな。そのうちわかるわよ。山本はななんてどうでもいいけど、治夫のこと、あなたお願いよ。力を貸して」

綾は田宮の膝に手を置いて、じっと見詰めた。

綾の視線を外して、田宮が訊いた。

「僕にできることがなにかありますかねぇ。綾さんから治夫君のことを聞いたとは主幹に話せませんよ。あなたと秘密を持ち合う仲になったことでもあるし、力を貸してあげたいとは思いますけど」

「わたしから相談を受けたって良治に話していいわ。遺言状に書いてあげたらどうですかって助言してくれればいいのよ」

田宮は眉間にしわを刻んでブランデーグラスを口へ運んだ。

「決して突き放してるつもりはありませんが、当事者で解決するしか考えられないんじゃないですか。少なくとも僕の出番はないですよ。だって治子や、義母を巻き込まないわけにはいかないでしょう。それと、死ぬことが怖くて怖くてならない主幹に、遺言状を持ち出すのは、どうも寝覚めが悪いですよ」

「もう出しちゃったんだから、いまさら引けないわ。とにかく当たってみて。だからって、あなたに暴力をふるったりしないでしょ。治子さんたちを巻き込むこともないと思うわ。主幹が万一のときは別だけど」

綾は、田宮の調停能力を引き出せると思い込んでいるらしい。買い被りもいいところだ。

10

翌日、日曜日の午後三時過ぎに田宮は綾に電話をかけた。治子は買い物に出かけたばかりだ。

「きのうはご馳走になりました。結局〝ルイⅩⅢ〟あけちゃって……」

もっとも、田宮は意識的にセーブしたので、それほど飲んだ実感はなかった。

綾に据わった眼で、しつこく泊まるようにせがまれたが、田宮は振りきって帰ってきた。

「飲酒運転、見つからずに帰れたのね」

「ええ。土曜の夜で道路もすいてましたから。綾さん、ひどく酔っ払ってたみたいですけど、二日酔いのほう大丈夫でした」

「朝起きたとき少し頭が重かったけど、いまはなんともないわ」

「きのう話したこと憶えてますか」

「莫迦にしないでよ。すべて正確に憶えてます。治夫のこと、くれぐれもよろしくお願いするわ」

「そのことなんですけど、ひと晩考えたんですが……。ヘタの考え休むに似たりみたいなことかもしれませんが、大山三郎さんにお願いするっていうのはどうでしょうか。あのかたは主幹贔屓で、『帝都経済』を発刊するときに名刺に三十枚もハンコをついて、中身はまかせるからなにを書いてもいい、僕の名刺は効き目があるよって、そこまでやってくれたそうじゃないですか。主幹もあの人には頭が上がらないから、言うことをきくんじゃないでしょうか」

「そんな恥を晒すことできるわけないでしょ。それこそ良治は頭に血をのぼらせるわ。あなたは身内だと思うからお願いしてるのに、ぜんぜんわかってないのねぇ」

綾は尖った声で返してきた。ここまで言われると、こっちが頭にくる。

「そうは思いません。僕がしゃしゃり出るよりはずっといい結果が得られると思います」

「つまりきみの返事はノーってことね」

「………」

「どうなの」

「逆効果を恐れるんです。どっちにしても主幹にとって恥部というか触れられたくない問題ですからねぇ。古村さんが僕に話すことがらだったのかどうか」

「だったら大山三郎さんはないでしょ。あなたの言ってることは矛盾してるわ」

「どうしてですか。とくに身内には触れられたくない問題なんじゃないですか。僕が主幹の立場だったら、治子や治子の母親にできたら知られたくないと思うけど」

「相談されて迷惑だったって言いたいの」

「いいえ。僕のような若造を信頼していただいて光栄に思ってます」

「でも良治と向かい合う勇気はないんでしょ」

「そんなことはありません。惚れた弱みで、やれって言われればなんでもやりますけど」

田宮は冗談めかしているが語尾がふるえた。

「だったらお願いよ。あなたは治子さんたちと違って、客観的にものが見える立場でしょ。だからこそ清水の舞台から飛び降りたような思いで打ち明けたんじゃない。思い余って、わたしがあなたに相談したで通るわよ」

「いや、ミスキャストですよ」

「わかったわ。もう頼まない」

電話が切れた。

田宮はプッシュホンの前で呆然と立ちつくしていた。

あのよがり声はいったいなんだったのだろう。〝初めに遺言状ありき〟だったとすれば底知れぬしたたかな女ということになる。

この先、綾はどう出てくるのだろうか。

田宮は不吉な予感が募るのを抑えられなかった。

11

　不吉な予感は的中した。しかも、田宮大二郎が古村綾と電話でやりあったその夜のうちに。

　八時に杉野良治から田宮に電話がかかったのだ。

「主幹だがすぐホテルに来てくれ」

　晩めしを食べたあとで、ビールを飲んでとろっとしていたが、酔いは一気に醒めた。

　わずかひとことの命令口調に、怒りがはじけている。阿修羅の形相を眼に浮かべて、田宮は総毛立った。

「主幹から呼び出しがかかった。ちょっと行ってくる」

　顔も蒼ざめ、声もふるえていたので、治子は怪訝そうな顔で訊いた。

「いまの電話、父だったの。日曜のこんな時間にどういうこと」

「なんだかわからないけど、火急的なことがあるんだろう」

「電話で話せばいいじゃないの。いくらなんでも非常識だわ。あなたホテルへ電話をかけて断りなさいよ」

「きっと難しい話なんだろ」

「今夜中に話さなければならないことなんてあるのかしら」

「あしたの朝まで待てないんだよ。なんせせっかちな人だから」

「あなた酔ってるから、わたしが運転しましょうか」

「きみだって赤い顔してるじゃないか。いいよ、渋谷へ出てタクシーを拾うから」

古村綾がらみの話に違いない。だとしたら治子を同席させるわけにはいかなかった。

杉野は治子の勘当を解いたとは言ってないが、なしくずしというか曖昧になっている。

田宮はパジャマ姿だったので、急いで外出の支度にかかった。スポーツシャツに紺のブレザー。

三月八日のこの夜は風が冷たかったのでコートを羽織ってマンションを出た。

厭な気分だ。

杉野は夕方〝お山〟から帰ったはずだ。綾はホテルへ押しかけて、杉野と会ったのだろうか。それとも電話で話したのか。問題はなにをどう話したかだ。まさか〝二人だけの秘密〟まで話したとは思えない。

最も考えられるのは、俺に古村治夫の出生の事実を打ち明けたところ、理解を示してもらえた、ということだろう。しかし、それだけで、ホテルに呼びつけるだろうか。

綾に電話をかけてみるか――。

田宮は井の頭線下北沢駅近くの公衆電話に飛びついた。

「はい、古村です」

　母親とおぼしき声だった。

「会社の田宮ですが、古村綾さんいらっしゃいますか」

「いいえ。いま留守にしておりますが」

「そうですか。失礼しました」

「もしもし。帰りましたら、電話させましょうか」

「けっこうです。あした会社でお会いしますので。よろしくお伝えください」

　電話を切りながら、綾は杉野とホテルで俺を待ち受けているのだろうか、と田宮は思った。

12

　田宮がタクシーでホテル・オーヤマへ向かっているとき、杉野と治子の電話のやりとりが続いていた。電話をかけたのは杉野である。

「田宮は出たのか」

「ええ。八時前に出たわよ。どうして今夜こんな時間に呼びつけなければいけないの」

「うるさい！　きのうあいつはゴルフに出かけたのか」

杉野の声は苛立っていた。

「おまえは訊かれたことに答えればいいんだ」

「なにをそんなに怒ってるの」

「ゴルフに行ったのか行かなかったのか」

「行ったわ。お友達に誘われて。なぜそんなことを訊くの」

「朝八時におまえのマンションを出て、夜八時ごろに帰って来たんだな」

「そのとおりよ。訊くまでもないじゃない」

「先週の金曜日はどうした。帰宅は深夜だったはずだが」

治子は咄嗟に思い出せなかった。

「吉田修平と東日銀行の広報部長と飲んで遅くなったんだろう」

「ああそうだったわ」

「治子、田宮と別れろ。あいつはとんでもない食わせものだ」

「だしぬけになんなの」

「田宮が古村綾に手を出したんだ。さっき古村綾がここへ来て泣いて訴えたが、田宮の野郎ぶっ殺してやりたいよ。田宮を懲戒解雇にする。それを申し渡すために呼んだんだ」

「わたしは信じないわ。古村さんの話だけ聞いて、ひとりで頭に血をのぼらせてるお父さんもどうかしてるんじゃないの」

「先週の金曜日ときのうの土曜日の話を聞けば充分だ。子供がいなかったのがせめてもの救いだ。いいな、田宮と離婚しろ。よりによって古村を手籠めにするなんて、俺を虚仮にするにもほどがある。今度こそゆるさんからな」

治子は胸をかき回され、居ても立ってもいられない気持ちだった。気が狂いそうだ。

吉田修平との会食も、友達とのゴルフも、古村綾との逢瀬のカムフラージュだったとは。

だが、綾が父に訴え出るというのも不可解だ。治子はホテル・オーヤマへポルシェを飛ばしたい衝動に駆られたが、辛うじて抑制した。

13

ホテルの専用室に古村綾はいなかった。ひきつった顔でウイスキーの水割りを飲んでいた杉野は、田宮を見るなり絶叫した。

「あしたから会社へ来なくていい！　おまえはクビだ！」

「理由を聞かせてください」

「自分の胸に手を当てて考えてみろ」

「古村さんが主幹になにをどう話したか知りませんが、クビになるいわれはないと思います」

「おまえ、古村を手籠めにしたんだろうや」

「手籠め?」

「酒を飲ませて、強姦したんだろ。古村は恥を忍んで、主幹に告白したぞ」

〝初めに遺言状ありき〟どころではない。〝初めに罠ありき〟ではないか――。

田宮は綾への憎しみで胸が張り裂けそうになった。しかし、瞬時のうちに〝二人だけの秘密〟を盾に徹底的にシラを切ろうと決心した。

それが女房に対する思いやりというものだ。よし、肚は決まった。

「あり得ません。古村さんのお宅で食事をご馳走になりましたが、それ以上のことは断じてありません。古村さんと対決させてください。彼女はなにを血迷ってるんでしょうか」

「なぜ友達とゴルフをするなどと嘘をついたんだ。うしろ暗いからだろうや」

「失礼します」

田宮は、ソファに腰をおろした。

「古村さんから込み入った相談を持ちかけられました。しかし治子が古村さんを嫌っているので、古村さんの名前を出せなかったのです」

「込み入った相談ってなんのことだ」

「古村さんからなにもお聞きになってないんですか」

「なんのことだ」

「古村治夫君のことです。治夫君は、治子の異母弟だと……」

「古村はおまえにそんな話をしたのか」

杉野は嚙みつきそうな顔でつづけた。

「古村のつくり話だ。そんな証拠はどこにもない」

「失礼ながら、わたしは古村さんの話を信じます。遺言状に治夫君が主幹の実子であることを記してほしいとも言ってましたが、古村さんの気持ちは理解できます。古村さんは、そのことで主幹に対して助言してもらいたいと僕に頼んだのです。僕は、当事者で解決する以外にないのではないか、と申し上げました。おそらく古村さんは、そのことがお気に召さなかったのではないかと思います。自分を貶めてまで、主幹に嘘をつくほど、僕に腹を立てたんでしょう」

杉野の表情はまだ険しかったが、考える顔でもある。

「おまえ、古村とはほんとにやってないのか」

「古村さんの名誉のためにも申し上げます。誓ってそのようなことはありません」

「古村はおまえに力ずくで犯されたと言ってたが。力ずくはともかく、おまえがモーションをかけたんじゃないのか」

田宮は苦笑を洩らした。事実は、俺のほうが誘惑されたのだ。しかし、綾を責められるのかどうか。こっちにもその気は充分あったのだから。

どっちにしても、クロをシロで通さなければならない。

「断じて違います」

「わたしを取るか田宮を取るかと古村に迫られたが、古村は田宮を憎んでるかもなあ。だいぶ前だが、泣いて馬謖を斬るべきだとか言って、大二郎をクビにしたらどうだと主張したことがあるからな」

綾が、俺の台頭を快く思っていないとは察しがつく。多分、それは危機感とも言うべきものだろう。

それにしても「クビにしろ」とまで進言しているとは知らなかった。

「古村さんの気持ちもわかりますよ。クビを覚悟で言いますが、遺言のこと考えてあげたらいかがでしょう。それで古村さんの気が済むんなら、そうしてあげるべきだと思います。古村さんがいままでどれほど主幹に尽くしてきたか、知らない人はいないと思うんです。治夫君のことも考えてあげてよろしいんじゃないでしょうか」

杉野は激し上がった。

「貴様も俺が死ぬのを待ってるのか。ふざけるな！　この野郎！」

「誰もそんなことは言ってません。しかし、治夫君が主幹の血筋を引いてることを否定することはできないんじゃないでしょうか」

「俺には教祖様がついてるんだ。古村や田宮より長生きしてみせる。なにが遺言状だ」

「あるいはそうかもしれません。しかし、どっちにしても治夫君のことは僕が知ってしまった以上、治子にも伝えざるを得ません。治子がどういう気持ちになるかわかりませんけど」

「よ、よけいなことをするな。話したら承知せんぞ」

杉野は興奮して口ごもった。

綾に対して、俺はやさしすぎるだろうか、と田宮は考えていた。仮りにも俺を陥れようとした女なのだ。

〝二人だけの秘密〟に対する負い目が俺をしてそうさせているだけのことかもしれない。

「ついでに申し上げますが、秘書室担当を外していただけませんか。やっぱり僕には無理です。古村さんにしかできない仕事ですよ」

14

田宮は十時に専用室を出て、ロビーから古村邸に電話をかけた。

綾が直接出てきた。

「田宮です。いま主幹と話してきました。古村さんは、わたしに手籠めにされたと主幹に話したそうですけど、どうしてそんな嘘をつくんですか。古村さんとの間には、男女関係はありません。遺言状のことで相談を受けただけでしょ。その点は主幹に話しましたよ。古村さんのお気持ちはよくわかります。ですから、叶(かな)えてあげるべきだと僕は言いました。命がけで進言したつもりです。おやすみなさい」

田宮は一方的に電話を切った。

帰宅して治子の尖(とが)った顔を見たとき、わけを知らない田宮は自分のことは棚に上げてむかっとした。

「人がただいまって言ってるんだから、返事ぐらいしたらどうなんだ」

「会社クビになったんでしょ。父から電話があったわ。あなたと別れろって」

「ああ、なるほど。それでふくれてんのか。僕が古村さんと寝たとか寝ないとかいう話だな。主幹はきみに電話したことをころっと忘れてるんだから、ひどいもんだねぇ」

「あなた、ひらき直るつもり」

「そうかりかりしないで、僕の話を聞けよ……」

田宮は、杉野に話したことを繰り返した。古村治夫の話もしないわけにはいかない。それでやっと説得力が出てくるのだ。

「この話はきみの胸の中にたたんでおけよ。主幹の立場がなくなるからな」

「父と古村さんとの関係は、母も兄もみんな知ってるけど、弟の話はショックだわ」

「ものは考えようだよ。血を分けた人間がもう一人この世にいると思えば、そう悪い気もしないんじゃないのか。きみぐらい、やさしい気持ちを持ってやったらいいと思うな」

「そんな気になれないわ」

「遺言状のことは、主幹としてもおもしろくないことはわかるけど、いずれにしてもあとあとに禍根を残す問題だから、すっきりしといたほうがいいんだよ」

「父は、わたしが子供のころ、古村さんのところに入り浸りで家に寄りつかないことがあったわ。わたしたちを悲しませた女をゆるせるわけないじゃない。もし、あなたが古村さんとそんなことになってたら、あなたを殺して、わたしも死ぬわ」

治子は笑顔をつくったが、眼は笑っていなかった。

「おどろおどろしいことになってきたな。殺されずに済んでよかったよ」

田宮は茶化したが、背筋がぞーっとしていた。治子を騙しきれたとは思えない。治子は半信半疑だろう。頭のいい女だから、追い詰めないだけなのだ。

翌朝、田宮は六時に電話で起こされた。杉野だった。

「八時に出社してくれないか。古村も呼んでるからな」

「わかりました」

田宮は、朝食を摂らずにマンションを出た。

八時十分前に雑居ビルのエレベーターホールで、偶然、綾と会った。バツの悪さといったらない。

「わたしが悪かったわ。ごめんなさいね。あのあとで主幹から電話があったから、取り乱して申し訳ありませんとあやまっておいたわ。遺言状のことは考えとくとか言ってたわ」

綾は躰を田宮のほうへ寄せて、囁いた。

「あなたも相当イイタマね」

それはこっちの言うせりふだ。

「〝二人だけの秘密〟を守っただけのことですよ」

「それを継続する意思はあるの」

「ご冗談を。すんでのところで会社をクビになったうえに、治子に殺されるところでした。生きた心地がしませんでしたよ」

「わたしは継続してもいいと思ってるんだけど」

「もう懲り懲りです」

「気が小さいのねぇ。毒を食らわば皿までよ」

「もう充分食らいました」

怪しく光る眼を頰に感じていたが、田宮は頑なに表示ランプを見上げていた。眼を合わせたら、負けてしまう――。

杉野と瀬川はすでに出社していた。

「きょう付で田宮を常務に昇格する。営業が弱いから、瀬川と二人で頑張ってくれ。そのかわり秘書室担当は外し、全面的に古村にやってもらう」

クビがつながったのはいいとして、営業担当常務なんて冗談じゃないと言いたかったが、田宮はしかつめらしい顔でうなずいた。

第十八章　反　乱

1

三月十三日金曜日の夕刻、田宮大二郎に吉田修平から電話がかかった。

「今晩、お目にかかれませんか。至急ご相談したいことがあるんです。いま外出先ですが、七時ごろ、烏森の焼き鳥屋でいかがでしょうか」

「いいよ。僕も吉田と会いたいと思ってたんだ」

用件はわかっていた。

田宮は先刻、『帝都経済』編集長の川本克人(かっと)と、吉田のことで話していたのである。

川本は四時過ぎにぶらっと田宮の席にあらわれた。

「ちょっといいかなあ」

「ええ。ここでよろしいですか」

「いや、応接室あいてない」

「あいてると思います」

応接室のソファに座るなり、川本が言った。

「吉田からなにか言ってきてないか」

「いいえ。ただ、相談したいことがあるようなことを二週間ほど前に言ってましたけど」

「あいつの〝お籠もり〟拒否には困ったもんだよなあ。わが社の場合〝お籠もり〟は主幹命令による社員研修だから、どうしても否だっていうやつには、会社を辞めてもらうしかないんじゃないのか」

今週月曜日の朝礼で、杉野良治は田宮大二郎の常務昇格を発表したあと、次のように訓示した。

「ところで、言うまでもないことだが、わが産業経済社は〝聖真霊の教〟を守護神として定めてあります。幹部社員は毎月一回、社員は二月に一回、〝お山〟に参拝に行ってもらってるが、この参拝を拒否するような人は、社員として認めるわけにはいきません。いますぐに辞めてください。会社はどんなに有能な社員であろうと一切慰留しません」

特定こそしていないが吉田を槍玉（やりだま）にあげていることは明らかだ。

「川本さんは吉田と話しましたか」

「もちろん話したさ。朝礼のあとですぐに。あいつがクリスチャンであることも聞いたし、憲法に定める信教の自由という当然の権利を主張しているに過ぎないっていうのもわからんじゃないが、ちょっと可愛げがなさすぎるよな。辞めてもらうしかないと思うんだ。田宮から依願退職を勧めてもらうのがいいんじゃないか」

「吉田が辞めて、いちばん苦労するのは川本さんですよ」

「覚悟してるよ。去年の秋、あいつが〝お山〟に行ってくれたから、俺はホッとしたんだ。二月に一度はなんだが、いくらクリスチャンでもせめて半年に一度ぐらい行ったってバチが当たらんと思うけどねぇ」

川本は改まった口調でつづけた。

「とにかく俺はサジを投げた。このまま〝お籠もり〟拒否を続けるようなら、辞めてもらうしかない。主幹は俺の責任問題だとまで言ってるんだからな」

「わかりました。吉田と話してみます」

田宮は予期していたこととはいえ、憂鬱(ゆううつ)だった。

2

焼き鳥屋はこの夜も混んでいた。

ビールをひと口飲んでから、吉田が切り出した。

「わたしのことで主幹から、田宮さんになにか言ってきましたか」

「〝スギリョー〟からはないけど、さっき川本さんが話しにきた。せめて半年に一度ぐらい〝お山〟へ行ってもらえないかって、こぼしてたよ」

「否です」

　吉田はにべもなかった。

「半年に一度は特例なんだよ。吉田以外の社員だったら、とっくにクビになってると考えるべきなんだろうな」

「古村さんはどうなんですか」

　田宮はドキッとした。吉田の前でうろたえる必要はないのに、脛に傷持つ身は辛い

「古村さんは別格だよ。吉田と同列には論じられない。〝スギリョー〟との仲も修復したようだし、あの人のことはタブーと思わなければ……。あした俺と一緒に日帰りで〝お山〟へ行ってくれないか。ドライブのつもりでどうかねぇ。〝生き神様〟を拝まなくてもいいから、〝お山〟を散歩するだけでいい。たのむよ。つきあってくれよ」

「田宮さんのご好意はありがたいですけど、そんな気になれません。若い社員はみんな〝お籠もり〟が厭で厭でならないと話してます。せめてわたし一人ぐらい抵抗する社員がいたっていいと思うんです。かれらのためにも頑張りますよ」

「朝礼の主幹訓示を最後通告と思わないのか」

「ああ、いますぐ辞めてくれとか言ってましたねぇ。川本さんも、庇いきれないと話してましたけど、そんな簡単にクビを馘れるんでしょうか」

「川本さんから依願退職を勧めてくれって頼まれたよ」

田宮は煮込みのこんにゃくやら豆腐をつっついていた箸を置いて、二つのグラスにビールの大瓶を傾けた。

吉田がどんな顔をしているのか気になったが、見るのがためらわれた。

吉田はグラスを呷った。田宮がカウンターに置いた大瓶をつかんで、手酌でグラスを満たし、たて続けに一気に乾した。

「あのバカ編集長は、そんなことも自分で言えないんですか」

「違うな。吉田に辞められると困るから、〝お山〟に行ってもらいたいんだよ。〝お山〟が先だ。依願退職は最後の最後だろう」

「スギリョーに言わせれば選択肢は二つしかないってことなんでしょ」

吉田は声高につづけた。

「辞めるのはいつでもできます。でも依願退職を勧められたら、意地でも居座ってやろうっていう気になりますよ。〝お籠もり〟拒否で退職勧告なんて、ふざけた話が世間で通用するとは思えません」

「産業経済社なりスギリョーの尺度が世間的な常識とかけ離れていることは、いまさら言

って も始まらないんじゃないのか。友達として、先輩として、いま言えることは〝お山〟へドライブに行こうってことしかない。〝聖真霊の間〟で拝まなくてもいいし、講堂へ入らなくてもいい。庭を散歩するだけでいいんだ。言ってみりゃあ、アリバイづくりみたいなもんだよ」

田宮は冗談めかして言いながら、吉田の肩に手をのせた。

吉田はカウンターに頰杖を突いて、しばらくむすっと口をつぐんでいた。

意地を通したい吉田の気持ちもわかるが、ここは俺の顔を立ててくれるのではないのか――。だが、吉田は気を持たせたわけでも、胸の中でせめぎあっているわけでもなかった。

「〝お山〟へ行く気はまったくありません。それから会社を辞めるつもりもありませんよ。この一年ほどの間、会社を辞めることばっかり考えてたんですけど、気持ちが変わりました。こんなわけのわからない会社に未練はありませんけど、会社にとどまって、ゆくすえを見きわめたい気がしてきました」

吉田は皮肉っぽい眼で田宮の横顔をとらえながらつづけた。

「もとより〝田宮編集長〟は当てにしてません。しかし〝取り屋〟的体質を改めないと、存続できないかもしれませんよ。〝スギリョー毒素〟がどんなかたちで終焉するのか見届けてから辞めても、遅くはないでしょう」

「しかし、スギリョーは朝礼で、〝お籠もり〟を拒む社員は辞めてもらうと明言してるからねぇ。繰り返すが川本さんは、依願退職を勧めてもらいたいと俺に言ってきたんだ」

田宮は表情を引きしめて、腕を組んだ。

「依願退職に応じないと断ったらどうなるんですか。そんな理由で懲戒解雇できるんですかねぇ」

「なにかそれなりの理屈をつけて、強行するんじゃないかな。ウチの会社は組合もないから、その点は厳しいかもしれない」

吉田の顔がひきつった。

「〝お籠もり〟拒否でクビにしようなんて、冗談じゃないですよ。断固闘います」

「ひとりで闘えると思うか」

「信教の自由は憲法で保障されてるんです。ひとりであろうと、闘いますよ」

「あしたのドライブ受けてくれないか」

「お断りします」

田宮は、険しい吉田の横顔を見つめながら溜め息をついた。

3

田宮が吉田と別れて、帰宅したのは十時過ぎだった。

治子は食事を摂らずに待っていた。

「電話ぐらいかけてくれたっていいでしょ」

「悪かった。吉田と一緒だったんだ」

「古村さんじゃなかったの」

「ふざけるなよ」

そう言えば、吉田に話すのを忘れていた。吉田修平の名前を出して古村綾と食事をしたことは治子にバレてしまったが、いくら吉田でも〝二人だけの秘密〟までは話せない。まして古村治夫のことも伏せておかなければならないのだから、バレたことを明かすわけにはいかなかったとも言える。

「食事どうするの」

「少しつきあうか」

「無理しなくてもいいのよ」

「焼き鳥を五、六本と、煮込みを食べただけだよ。ビールは飲んだから、紹興酒のロックを飲むかな。〝天女〟があったと思うけど」

田宮は十年ものの紹興酒〝天女〟を自分で探してきて、キュービックアイスとグラスもテーブルに並べた。

気を遣ったつもりだが、治子はまだかりかりしていた。空腹の間は機嫌は直らない。治子が紹興酒をがぶっと飲んで、詰問調で言った。

「古村さんと父の関係はどうなったの。治夫なんて、わたしに当てつけてるみたいな名前の異母弟のことも気になってるんだけど、あなたなんにも話してくれないし、結局どうなったのよ」

「こないだ話した以上のことはないよ」

「父が遺言状に治夫のことを明記する方向で考えるってこと」

「主幹は古村さんにそんなふうに言ったらしいけど、まだ気持ちがふっきれてないんじゃないかな。千々に乱れるっていうか、揺れてるっていうか」

「断じて拒否すべきよ。母があんまり可哀相じゃない。それじゃなくても、父はさんざんひどい目に遭わせてきたのよ」

「遺言状に書くにしろ書かないにしろ、主幹に万一のことがあったときには必ず問題になると思うよ。ややっこしいことにならないように治夫君のことは、はっきりさせておいたほうがいいと思うな」

「母が隠し子のことを知ったら父をゆるさないと思うわ。父が母以外に子供をつくっていないと母は信じているし、父がいくら女狂いをしても、その優越感が母の気持ちを支えてきたんだと思う。そうじゃなかったら、とっくに離婚してるわよ」

ゆるすもゆるさないも事実なのだから仕方がない——。

「主幹がどう考えるかなあ。主幹の気持ち次第だろう。われわれにはどうすることもできないよ。僕の立場で出すぎたことを言うのもなんだしなあ」

そう言いながら、田宮はすでに古村綾の側に立った発言をしていることに気づいていた。

〝二人だけの秘密〟が重くのしかかっている。綾の白い裸体がグラスに浮かんだ。

田宮は眼を瞑(つぶ)って紹興酒を飲み乾(ほ)した。

「そんなことより吉田修平のことが心配だよ。依願退職を迫られてるんだ。あいつの頑固さは並じゃない。僕ももう庇いきれないよ」

「吉田さん、会社を辞めるの」

治子の表情にやさしさが出た。

「それが吉田らしいって言うのか、会社側に辞めろと言われたら、気が変わった、あくまで居座ってやるってこうなんだ」

「わたしも賛成よ。吉田さんの気持ち、よくわかるわ」

「主幹の方針は決まってるわけだから、主幹の意を体して、周囲は相当意地悪するだろうねぇ。いびり出すように圧力をかけると思うよ」

「あなたぐらい庇ってあげなさいよ」

「だから、あした〝お山〟へドライブに行こうって誘ったんだ。あいつは僕の気持ちがまるでわかっちゃいない」

「そんなの庇ったことにならないわ。あなたも〝お籠もり〟を拒むべきよ。何人か同志を募ったらどうなの。〝お山〟だの〝お籠もり〟だのと言ってる父は異常よ。わたしも一度で懲りたわ。この際じゃないの、あなたも頑張りなさいよ」

「そんななまやさしい問題じゃない。主幹に反抗すれば、僕も会社を辞めなければならなくなるよ」

「古村さんは反抗してるじゃないの」

「あの女は例外なんだ。例外は一人と決まってるんだよ」

「そんな屁理屈が通るのかしら」

4

電話が鳴り、治子が出た。

「あなた、川本さんよ」

「田宮です」

「吉田どうだった」

「〝お籠もり〟断られました」

「依願退職するってことだな」

「それもノーです。断固闘うそうですよ」

「どう闘うって言うんだ。さっき主幹と話したんだけど、来週の朝礼で吉田の依願退職を発表するってきかないんだ」

「そんな無茶な」

「主幹の方針だからしょうがないだろう。田宮から吉田に電話で話してくれないか」

「そんなのおかしいですよ。吉田の上司でもない僕がなんで……」

「常務取締役の立場で頼むよ。主幹の決断を田宮から話せば、吉田は折れるかもしれないじゃねえか。俺が話せば、最後通告になっちゃうからな」

「厭ですよ。お断りします。どっちみち、最後通告になりますよ。川本さんがどうしても気がすすまないんなら、瀬川さんに頼んだらどうですか」

「こんなこと瀬川君に頼めるかってんだ」

川本は、副社長の瀬川に対して会社ではサンづけで呼んでいるが、いまは年長者の立場を出したとみえる。

「それじゃ、人事担当の小泉総務部長に頼んでください。僕の出番は終わりました」

「そんなつれないこと言うなよ」

「押し問答してもしょうがないでしょ。あなたの言ってることは筋違いですよ」

「わかったよ。もう頼まねえ」

川本は乱暴に電話を切った。

治子が背後から声をかけてきた。

「最後通告だとか筋違いとか、ずいぶん険悪な電話ねぇ」

「主幹は月曜日の朝礼で、吉田のクビを発表したいんだってさ」

田宮は投げやりに返して、トイレに入った。もはや、吉田を救済する手だてはない。ひとりで闘えるはずもないし、同志を募るなんて無理だ、と田宮は思った。

5

田宮は名状し難い厭な気分で十六日の朝礼に臨んだ。

後方が気になって仕方がない。吉田はどんな思いで、杉野の話を聞いているだろう。

だが、杉野は吉田問題に触れなかった。

ほっとするやら、拍子抜けするやら妙な感じである。

川本は吉田を説き伏せたのだろうか。まさか、吉田が〝お籠もり〟を許容するなんて考えられない。

前夜、吉田が七時に出社するよう川本から電話で命じられたことを、田宮はむろん知らなかった。

朝礼前に吉田は川本と三十分ほど話したのである。

「もう一度だけチャンスを与えるから、来週〝お山〟に参拝してこいよ。それでいままでの不始末が不問に付されるんだから、おまえは恵まれてるよ。他の社員が聞いたら怒るぜ」

「お断りします。不始末をした覚えはありませんよ」

「どうしても否だっていうことになると、会社を辞めてもらうしかないな」

「わたしは辞める気はありません。服務規定に違反したわけでもないし、仕事でミスを犯したわけでもないんですから」

「それじゃ、解雇ということになるぞ。〝お山〟は社員研修の場でもあるんだ。社員研修を拒否すれば無断欠勤と同じ扱いになる」

「不当解雇には応じられません。拒否します」

川本が時計に眼を落とした。

「総務部長も出社してるはずだ。いまから会ってきてくれ」

「総務部長に会ってどうするんですか」

「つまり結論が出たわけだ。依願退職か懲戒解雇か、吉田はどっちみち会社を辞めざるを得んのだよ」

「そんな一方的な話はないですよ。あまりにも不当です」

「いいから、総務部長に会ってこいよ」

川本は言いざまソファから腰をあげた。

吉田が階段を昇っているとき、川本は小泉に社内電話をかけた。

「吉田に引導渡しましたから、そのつもりで対応してください」

「引導というと、〝お山〟へは行かないってことですか」

「そういうこと。辞める気はないって言ってたから、懲戒解雇しかないんじゃないですか。小泉さんにまかせますよ」

「まかせると言われてもねぇ」

「吉田はそっちへ行きましたから、よろしく」

受話器を置いたとき、吉田があらわれた。

小泉はにがりきった顔で吉田を迎えた。

「社員研修の場でもある〝お山〟へ行くのが否だということだと、産業経済社の社員失格と言われても仕方がないねぇ。とにかく会社としては、きみのほうから辞めてもらいたいんだ。辞めるに際しての条件について話し合いたいと思う」

「川本さんにも田宮さんにも言いましたが、わたしには辞めなければならない理由もないし、そのつもりもありません」

「依願退職を拒否すれば解雇しかない。そういう手続きを取っていいのかね」

「不当です。応じられません。主幹と話し合う機会を与えてください」

小泉はずっと貧乏ゆすりを続けていたが、返事をしなかった。

「きょうの朝礼で主幹から、わたしの処分について発表するんですか」

「主幹はきみが依願退職を受け容れてくれれば、発表すると言ってたけどねぇ。きみがごねてるから、きょうの朝礼というわけにもいかんだろう。ちょっとここで待ってなさい。主幹と話してくる」

席を外した小泉は十分足らずで戻ってきた。

「結論を出すまで一週間ほど待つことにする。それまでにきみの態度が変わらなければ、つまり〝お山〟への参拝を拒否し続けるようなら、解雇の手続きを取ることになるだろう。じゃあ、きょうはこれで」

小泉はさかんに貧乏ゆすりしながら、野良犬でも追い払うように、手を払った。

6

朝礼後、杉野は主幹室に、瀬川、川本、田宮、小泉の四人を呼んだ。

「おまえたち四人がかりで若造の吉田一人処分できないで、振り回されてるとは情けないじゃないか。一昨日、〝お山〟で教祖様と話したが、吉田のような不心得者がおると〝お告げ〟のさまたげになるらしい。教祖様の〝お告げ〟がここんとこ冴えないのは吉田のお陰だ。教祖様の〝お告げ〟は百発百中で、外れることなんかなかったんだ」

杉野は真顔だった。

莫迦莫迦しくて話にならない。

あいた口がふさがらないとはこのことだ。〝お告げ〟が当たらない責任を吉田に着せるとは、とんだ神様だ。

瀬川が小泉のほうへ眼を流した。

「吉田は依願退職に応じないんですか」

「ええ。辞めなければならない理由もないし、辞めるつもりもないと言い張ってます」

「それじゃ懲戒解雇しかないじゃないの」

「服務規定に違反しているわけでもないので、そういう強硬手段が取れるかどうか……」

小泉は言葉をにごした。

「社員研修拒否は服務規定に抵触するんじゃないですか」

田宮がたまりかねて口を挟んだ。

「吉田は『帝都経済』編集部のエース的存在です。その吉田を解雇するのは会社の損失でしょう。吉田が戦力になっていることは川本さんがいちばんよく知っているはずですねえ」

田宮に顔を覗き込まれて、川本は不承不承うなずいた。

瀬川がしかつめらしい顔で言った。

「わが社の守護神を崇めない社員は、戦力であろうとなかろうと、辞めてもらわなければなりません。教祖様の〝お告げ〟に支障をきたしているとしたら、それこそ重大な問題です。どっちが大切か考えてみるまでもないじゃないですか」

田宮は、杉野がうなずき返すのを眼の端にとらえながら発言した。

「吉田はわたしの説得を受け容れて、一度〝お山〟に行ってるんです。諦めずに説得を続けます。もう少し時間をください」

「あいつは根性がねじ曲がってるからきみの言うことなんか聞くもんか。解雇が難しいようなら、辞めるように仕向けたらいいんだ。言葉は悪いがいびり出すしかないと思うな。吉田のように変にプライドの高いやつはポストを替えて、仕事を与えないのがいっとうこたえるよ」

「よし、田宮は説得を続けろ。それから、きょう付で吉田を編集から外せ」

杉野に眼を向けられた小泉が顔を斜めに倒して、訊き返した。

「吉田の新しいポストはどこにしたらよろしいのでしょうか」

「Ｍ＆Ａ事業部なんかいいんじゃないですか。吉田にＭ＆Ａの仕事ができるはずはないから、ひと月もすれば、厭気が差して会社を辞めますよ」

「瀬川の意見を容れよう。小泉、そういうことでやってくれ」

「かしこまりました」

緊急幹部会が終わった。

取材先でポケベルが鳴り、吉田は編集部に電話をかけた。午前十一時過ぎのことだ。

「至急会社へ戻ってくれ。小泉君のところへ行くように」

電話に出てきた川本に短く告げられた。

小泉はぶっきらぼうに言った。

「きょう、すなわち平成四年三月十六日付できみをM&A事業部に配置転換する。昼食後、古橋君のところへ行って、仕事の内容を聞いたらいいな」

「クビがつながったわけですね」

「そういうことだ。しかし、〝お山〟の研修を拒み続けると、それも時間の問題ということになるから、覚悟するんだな」

「〝お山〟へは絶対に行きませんよ」

吉田は、小泉を睨（にら）み返した。

7

産業経済社は、市ケ谷に別館と称する五階建ての小さな自社ビルを保有していた。

M&A事業部は別館の一室にある。別館には出版局の一部も入居していたが、主に倉庫として利用されていた。

吉田は、その日のうちにロッカーとデスクを整理し、私物を入れた紙袋をぶら下げて、別館に移った。

M&A事業部は部長の古橋進と女性事務員の高田とみだけだったので、吉田を加えても三人の所帯である。

「企業の合併、買収、および提携における交渉、仲介」が業務内容で、要するに会社を売りたい企業と買いたい企業を見つけて仲介して仲介料をせしめるというわけだ。

建設会社の買い占め株を斡旋して、七億六千万円もの仲介料をせしめた杉野は、濡れ手で粟のボロ儲けに味をしめ、M&A事業部を新設したが、そんな旨い話がそうそうころがっているとは思えない。いわば開店休業のような状態だった。

ごく最近、大手食品メーカーが北海道に進出するため、札幌の製パン会社を買収しようとしている話を商社のトップから聞いた杉野は、くだんの食品メーカーの社長に会って、仲介させて欲しいと談じ込んだ。

「もう少し早ければ、杉野先生のお力をお借りするチャンスもあったのですが、契約が締結し、吸収合併する手筈が整いましたので……」

M&Aはまだ交渉中だったが、杉野の介入を回避したい社長は、はったりをかまして断った。

吉田は、この話を古橋から聞いた。

古橋は地方銀行を定年退職し、新聞の募集広告を見て、産業経済社に入社して間もないが、〝お籠もり〟にも忠実で、毒にも薬にもならない男だ。

しかし、「当分の間、M&A関係の本でも読んで勉強してください。外出はさせないようにと総務部長から指示されてますから、守ってもらいますよ」とクギをさすことは忘れなかった。

吉田は二日で会社を辞めたくなったが、負けてたまるか、とわが胸に言い聞かせた。

三日目に吉田は風邪で発熱したと嘘をついて会社を休み、千代田区の労働基準監督署に出かけた。

「変な新興宗教を会社から強制されて困ってます。わたしは断固拒否してますが、信教の自由は憲法で保障されてるのですから、この問題で会社を罰することはできないものなのでしょうか」

吉田は中年の係員に訴えた。

人の好さそうな係員は首をかしげながら六法全書を持ち出して、労働基準法第一章第三条の条文を吉田に読ませた。

〝使用者は、労働者の国籍、信条又は社会的身分を理由として、賃金、労働時間その他の労働条件について、差別的取扱をしてはならない〝

目読を終えて吉田が顔を上げると、係員は申し訳なさそうに言った。

「この信条に宗教も含まれるわけですが、吉田さんの場合はこの条文と逆のケースなんです。逆のケースは想定されなかったわけですねぇ。残念ながら会社が労基法に抵触しているということにはなりません。それにしても、宗教を全社員に強制するなんて会社が存在すること自体、不思議です。われわれの常識では理解できません」

「泣き寝入りしなければいけないっていうことですか」

「念のため専門家に相談したらいかがでしょう。弁護士会の窓口で相談に乗ってくれると思います」

「ありがとうございました」

吉田はその足で霞が関の東京弁護士会に向かった。

三十分五千円の料金で、弁護士会は法律相談に応じている。

プレハブ造り一階の弁護士会で三十代の当番弁護士の野沢健は、千代田区労働基準監督署の係員と同様、しきりに首をかしげた。

しかも、まったく同じ意味の言葉を吐いた。

「しかし、法的措置を講じることは可能です。とりあえず裁判所に仮処分を申請して、吉田さんの編集部員としての地位を保全しておくことはできるわけですから。わたしはたまたま本日午後の当番に過ぎませんし、あまり得意でもありませんので、同期の弁護士で優秀な人を紹介させていただきます。菊田精一郎弁護士を訪ねてください。ＪＲ四ツ谷駅に近い××ビルの九階に菊田法律事務所があります。住所と電話をお教えしましょう」

「費用は相当かかりますか」

「いや、そんなことはないと思います」

吉田はさっそく菊田法律事務所に電話をかけた。

菊田弁護士は外出していたが、女性事務員から「あすの午後二時においでいただければ、菊田先生は在席しております」と言われ、吉田は「伺います」と答えた。

8

三月十九日木曜日午後一時五十分に、吉田は菊田弁護士を訪ねた。

二日続けて会社をサボったことになるが、有給休暇も残っているし、仕事も乾(ほ)されているのだから気に病む必要はない。

名刺を交わしたあとで、菊田がにこやかに言った。

「昨夜、野沢先生から吉田さんのことで電話をもらいました。関心をそそられるお話ですねぇ」

吉田は、三十分ほど配置転換までの経緯を詳細に説明した。

メモを取りながら聞いていた菊田が質問した。

「吉田さん以外に、宗教活動を強要されている点で被害者意識を持っている人はいますか」

「たくさんいると思います。とくに若い社員はみんなそうですが、〝お籠もり〟を拒否すれば会社を辞めなければならないので、いやいや〝お山〟に参拝しているような次第です」

「法的に争うことは可能ですし、勝訴も期待できます。しかし、裁判ともなれば精神的な苦痛も伴いますから、問題は吉田さんの決心いかんということになりますが、その点はどうですか」

「もう充分精神的苦痛を受けてますが、いままで耐えられたのですから、今後なにがあろうと耐えられると思います。失うものもありませんし」

「裁判になったときに、社内に吉田さんの側に立って証言してくれる人はいますか」

吉田は、田宮の顔を眼に浮かべたが、首を左右に振った。

「この人ならと思う人はいますが、いざとなると、後込みするんじゃないでしょうか。みんな自分が可愛いですから」

「サラリーマンなんてそんなものでしょうねぇ」

「経費はどのくらいかかるんでしょうか」

最も気がかりな点である。吉田は心配そうに眉をひそめた。

「着手金として十万円いただきます。あとは裁判の結果次第ということで」

吉田は十万円と聞いて安心したが、手もと不如意でその十万円もいまはなかった。

「来週の月曜日にお届けします。それでよろしいでしょうか」

「けっこうです。それまでに仮処分申請書の内容をまとめておきましょう」

「月曜日の何時に伺えばよろしいですか」

「夕方六時でどうですか」

菊田がスケジュール表を確認しながら答えた。

9

法律事務所があるビルのロビーから吉田は会社の田宮に電話をかけたが、田宮は席を外していた。

　吉田は電話の前に一分ほど佇んでいたが、治子の勤務先の電話をアドレスに控えたことを思い出し、ためらいながら受話器をつかみ直した。ダイヤルインなので、治子が直接電話に出てきた。

「吉田修平です」

「あら、吉田さん。治子です」

　明るい声を聞いて、吉田は救われた気がした。

「奥さんにお願いしたいことがありまして。いま外出先から会社に電話をかけたんですが、田宮さんが席にいないものですから」

「なにかしら」

「厚かましいというか、ぶしつけというか、どうもいいにくいんですが、給料日までお金を拝借したいんです」

「なんだそんなこと。けっこうよ。いくら用意すればよろしいの」

「十万円です」

「お安いご用です。会社の帰りに銀行へ寄りますが、どうしたらよろしいかしら」

「今晩、お宅にお邪魔していいですか」

「どうぞどうぞ。きょうは主人も早いはずです。お食事を一緒にどうですか」

「ありがとうございます」

スギリョーとことをかまえようとしている俺が、スギリョーの娘から借金するなんて、妙な感じだ、と吉田は思った。

10

当然のことながら、吉田は田宮になにも話さなかった。話せば法的措置に反対せざるを得ないのが田宮の立場である。

債権者吉田修平の訴訟代理人で弁護士の菊田精一郎が、債務者の産業経済社代表取締役社長の杉野良治を相手取って、「配転命令効力停止仮処分申請書」を東京地方裁判所民事第十九部に提出したのは、三月二十四日である。

①債務者が平成四年（一九九二年）三月十六日付で債権者に対してなしたM&A事業部への配置換えを命ずる意思表示の効力を仮に停止する、②債権者が債務者において雑誌『帝都経済』編集部の編集部員記者職としての地位を有することを仮に定める――との裁判を求めたことになる。

申請書の中で、「本件配転命令の違法（被保全権利）」と「安全の必要性」について次のように記されていた。

本件配転命令は、記者職から営業職へという職種の内容変更を伴うもので、重要な労働契約上の条件の変更であるにもかかわらず、債権者本人の同意に基づかずになされたという点で、債権者の労働力処分権限を逸脱した違法なものである。しかしながら、本件配転命令の背景及び経緯から明らかなように、より本質的には、配転命令権の行使が、債権者の代表者個人が信奉する宗教活動に従わなかったことを唯一の理由として、これに対する報復的な措置として取られたものである点において、業務上の必要性が全く欠如する人事権の行使であることは明白であり、配転命令権の濫用として違法無効であることを免れないというべきである。また、その理由が債権者の信仰の自由を業務命令を以て侵そうとし、これを拒否した債権者に業務命令拒否を理由とした不利益配転を命ずるもので、これら一連の債務者の行為は、憲法二〇条に定める個人の信教の自由を侵害するものとして法上も公序良俗に反する無効なものになるといわざるを得ない。

以上の次第であるから、債権者は、債務者に対して本件配転命令による配転義務の不存在を確認し、さらに配転前の職場である『帝都経済』編集部における記者として地位を明確にする権利がある。

債権者は、一応配転先での就労を始めているが、本件配転命令の効力については明白に争っており、これを争うこと自体が「聖真霊の教」参拝の強要という債務者の方針と鋭く対立することであるため、さらに解雇処分その他不利益処分を受ける恐れは大である。解雇の可能性については、本件配転命令の経過の中でも実際に川本克人編集長及び小泉俊二総務部長からも言及されている。

債権者は、現在債務者に対し本件配転命令による配転義務の不存在と配転前の職場である『帝都経済』編集部での記者として地位の確認を求める本訴を準備中であるが、以上述べたような不利益を本案訴訟の終結まで放置しておくことは債権者に多大の不利益を及ぼすばかりでなく、本案における勝訴判決を実質的に無意味なものとする可能性もあるため、この不利益を回避すべく本件配転命令の効力を仮に停止し、配転前の地位を定める必要性は極めて大である。

よって申請の趣旨記載のとおりの裁判を得たく本申請に及んだ次第である。

11

翌三月二十五日の午後五時過ぎに、田宮は吉田からの電話を受けた。

「こないだはありがとうございました。奥さんにご無理をお願いしちゃって。お陰さまで助かりました。例のものお返ししたいんですけど、いまから会えませんか」

「そんなにあわてて返さなくてもいいよ」

「時間ないんですか。ちょっと話しておきたいこともあるんですが」

「それはいいけど」

「じゃあ、虎ノ門の本屋の前に喫茶店がありますよねぇ。あそこの二階で六時でいいですか」

「六時半にしてくれないか」

「わかりました」

借金を返済するために、さっそく給料日に電話をかけてくるなんて吉田らしい。田宮は五分遅刻した。吉田は先に来てコーヒーを飲んでいた。田宮はミルクティーをオーダーした。

吉田は背広の内ポケットから、白い封筒を取り出して、テーブルに置いた。銀行名が印刷されている。銀行振り込みの給料をカードでおろしてきたのだろう。

「大金を用立てていただいて申し訳ありません」

「吉田の口座の残高はそんなに少ないのか」

「給料前でしたから。いつもかすかすで、余裕はありませんよ」

田宮が脱いだ背広を椅子に着せながら言った。

「十万円をなにに使ったか知らないが、あとで困らないか。ボーナスまで待ったらどう。出世払いだっていいんだぜ」

「そうはいきません」

吉田はむすっとした顔で、封筒を押しやった。田宮は封筒を二つに折って、尻のポケットにしまった。

「十万円の使途について説明します。実は、この着手金なんです」

吉田はこわばった顔で、大型の封筒から、仮処分申請書のコピーを出して、田宮に手渡した。

「配転命令効力停止仮処分申請書、なんだこれは……」

そこから先を走り読みしていた田宮の顔色が変わった。

「地位保全の仮処分申請書です。裁判所から会社に連絡があったと思いますけど、聞いてませんか」

「聞いてない。なんで俺に相談してくれなかったんだ」

「相談したら賛成してくれましたか」

「…………」

「事前に相談されたら、田宮さんが困るだけでしょ」

「こ、こんな過激なやり方しかないとは思えないがねぇ」

田宮は動転して口ごもった。

「M&A事業部なんて冗談じゃないですよ。仕事なんてぜんぜんないんですよ。いずれにしろ会社を辞めることになるんでしょうが、一戦も交えずに引き下がる手はないと思ったんです。一矢報いるっていうか、スギリョーの足を蹴とばすぐらいはしたってゆるされるでしょう」

「吉田は仮処分申請まで考えている、とプレッシャーをかければ、吉田を編集に戻せたかもしれないじゃないか」

「条件付でしょう。〝お山〟抜きにそんなことが考えられますか。〝お籠もり〟を全社員に強制する主幹は頭が狂ってるんです。そんな人をゆるすことはできません」

田宮は、内心うなずかざるを得なかった。女教祖のお告げが冴えないのは吉田の〝お籠もり〟拒否に起因しているようなことを言うに及んでは、もはや救い難い——。あのときの憑かれたようなスギリョーの眼を思い出して、田宮は鳥肌立った。吉田がコーヒーをすすって、つづけた。

「田宮さんに事前に相談しなかったことが、信頼関係を損なうとしたら、残念ですが、労働基準監督署で、信教の自由では闘えないことがわかったので、弁護士のサジェッションで仮処分でいくことにしたんです。法律の常識というか、それがセオリーなんでしょうねえ。家族にも友人にも相談しないで、自分ひとりで決めました。田宮さんに味方になってくれとは言いませんが、願わくば中立でいていただければと思います。黙って眺めててください。それが田宮さんのためでもあると思うんです」

「念のため聞いておくが、〝お籠もり〟の強制をスギリョーが撤回し、吉田を編集に戻すことになれば、申請を取り下げるんだな」

「もちろんです。しかし、それはあり得ないと思います。〝お籠もり〟に反対しているわたしをクビにしたくて、配転したわけだし、そのわたしのクビをつなげたら、社員への〝お籠もり〟強制ができなくなるんですよ。古村さん以外に例外を認めたらスギリョーは敗北です。スギリョーを支えていたものが根底から瓦解するわけですからねぇ」

「裁判はカネもかかるし、大変なエネルギーが要るぞ」

「やってみなければわかりませんが、いずれ親兄弟に支援を求めます」

田宮は腰を浮かせて十万円入りの封筒を引っ張り出して、テーブルに置いた。

「これは吉田に寄付するよ。貧者の一灯と思ってくれないか」

「冗談はよしてください。お気持ちだけはありがたくいただきます」

吉田は起立して一礼し、伝票をつかんで席を立った。

田宮はしばらくぼんやりしていた。

12

田宮が帰宅したのは九時近かった。

「吉田が十万円返してきたよ。きみからの借金は弁護士の手付金に充てたらしい……」

田宮は食事を摂りながら、吉田が仮処分申請に至った経緯を治子に話した。

「吉田修平さんらしいわねぇ。立派だわ。あなたは吉田さんのような勇気ある行動は取れないでしょうけど」

治子は興奮して、声をうわずらせ、眼を潤ませた。

「勇気っていうより蛮勇だな。たったひとりの辛い闘いに耐えられるんだろうか。吉田は針の筵だろう」

「あなた、よくそんな突き放したようなことが言えるわねぇ。せめてあなたぐらい吉田さんを応援してあげるべきじゃないの」

「そんな怖い顔するなよ。僕の立場で吉田を応援できるわけがないだろう」

「どうして。父が変な宗教から足を洗えるいいチャンスなんだし、社員のためにもあなたが吉田さんに続かなくてどうするのよ」

「会社のことをなんにも知らないくせに、えらそうに言うんじゃないよ」

田宮はささくれだった。

治子も負けてはいない。

「わたしがどうえらそうだって言うの。クリスチャンの吉田さんが〝お籠もり〟にアレルギーを起こすのは当然ですよ。信仰に縁のないわたしだって一回で懲りたくらいなんだから。あなたは意気地なしよ」

田宮はたて続けに手酌でビールを飲んだ。反論したかったが、言葉が見当たらず、苛立ちは募る一方だ。

「あなたがリーダーシップを取って、吉田さんを支援する会をつくりなさいよ。ストを打つ手もあるわね。この際じゃないの。ここで頑張らなくちゃあ、男がすたると思わなきゃ」

「うるさいぞ！　少し静かにしたらどうなんだ」

「あなたはわたしに当たるぐらいしかできないかもねぇ」

憎まれ口を叩かれて、田宮は治子のほっぺたをひっぱたいてやりたくなった。ウイスキーの濃い水割りをひっかけて、田宮はベッドルームに引きあげ、音をたててドアを閉めた。

ベッドに大の字になって、どうしたらいいか懸命に思案したが、焦躁感でじりじりするばかりだ。三十分ほど経ってから、ノックもせずに治子が入ってきた。

「ふて寝なんかしてなんですか。斉藤さんから電話よ」

田宮は飛び起きて、リビングで受話器を取った。

「いま、ホテル・オーヤマの主幹の部屋にいるんですけど、あした八時に出社してください」

「主幹はまだ起きてるの」

「ええ。シャワーを浴びてます。いままで瀬川副社長と小泉総務部長と話してました。いま帰ったところです」

「吉田のことだな」

「そうなんです。吉田さんも早まったことをしてくれましたよねぇ。夕方、裁判所から連絡があったらしいんですけど。宴会が終わって七時半にホテルに帰ったら、瀬川さんと小泉さんがロビーで主幹を待ってました」

「主幹の様子はどんなふうなの」

「どんなふうも、こんなふうもありませんよ。怒り狂ってます。田宮さんは吉田さんからなにか聞いてたんですか」

「聞いてるわけないだろう」

「瀬川副社長は田宮さんは相談に乗ってたんじゃないかって話してましたよ」

田宮はカッと頭が熱くなった。

「あの人らしいねぇ。下種（げす）の勘繰りもいいところだ。主幹にはあした話すから、言わなくていが、さっき吉田と会って、仮処分申請のことを初めて聞いた。びっくりしたよ」

「ちょっと待ってください」

田宮は十秒ほど受話器を耳に押し当てていた。

「もしもし……。主幹に代わります」

「主幹だが、吉田に会ったそうだな」

「はい。昨日、東京地裁に仮処分申請書を提出したと知らされて驚いてます」

「あす中に取り下げさせろ！　おまえは吉田の教育係でもあるんだ。裁判沙汰に及ぶなんて、あの野郎なにを考えてやがるんだ。ふざけた真似しやがって！」

田宮は受話器を耳から遠ざけた。吠えるようながなり声が耳に響く。

「あした八時に出社してくれ。いいな」

「わかりました。おやすみなさい」

田宮は、吉田に電話をかけていいものかどうか迷った。

ムダなこととはわかっていたが、やっぱり電話をかけざるを得ない。

吉田は帰宅していた。

「さっきはどうも。いま、主幹から電話で、申請書の取り下げを指導するように言われたところだ。あすにも取り下げてもらえないか」

「本気ですか」

「もちろん本気だよ」

「こっちの条件は主幹に伝えてくれたんですか」

「いや。申請の取り下げが先だろう」

「お断りします」

「あした八時から幹部会がある。吉田もなるべく早めに出社して、席にいてくれないか」

「九時には必ず出社してるようにします。ところで田宮さんが会社の窓口になるんですか」

「さあ、どうなるのかねぇ」

「そんな、勘弁してください。やりにくくって、かないませんよ」

「それはこっちの言うセリフだろ。会社の窓口なんて冗談じゃないぜ」

「冗談じゃなく、絶対に断ってくださいね」

「窓口は俺しかいないんじゃないのか。じゃあ、あしたまた会おう」

電話を切ったとき、治子が背後で聞き耳を立てていることに田宮は初めて気づいた。

13

翌朝八時五分前に田宮が出社すると杉野、瀬川、川本、小泉の四人はすでに主幹室に集まっていた。

「おはようございます」

田宮がドアをあけるなり、杉野が阿修羅(あしゅら)の形相で浴びせかけた。

「遅いじゃないか！　みんな三十分も前に来てるんだぞ！」

「どうも」

遅刻したわけでもないのだから、怒られる筋合いではないと思ったが、田宮は顔には出さず、低頭した。

「座らんか」

杉野が隣のソファを眼で示したので、田宮は腰をおろした。

「ゆうべ吉田と話したのか」

「はい」

「吉田は取り下げるんだろうな」

「いいえ。編集に戻すことが前提だと主張してました。仮処分の申請を取り下げさせるために、吉田を編集に戻してください。引き続き〝お山〟に参拝するよう説得しますが、それを条件にすれば、吉田は態度を硬化させると思います。ですから、とりあえずは、〝お山〟の問題はあと回しにして、吉田に仕事を与えるべきです」

田宮は、杉野のほうへ躰(からだ)を向けて懸命に訴えた。

「申請を取り下げるのが先だ。ポストについて吉田に四の五の言う資格はない。M&A事業部が気に入らなければ辞めたらいいんだ。こともあろうに裁判沙汰に及ぶなどふざけた野郎だ。冗談じゃねえぞ。あくまで取り下げないと言い張るなら裁判で争うまでだ。瀬川、どう思う」

「主幹のご意見に賛成です。まったくけしからん。吉田はなに様のつもりですか」

田宮は、瀬川の眼をひたととらえた。

「裁判で争って勝訴に持ち込めると思いますか。冷静に考えてください」

瀬川は田宮の眼を見返してこなかった。田宮は川本のほうへ視線を移した。

「吉田を編集から外して、現場の若い連中は動揺してるんじゃないんですか。まして、裁判で争うとなれば、かれらに与えるマイナスの影響は計り知れないと思います。川本編集長からも吉田の編集復帰を主幹にお願いしてください」

川本も眼を伏せて口をつぐんでいる。

杉野がわめくように言った。

「田宮、おまえはなにを考えてるんだ！　裁判で勝てないなんて、なんでおまえにわかるんだ。おまえは吉田贔屓（ひいき）が過ぎる。おまえは本件にかかわらんでいい。小泉、弁護士と連絡を取れ。吉田との窓口は小泉が担当しろ」

望むところだ、と田宮は思った。

14

小泉から連絡を受けた産業経済社顧問弁護士の石川光一は、所属する法律事務所の同僚弁護士三人と連名で債務者代理人となり、「本件申請をいずれも却下する。申請費用は債権者の負担とする、との裁判を求める」とする答弁書を十日後に東京地裁に提出した。

準備書面による応酬が続く中で、川本が陳述書を地裁に提出したという情報が田宮の耳に入ったのは、四月下旬である。

川本克人は陳述書の中で「吉田君の記者としての能力」について、次のように陳述していた。

吉田君は昭和六十三年四月一日に採用され、六カ月の試用期間を経て『帝都経済』の記者として、取材、記事執筆を担当することになりました。

彼は記者としての取材能力と筆力のうち後者に問題があり、原稿が締め切りに間に合わず、制作進行担当者に迷惑をかけることが度々ありました。このため入稿後の作業が遅れて、制作進行が深夜に及び、彼の原稿部分を空欄にしたまま、行数を計算して紙面の割り付けをせざるを得ないことがしばしばあったくらいです。

勤務態度も遅刻が多く、ために編集会議に欠席することもあり、同僚の顰蹙を買っていました。急用でポケットベルを鳴らしても、応答してこないこともしばしばで筆力不足と眼に余る非協調的態度とによって、吉田君は編集部内で浮き上がった存在になっていたと言わざるを得ません。

記者の仕事だけで雑誌が成り立つがごとき彼の不遜な態度に不満を持つ同僚から、彼の配転を望む声が高まっていたことも事実であります。

吉田君は、彼の原稿が締め切りに間に合わないのは人員不足による仕事量の多さに起因すると主張していると聞き及んでおりますが、『帝都経済』編集部の記者は十数名おり、むしろ人員には余裕があると言えると思います。

なお、吉田君の配転によって編集部の記者は一名減員となりましたが、『帝都経済』の発行にはなんら支障のないことを申し添えます。

田宮は、川本の陳述書を読んだわけではない。『帝都経済』編集記者の川崎雅夫から聞いたのだ。

川崎は吉田より二年後輩で、社歴は二年余に過ぎないが、『帝都経済』の社員は定着せず一年足らずで辞めてしまう者が多いので、編集部では古手のほうである。

昨年の夏、若い社員の間で組合設立の動きが表面化したとき、吉田と川崎はその急先鋒だった。

組合問題に巻き込まれた田宮が取締役を七日間で解任され、辞意を洩らしたときに「田宮さんが辞めるんなら僕も辞めます」と言ったのは川崎である。

四月二十三日夕刻、川崎は田宮の席へやってきて、川本の非を鳴らした。

「いくら主幹命令でも、吉田さんをあんなにボロクソに言う川本さんは許せません。吉田さんが編集から外れて、吉田さんのありがたさが身に滲みているはずなのに、まったく逆のことを言ってるんですから、人間性を疑いたくなりますよ」

川崎はあたり憚らず声高に言い立てた。

副社長席は空席だったが、同じフロアにいた者にはいやでも川崎の話が聞こえたに違いない。

田宮は苦笑しながら声をひそめた。

「もう少し静かに話せよ」

「みんなにも聞いてもらいたいから、大きな声で話してるんです」

川崎はむきになって言い返した。

「川崎の気持ちは分かるが、仕事に追われて迷惑な者もいるだろうから、応接室で話を聞こう」

田宮がデスクを離れて、応接室に移動すると、川崎はむすっとした顔で後から従いてきた。

「川本さんがどうしたって」

「吉田さんに関する陳述書を裁判所に出したんですが、その内容がひどいんです。筆力不足とか非協調性とか、勤務態度が悪いとか、要するに吉田さんの配転は当然だと書いてるわけです。とくにゆるせないのは、僕たちが吉田さんの配転を願ってるようなことを書いてることです」

「陳述書を読んだのか」

「ええ。裁判所にこういう陳述書を出すから左様心得よって、わざわざみんなに見せたんです。吉田を庇い立てするやつは容赦しないなんて言ってました」

「川崎はその場で意見を言わなかったのか」

「もちろん言いましたよ。いずれも事実に反するわけだし、吉田さんを貶めるにしても、ほどがありますから」

川崎は悔しそうに唇を噛んだ。頭髪をぼさぼさにし、ネクタイもゆるめている。身なりをかまうほうではない。げじげじ眉と、ギョロッとした眼に特徴がある。

田宮は「あなたぐらい吉田さんを庇ってあげなさいよ。あなたも〝お籠もり〟を拒むべきよ。何人かの同志を募ったらどうなの」と言った治子の言葉を思い出していた。

「参考までに聞くが、組合熱はすっかり冷めてしまったのか」

「吉田さんがあんなことになっちゃったし、〝お籠もり〟でみんな去勢されたみたいになってますからねぇ。それに『帝都経済』の十六人の編集部員のうち七人も、ヒヨッ子の新人社員なんですから、とてもじゃないですけど組合なんて無理ですよ」

川崎は恨みがましい眼を、田宮に流してつづけた。

「あのとき組合をつくってれば、吉田さんがこんなひどい目に遭わずに済んだかもしれませんね。田宮さんにも反対されて、挫折(ざせつ)しちゃいましたが、きっとあのときがチャンスだったんですよ」

「煽(あお)るつもりはないが、いまこそラストチャンスとは考えられないか」

田宮はことさらに冗談めかして言った。

「リーダーがいません。吉田さんを欠いてて組合もへったくれもありませんよ。吉田さんは〝お籠もり〟拒否だけじゃなく、組合問題の落とし前をつけられて、編集を外されたんです。吉田さんを助けられる人がいるとすれば、田宮さんしかいないと思います。裁判のゆくえがどうなるかわかりませんけど、上のほうに誰ひとり吉田さんを支援する人がいないなんて、信じられないっていうか情けないっていうか……。嘘でもいいですから、吉田さんを励ましてあげてくださいよ」

川崎は頭をかきむしった。

15

その夜、田宮は吉田を虎ノ門の鰻屋に呼び出した。しばらく会わないうちに吉田の顔から丸みが取れ、頬の肉がそげ落ちて、痛ましいほどの憔悴ぶりである。

「相変わらず元気そうじゃないか」

田宮が心にもない世辞を言うと、吉田は薄く笑った。

「なんとか生きてますよ」

「さっき川崎から、吉田を励ましてやってくれって言われて、電話をかけたんだけど、川崎は川本さんの陳述書に憤慨してたよ」

吉田はあからさまに顔をしかめた。

「まったく信じられませんよ。もっとも小泉さんの陳述書のほうがもっと低劣っていうか、卑劣ですけど」

「小泉さんも陳述書を出したのか」

吉田はグラスを呷って、手酌でビールを注ぎながら返した。

「そんなことも知らないんですか」

「吉田問題にタッチするなって、スギリョーから釘をさされてるんだ。だから、まったく情報は入ってこない。幹部会でも、吉田のことは話題にならないしねぇ。川崎の話を聞いてびっくりしたくらい、情報に疎くなってる」

吉田はにこりともせずに言い放った。

「つまり、田宮さんはわたしの問題に関心がないんですよ。関心があれば陳述書のことにしても、知り得る立場にあるわけです。さもなければ無関心をよそおっているか、どっちかでしょう」

田宮は眉をひそめた。中立の立場で傍観してくれ、といったことを吉田は忘れている――。

「まいったなあ。心外だよ。そんなふうに思われてるとしたら泣くにも泣けない。吉田のことは気になって気になって仕方がなかった。無関心でいられるわけがないじゃないか」

「だとしたら、わたしが僻みっぽくなってるんでしょうね」

吉田は伏し眼がちに言って、アタッシェケースから書類を取り出した。

「これ、小泉さんの陳述書です」

吉田はワープロで打たれた陳述書をめくって、ある個所を指で示した。

「〝お籠もり〟〝お山〟の参拝については一切触れずに、〝研修会〟で逃げてます。これじゃ、社員が〝お籠もり〟でどれほど辛い目に遭ってるか、第三者にはわかりませんよ」

田宮は、その個所に眼を走らせた。

当社は定期的に全社員を対象として研修を行なっています。研修の目的は、当社の理念、方針を社員に周知徹底せしめると同時に当社各部門についての相互理解、意思の疎通を図る点にあります。当社は最近における従業員数の増加、勤続年数の短い従業員の比率の増加等に鑑み、従業員相互の理解を深めることが必要であると考え、社員研修に注力している次第であります。

田宮は陳述書から眼を上げて、吐息をついた。

「小泉さんの立場で〝お山〟行きを強制してるとは書けないだろうが、研修の一環として〝聖真霊の教〟に参拝しているぐらいのことは書いてもいいよねぇ」

「それどころか、小泉さんは杉野主幹が社員に対して〝お山〟への参拝を強制した事実はなく、社員に対して参拝しないことの報復として配置転換した事実もなければ、〝お籠り〟の強要を理由として退職した社員は一人もいない、と書いてますよ。こんな白々しいことをよく書けると思います。わたしが知ってるだけでも二十人、いや三十人は〝お籠り〟が厭で会社を辞めてますよ」

鰻を焼く煙と匂いが漂ってきた。

店は田宮たちを含めて三組八人しかおらず、すいていた。

田宮が空のビール瓶を持ち上げて訊いた。

「どうする」

「ビールはもうけっこうです。冷酒をいただきます」

「いいね」

田宮は蒲焼きを運んできた中年の女店員に冷酒を頼んでから、吉田にやさしいまなざしを向けた。

「吉田なりに裁判の見通しを立ててると思うけど、どうなの」

「負けることはないと思ってるんですけど。来週から審尋が始まりますが、たったひとりで闘ってるわけですから、やっぱり心細くなることはありますよ」

「別館の様子はどんなふう」

「若い社員はひそかに励ましてくれますけど、白い眼で見る人もいるし、いろいろですよ。総じて、わたしを阿呆なやつと見てる社員が多いんじゃないですか。〝お山〟へ行かないから、ひどい目に遭うんだ、会社を訴えるなんて正気の沙汰とは思えないって、古橋部長からも言われました」

「吉田はスギリョーに一矢報いなければ、気が済まないと言ったが、たったひとりの辛い闘いになることは、初めからわかってたはずだろう。川崎みたいに切歯扼腕してる者もいるけど」

「もちろんわかってましたよ。しかし、川本さんや小泉さんがこんなひどい陳述書を裁判所に出すとまでは予測できませんでした。いまごろ泣きごとを言っても始まりませんけど」

「小泉さんの陳述書、どうやって手に入れたの」

「わたしの代理人の弁護士が裁判所から入手しました。債権者も債務者もその点は準備書面も含めて一週間以内に入手できるようになってます」

「しかし、主幹が準備書面や陳述書を読んでる形跡はないよ。読んでれば幹部会でなにか言うはずだけど、さっきも言ったが吉田事件にまったく触れようとしないんだ」

「触れたくないんでしょ。小泉さんもいちいち報告してないんじゃないですか」

吉田は食欲がなかった。蒲焼きにはほとんど手をつけず、酒ばかり飲んでいる。

「これ、わたしが裁判所に提出した陳述書のコピーです。あとで読んでください」

別れしなに吉田が書類袋を田宮に手渡した。

16

田宮が吉田と別れて地下鉄虎ノ門駅から渋谷に向かったのは、午後九時前だった。

赤坂見附（みつけ）でシートに座れたので、吉田からもらった陳述書をひろい読みした。

M&A事業部への配転は不本意でしたが、仕事をしたい一心で、三月二十八日の土曜日の午後二時ごろ、警備サービス業大手のコスモシステム社長、飯岡忠優氏の自宅に電話をかけ、面会を求めましたところ、早速面会していただけることになり、同日午後四時に田園調布のお宅に伺いました。飯岡社長は私が『帝都経済』の記者時代に取材を通じて懇意にしていただいている方です。

飯岡社長は、私の配置転換に大層驚かれ、「〝お籠もり〟を拒んで、杉野社長の逆鱗に触れたのだろうが、あまりと言えばあまりの仕打ちで、きみが気の毒だ。しかしきみは産業経済社の誰もがやりたいと思っていても会社の報復を恐れてできずにいたことをやったのだから、以て瞑すべしだ。負けずに頑張ってください」と激励してくださいました。

さらに飯岡社長はM&A事業関係でお役に立てるならと情報通信業のA社を買収する計画が進展している旨を話され、「きみに仲介斡旋してもらったことにしてもよい」とまで言ってくださいました。つまり、仕事を与えられていない私の立場をおもんぱかってくださったわけで、これによって数百万円に及ぶ斡旋料が産業経済社にもたらされることになります。

三月三十日月曜日の午後、私は古橋部長に飯岡社長と面会したことを伝えたところ、「きみは仕事をしなくてよい。外出禁止を守るように。これは業務命令である。飯岡社長に面会したのは業務命令違反だ」と一喝されました。

このように仕事を与えないどころか奪い取るようなことをしておきながら「吉田はM&A事業部では戦力として使えない」と古橋部長は公言している始末です。

古橋部長が「外出禁止、仕事をするな」と発言しているにもかかわらず、会社は準備書面において「債権者のM&A事業部配転後、債務者は債権者に対して具体的に業務指示をしたが、債権者がそれに従おうとしないのでやむを得ず内勤を指示している」と主張しているのは明らかに嘘であり、事実に反します。

M&A事業部で私が受けている〝ただ単に机の前に座っているだけ〟の毎日は、まさに苦痛の連続であり、日々神経を擦り減らす状況であります。会社側は私がかかる状況に耐えかねて、自ら訴えを取り下げて〝聖真霊の教〟へ参拝に行くか、依願退職するか、いずれかの選択を余儀なくさせるように追い詰めているわけです。卑劣極まりない行為と断じざるを得ませんが、私以前にも多くの志ある同僚がこのように追い詰められて退職、あるいは泣く泣く参拝した事実があるのです。

私は一刻も早くこうした状況から解放され、人間らしい扱い、正常な社員としての扱いを受けられるように、現況の即時改善を求めて止みません。

田宮は、憔悴しきった吉田の顔を眼に浮かべて、目頭が熱くなった。

17

田宮が帰宅したのは九時半だが、治子はブルーのスーツ姿で遅い晩めしを食べていた。漬物と佃煮だけの貧しい食卓である。

「残業でちょっと前に帰って来たの。お腹すいちゃって。あなたお食事は」

「食べてきた。シャワーを浴びてくる。これ読んどいてくれよ」

田宮は、陳述書をテーブルに置いてバスルームに入った。

十五分後に、田宮はビールを飲みながら治子とテーブルで向かい会った。

「吉田さん、可哀相ねぇ。こんな踏みつけにされて」

治子の瞳が濡れている。

「うん。川本さんと小泉さんが裁判所に陳述書を出したが、それがひどい内容でねぇ」

「あなたは傍観しているだけなの」

「治子のことだから、そう言うと思ったよ。シャワーを浴びながら考えたんだが、僕が吉田の側に立って裁判所に陳述書を出したらどういうことになるんだろうか」

「わたしは大賛成よ」

治子は瞳を輝かせて、上体をテーブルに乗り出した。

田宮は頬杖(ほおづえ)を突いて治子を見つめた。

「会社の方針に反するわけだから、もちろんただでは済まない。辞職を覚悟の上でなければできないが、吉田のためになにかしてやりたいって切実に思ってるんだ。だとしたら、陳述書しかないような気がする。あしたになったら気持ちが変わるかもしれないけど、いま現在は、そんな気持ちだよ」

「あなた立派よ。ぜひそうしてあげて。会社を辞めるなんてたいしたことじゃないわ。あなたほどの男なら、就職先はいくらでもあると思う。なんなら、家事、育児をやってもらってもいいわ。プライドがゆるさないかしら」

治子はいたずらっぽい眼で田宮を見上げた。

「育児ってなんだい」

「たとえばの話で、まだ具体的じゃないのよ。そんなに気を回さないで」

治子は田宮のグラスに手を伸ばし、ひと口飲んで、話をつづけた。

「冗談はともかく、精神的に吉田さんを応援するだけじゃダメよ。態度で示さなければ。だいたいあなたは二度も会社を辞める決定的なチャンスがあったんですから、今度こそ三度目の正直じゃない」

「決定的チャンスっていうのはなんだかおかしいよ」

田宮はうつむき加減に返して、グラスを呷った。

「毒を食らわば皿までよ」と囁いたときの古村綾の顔がいやでも思い出される。あのときはシラを切り通した。あのような異様なかたちで会社を辞めるわけにはいかなかったが、吉田のためだと考えれば恰好はつく。

「そうかしら。あんなひどい会社に未練を持つほうがおかしいと思うけど。古村さんみたいな妖怪がのさばってる会社なんて一日も早く辞めてもらいたいわ」

古村の名前が治子の口をついて出た。きっと眉をつり上げた治子に、心の中を見すかされてるような気がして、田宮は鼻白んだ。

「吉田に電話をかけてみるかな。ちょっと気になることもあるんだ」

田宮はテーブルを離れた。

吉田が電話に出てきた。

「さっきはどうも。陳述書、読ませてもらったよ。吉田の苦労がよくわかって、切なくなった」

「それほど苦労してるわけでもありませんよ。けっこう楽しんでる面もあるんですけど」

「そう強がるなって。それでちょっと気になったことがあるんだけど、飯岡社長の話、瀬川さんに伝わってるのか」

「古橋さんのことだから上にあげてないと思います」

「そうだろうな。瀬川さんの耳に入れば、取り屋の本領を遺憾なく発揮するはずなのに、そんな気配はないものなあ。しかし、それでよかったと思うよ。吉田の功績なんて無視して、取るものは取るのがスギリョーなり瀬川さんの流儀だから。それはそうと、ほんの思いつきだが、俺が裁判所に陳述書を提出したら、なにがしかの役に立つんだろうか」

「どういう意味ですか」

「黙視するのが忍びないってことだよ」

吉田は絶句して、田宮が呼びかけるまで返事をしなかった。

「もしもし」

「…………」

「おい、聞こえてないのか」

「聞こえてます」

吉田はかすれ声でつづけた。

「常務取締役の田宮さんがそういうかたちでわたしを支援してくだされば、裁判が有利になることは間違いありません。判事の心証に大きな影響を与えると思います。しかし、会社における田宮さんの立場はどうなるんですか。会社の方針に反するわけですから田宮さんにとってあまりにもリスキーですよ」

「もとよりただで済むとは思ってないさ。クビを覚悟でやるんだよ。いま、治子とも話したんだけど、ほとほと厭気(いやけ)が差したっていうか、今度こそ会社を辞めたい気分なんだ。治子も大賛成でねぇ」

ふたたび、会話が途切れた。

田宮も胸にこみあげるものがあって、言葉がつづかなかった。

「もしもし……」

今度は吉田のほうから呼びかけてきた。

「うん」

「お気持ちだけいただいておきます。それだけで充分ですよ」

「なにを言ってるんだ。今夜中に陳述書を書くよ。ウチにワープロがないから手書きになるが、あしたの朝、気持ちが変わってなければ法律事務所宛に投函する。わが家には吉田の応援団長を自認してる凄(すご)いのがいるから、歯止めになって多分大丈夫とは思うが、万一腰が砕けたら、朝、吉田に電話をかけるよ。悔いを千載に残さないように、気持ちを奮い立たせて頑張るとしよう。陳述書の書き方は、さっき小泉さんのを読ませてもらったので、だいたいわかるが、法律事務所でワープロに打ち直してもらえばいいと思う」

田宮は、吉田との長電話が終わったあと、食卓で原稿用紙に向かった。

治子はテレビを消して、夕刊を読み始めたが、田宮のほうが気になって、活字がうわすべりしていた。

18

田宮が二時間ほどかけて書いた陳述書の内容は、およそ次のようなものだ。

一、私の経歴

私、田宮大二郎は昭和六十二年に株式会社産業経済社（以下「当社」と言います）に入社し『帝都経済』の記者、秘書室主査、開発部長等を歴任し、現在、常務取締役の職にあります。

吉田修平君は、私の『帝都経済』記者時代の同僚でした。

二、吉田修平君の記者としての能力について

吉田修平君は昭和六十三年の入社後、今日に至るまで、『帝都経済』で主として金融分野を担当し、数々のスクープを放つなどエース的存在であります。

取材力、筆力ともに抜群の能力を有し、また同僚に対する配慮も行き届いており、

『帝都経済』の次代を担う有為の人材であることは疑う余地がありません。いわば若い社員間のリーダーとして間然するところがないと申せましょう。

三、吉田修平君の勤務態度について

仕事のできる人は、ともすると増長し、態度が尊大になりがちですが、吉田君は早朝出勤を励行し、進んで電話当番をするほど謙虚な態度を取り続けております。こうした点も若い社員から慕われる要素ではないかと思われます。

四、吉田君の信仰について

吉田君は敬虔なクリスチャンで、日曜日はプロテスタント系の教会に行き、礼拝を欠かさないと聞いております。

一方、当社は、杉野良治社長が信仰する〝聖真霊の教〟を守護神と称し、社員研修でも〝聖真霊の教〟の本山に参拝することを強要しております。この点はクリスチャンの吉田君には耐え難い点ではなかったかと推察されます。

本山に参拝することを拒んだ吉田君を懲罰的に配転し、仕事も与えずに依願退職を迫る会社の在り方に、私は疑問を覚えます。

同時に吉田君に深く同情し、地位保全の仮処分申請に及んだ彼の心情を理解するにやぶさかではありません。

五日後の朝九時に、田宮は瀬川から応接室に呼び出された。くるべきものがきたにしては案外平静でいられるのが、われながら不思議だった。

瀬川が陳述書をセンターテーブルに放り投げ、ひきつった顔で浴びせかけた。

「なんだ、これは！　おまえ、気はたしかか！」

「………」

「けさ、小泉君が主幹のところへ届けてきた。弁護士が裁判所から取り寄せたらしい。飼い犬に手を嚙まれて、主幹はそれこそ発狂寸前だぞ。田宮の顔を見るのも厭だってさ」

阿修羅の形相を見ずに済んでよかった、と田宮は思った。

「俺と古村さんが八時に主幹室に呼ばれて、意見を聞かれたんだ。俺はなにかの間違いじゃないかと言ったら、古村さんは本気だろうっていう意見だった。彼女は辞めるつもりだろう、とも言ってたが、そういうことなのか」

「ええ。辞表を用意してきました。受理してください」

田宮は、背広の内ポケットから白い封書を出して、センターテーブルに置いた。

「わかった。一日だけ俺があずかる。考え直すチャンスを与えよう。こんなことをしでかして後悔してるんじゃないのか」

「とんでもない。気分爽快(そうかい)です。もっとも主幹には後悔していると伝えてもらったほうがいいかもしれませんねぇ」

田宮は笑顔で返し、ソファから腰をあげた。

19

五月十五日金曜日の夜、ホテル・オーヤマ新館十四階にあるレストランの個室で、杉野良治と古村綾が会食していた。杉野が仏頂面で赤ワインを飲んでいるのと対照的に綾の表情は晴れやかだった。

「まだ田宮君のことが頭から離れないの。もういい加減に忘れなければ。あんな恩知らずにいつまでも未練を持つなんて、どうかしてますよ」

「莫迦にはしゃいでるじゃないか。おまえは田宮が治子と結婚してから、あいつが憎くなったらしいから、会社を辞めてうれしいんだろうが、俺はあいつを憎む気になれんのだ」

「あと足で砂をかけられるようなことをされて、まだそんなことを言ってるんですか。あなたには、わたしがついてるわ。治夫だっているのよ。わたしは一年がかりで治夫を説得して、あの子をウチの会社に入社させたいと考えてるの」

綾が上眼遣いに窺うと、杉野はしかめっ面をぷいとそむけたが、ふと考える顔になった。

同時刻、下北沢のマンションで、田宮夫婦と吉田が食卓を囲んでいた。三人とも笑顔が絶えない。

吉田が喉を鳴らしてグラスのビールを乾した。

「債務代理人、つまり会社側の弁護団は田宮さんの陳述書を突きつけられて、勝ち目はないとさとったんじゃないんですか。判事が和解を勧告したのも田宮さんの陳述書がその動機づけになったと思います。あの陳述書が裁判の流れを変えたんですよ」

「俺の陳述書なんて関係なく、吉田の勝訴は間違いなかったさ」

「いや、会社側が一年分の給与と賞与の四百三十万円を和解金として提示してきたことに、田宮さんの陳述書にいかにあわてふためいたかが端的にあらわれてますよ。われわれは、三百万円を提示するつもりだったんですが、それをはるかに上回ってたんですから、びっくりしました。裁判費用も向こう持ちですからねぇ」

治子がシャンパングラスを並べながらうれしそうに口を挟んだ。

「おめでとうございます。シャンパンでもう一度乾杯しましょう」

「ありがとうございます」

吉田は感きわまって、涙声になった。

田宮はうつむき加減に表情を翳(かげ)らせた。

シャンパンを抜いて、はしゃいでいられる場合だろうか。勝者が存在するとすれば、それは古村綾かもしれない——。そんな思いをふっきるように、田宮はグラスを掲げて高らかに発声した。

「乾杯！」

「乾杯！」

治子と吉田がグラスをぶつけてきた。

解説

文芸コラムニスト 長野祐二

興味深い一人の男が描かれる。杉野良治(りょうじ)である。彼は産業経済社社長・隔週経済誌『帝都経済』主幹。本人は一介のジャーナリストを標榜(ひょうぼう)しているものの、どうしてどうして錚々(そうそう)たる財界人を向こうに回して抜群の集金力を誇る異能の人物だ。

ところが、陰でささやかれる杉野への悪口は、〝鬼のスギリョー〟、〝スギリョー毒素〟。蛇蝎(だかつ)の如く嫌われてもいる。その男がパーティを主宰すれば、時の首相が駆けつけてくるのである。一体、杉野の正体は何か。それこそが物語の核心を成す要素であり、ひとたび読み始めれば、巻を措(お)くあたわざる極上のエンターテインメントに仕上がっている所以(ゆえん)である。

杉野を描くに当たり、著者は幾人かの副人物を登場させている。彼ら副人物と杉野が絡(から)み合うことで、杉野の個性的人物像がより鮮明に浮かび上がる。しかも副人物の一人一人が躍如として魅力的でさえある。著者の筆は冴えわたり、物語の興趣はいやが上にも増す。

副人物の最右翼が田宮大二郎。主役の杉野を映すいわば鏡であり、物語の舞台回しを兼ねている。田宮は杉野の女婿（じょせい）候補だ。杉野の胸の内では決定事項だが、田宮のほうは承服しているわけではない。第一、彼は杉野の娘の気心が知れない。それに杉野の灰汁（あく）の強さを考えれば、婿になるのが必ずしも得策とは思われない。

田宮はもともと記者志望だったのに、杉野に強引に後継者扱いされ、気の進まぬ主幹秘書の仕事をさせられている。彼が秘書になる経緯が描かれる場面が最初の山場だ。ソファに田宮と並んで座った杉野は説得を開始する。田宮が返事をためらうと、杉野の態度は豹変する。俳優の演技そこのけである。

挙句（あげく）に涙まで流し、杉野は田宮に取り入ろうとする。社長が社員に示す態度とはとても信じ難い。読者は杉野の不可解な性格の一端を見せられるのである。

副人物の二人目は杉野治子だ。治子は杉野の娘であり、婿をとる運命にある。父親譲りの激しい気性だが、物事の善悪を判断する良識は持ち合わせている。横暴な父に与（くみ）することはない。ただ、父が勧める相手の田宮には好感を抱いている。

治子は行動力があり、自分のほうから田宮に近づく。彼女は過去に同棲経験があり、男に物怖（ものお）じすることはない反面、男への注文も厳しい。妥協した生き方を好まない。正しいと思えば、たとえ相手が父であろうとも恐れない。

田宮以外の会社の面々はどうなのか。秘書役の古村綾（こむらあや）は田宮の上司であり、社内ナンバー2と目されている。秘書に過ぎないのに古村が権力を持つのは、創業以来の杉野のパートナーであり、社の金庫番を務めているからだ。

古村は、年下の田宮が「ふるいつきたくなるほどいい女」と思うような才色兼備である。田宮が彼女に密かに好意を寄せていることが重要な伏線になっている。

社内ナンバー3の副社長、瀬川誠は杉野のダミー的存在で、イエスマンの域を出ない。どこにでもいそうな人物であるものの、リアルに描かれている。

平社員ながら影響力を持つのが吉田修平。スクープをものする優秀な記者だが、反杉野体制の急先鋒なのだ。彼は杉野のビジネスの仕方がまず気に入らない。巨体の企業の虚をつき、金儲けをしようという魂胆がジャーナリストの風上に置けないと思うのである。

杉野のほうも吉田が自分に逆らっていることを承知している。何しろ吉田は、杉野が信仰する〝聖真霊の教〟に入信するのを明確に拒否している。杉野から見ればとんでもない奴、社員である資格すらないのである。

著者は、この杉野対吉田の確執を縦糸に物語を推し進めて行く。考えてみれば、ワンマン社長と平社員の対決の勝負の結果は明白のはずであろうが、たかだか平社員の反抗に手を焼き、切歯扼腕するところに、杉野の性格の他の一面が覗け、読む者をして飽かさない。

それにしても、金満家である杉野がどうしてあんなに信仰にこだわるのか。一つは大病した時あやうく一命をとりとめたことへの謝恩の気持ちからであり、もう一つは信仰を社員の会社への忠誠心の踏み絵に使っている節があることだ。ワンマンの杉野は身内からの離反が最もこわい。社員が離反しないという保証がどうしても欲しい。一緒に教祖を仰ぎ見ることで担保を取れるなら、ひとまず安心である。

彼が社員の反発を織り込み済みで、入信を社員に強制するのはそうした思惑ゆえである。社員の側とすれば、表向き入信を装うのはさほど難しいことではない。殆どの社員がそうなのだ。だが、クリスチャンの吉田はそれができない。

教祖の山本はなも副人物の一人である。見た目は平凡なオバさん。それでも杉野ほどの男を心酔させる魔力を秘めているのだから、侮り難い。ほかにも、運転手の岡沢、治子の母の文子などを含むこれら多彩な副人物が横糸となり、物語に生命を吹き込んでいる。

焦点は、副人物たちと杉野との関係である。最初に吉田が動く。ワンマン社長に抗戦すべく、組合をつくろうというのだ。どう見ても無謀な計画である。吉田に相談された田宮は吉田をなだめつつも、そのことを杉野に漏らす。

杉野の反応は覿面だった。「阿修羅の形相」と著者は形容する。杉野の本性が剝き出しになった瞬間でもある。杉野は手ひどい仕打ちをわが将来の婿に加える。横浜新道を走行中の車での出来事で、さすがの田宮も杉野に殺意を抱く始末だ。

田宮と杉野はその後も衝突する。式場問題であった。結婚式場を〝お山〟にしたいという杉野と、米国の教会でなければという治子の意を体した田宮とでは妥協点を探れない。思い余って田宮は〝お山〟での結婚式を壊しにかかる。事の次第を知った杉野が怒るまいことか。今度は暴力が田宮にふるわれる。

他方、仕事面における杉野はどんな男か。彼はまず攻撃すべき標的を瞬時のうちに決める。攻撃目標を決めたら、最初にするのはペンを執(と)ること。執筆である。机に向かい一心不乱に原稿用紙と取り組むのだ。その時の彼の形相もまた「阿修羅」である。でき上がった文章が最大の武器になる。

彼にとって執筆は狩猟(ハンティング)を始める前の罠(わな)づくりに似ている。罠を巧みにつくることで、狩猟の成果は大きく変わるはずだ。念入りに罠を仕掛ける。それが彼の成功の秘密である。罠づくりの過程こそ無上の喜びであろうし、誰も彼が愉悦に浸るのをとめることはできない。

彼が仕掛けた罠の効果たるや信じられないほどである。標的になった企業の多くが白旗を掲げ、杉野の前に屈する。百発百中の精度と言ってよいぐらいだ。傍らで見ている田宮が舌を巻くほどだ。ただ、古村だけは冷静で、この現象を至極当然の結果として受け容れる。それだけでも古村が一筋縄では行かない女なのが分かる。

ことほど左様に杉野と古村は一心同体の面がある。あろうことかその古村が、杉野の後継者たる田宮に急接近してくる。女の武器を使っての仕掛けである。男たる田宮は古村を拒めるのか。治子の不信を招かなかったことは幸いだったとしても、田宮と古村の対決の一幕目はどうやら古村に軍配が上がりそうである。田宮と古村の対決はこのあとどうなるのか。また、田宮と杉野の関係に変化がもたらされるのか。濁流の中の人間同士のせめぎ合いは、本書の続編『首魁の宴』へと続く。

二〇〇八年九月

この作品は1996年2月講談社より刊行されました。

徳間文庫をお楽しみいただけましたでしょうか。どうぞご意見・ご感想をお寄せ下さい。
宛先は、〒105－8055　東京都港区芝大門2－2－1　㈱徳間書店「文庫読者係」です。

徳間文庫

濁流 下

企業社会・悪の連鎖

2008年10月15日 初刷

著者 高杉良

発行者 岩渕徹

東京都港区芝大門二—二—一 〒105—8055

発行所 株式会社徳間書店

電話 編集〇三(五四〇三)四三五〇 販売〇四八(四五一)五九六〇

振替 〇〇一四〇—〇—四四三九二

印刷 凸版印刷株式会社

製本 ナショナル製本協同組合

ISBN978-4-19-892867-4 (乱丁、落丁本はお取りかえいたします)